ヘスター
クリス
ラルフ

グリース
カルロ

甘酸っぱい香りで美味しそうなんだが……
食べてみると最低最悪なんだよな。
大きく息を吐いて覚悟を決めてから、
俺は一気にオンガニールの実に噛り付いた。

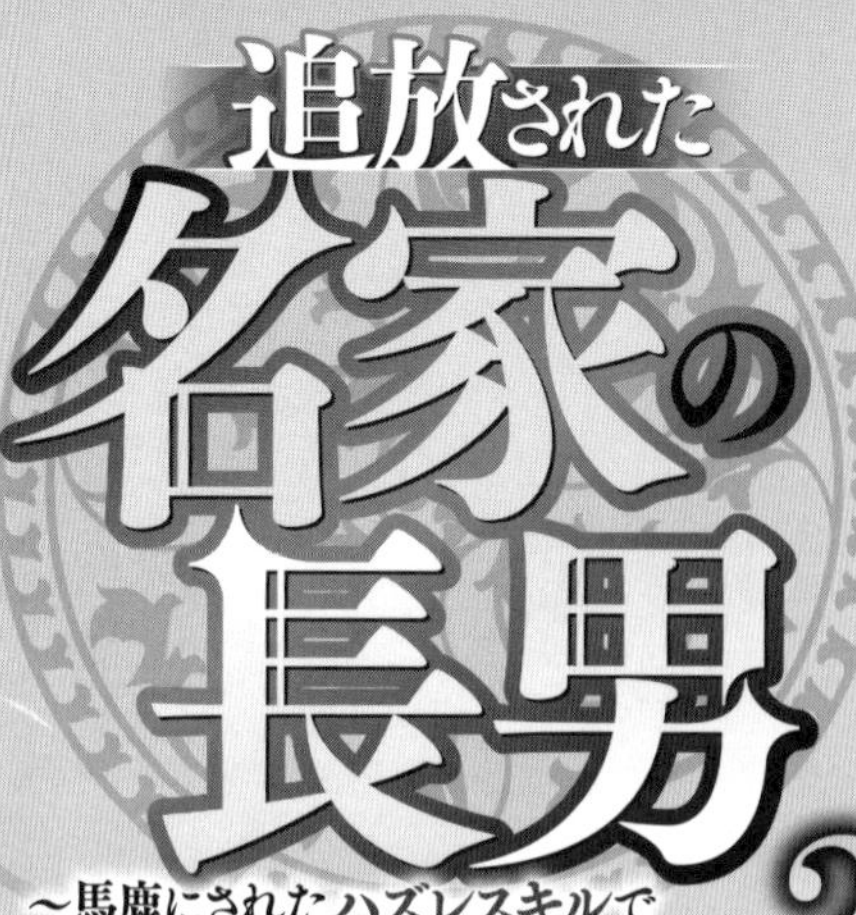

追放された名家の長男 2
～馬鹿にされたハズレスキルで最強へと昇り詰める～

著 岡本剛也
イラスト：すみ兵

CONTENTS

プロローグ　隻腕の男

先ほどまで雲一つなかった青空が、真っ黒な黒雲で覆いつくされていく。

それから間もなく、滝のような雨が街に降り注いできた。

雷も鳴り始め、次第に人の気配もなくなり、雨音が響く街に――音程の外れた不気味な鼻歌が聞こえ始めた。

聞いている人は決して良い気分にはならないが、歌っている本人はとても楽しそうに……それも上機嫌だということが分かるのだが、その鼻歌は唐突に銃声のような舌打ちと共にかき消された。

「――チィッ！　クソがっ！　なんで俺様が糞ガキの人捜しなんざしなきゃならねぇんだ！　剣神だか勇者だか知らねぇが、俺様を顎で使いやがって！」

舌打ちの直後に怒声が響き渡り、その怒声に煽られるように雨足が更に強くなる。

その怒声を上げた人物は、身長二メートル近い体格に怪しい黒装束。

腕は一本なく、額には大きな斬り傷があり――明らかに裏社会に住む人間、といった風貌。

身に纏った黒装束が雨によって徐々に重くなり、それに対してもイライラを募らせる男。

そんなあからさまな地雷のような男に、肩をぶつけてしまった五人の若者グループ。

強く降る雨のせいで、上着を頭に被せるようにして歩いていたせいもあってか、前方が見えていなかったのだろう。

若者グループの一人がぶつかった衝撃で尻もちをつき、尻を水たまりで濡らしたことで、思わずどんな相手かも見ずに食ってかかった。

「おいっ！　どこを見て歩いて……」

「ああ？　てめぇこそ、どこ見て歩いてたんだ？　──あーっはっは！　まぁいい。ちょうどいい！　喧嘩なら買ってやるからこっちに来いよ」

「ちょっと待っ──」

尻もちをついた若者の首根っこを掴み、引きずるようにして裏路地へと連れていった黒装束の男。

その若者の仲間たちも、必死に男の腕に食らいつくが……四人がかりで押さえても、太すぎる腕に掴まれた若者はどんどんと裏路地へと引きずり込まれていく。

雷も鳴って嵐のような強い雨、そのせいもあって人通りも少なく、若者たちが裏路地に連れていかれるのを目撃した人は一人もいなかった。

首根っこを掴まれた若者は呼吸もまともにできないまま、裏路地の壁に投げつけられた。

そんな若者を助けようと必死についてきたその仲間たちは、ブルブルと体を震わせながらも、近くにある武器になりそうな長物を手に取り、黒装束の男に対して構えるが──。

数的不利、それも相手は武器を持っているにもかかわらず、男は少しも怯む様子はなく、笑顔のままゆっくりと距離を詰め始めた。

「こ、これ以上……ち、近づくな！　ほ、本気で殴るぞ！」

「へっへっへ。いいぜー、やってみろよ」

四人のうちの一人がそう叫び、笑顔のまま足を止めることのない男に対し、おぼつかない足取りで武器を振りかざした。

必死に振り下ろした鉄パイプは、鈍い衝撃音と共に男の顔に直撃。

手ごたえの大きさからも、若者はダメージを与えることができたと確信したのだが……。

鉄パイプが当たりながらも、ニヤつく表情を変えず傷一つない顔。

そして、次の瞬間――。

「――うグぇラ！」

鉄パイプを振り下ろした若者の頭は、奇妙な発声と共に消し飛んだ。

その様子の一部始終を見ていた仲間たちは、僅(わず)かに震わせていた体を更に激しく震わせ、手に持った武器を投げ捨てて逃走を図ろうとする。

しかし、腰が抜けた上に体の震えもあり、足を絡ませながら三人共に派手にすっころんだ。

「おいおいおいおい！　まだ殺すつもりなかったのに脆(もろ)すぎんだろ！　……てめぇらは一人残らず逃がす気はねぇからな！　聞きてぇこともあんだ。楽しませてもらうぜぇ!!」

まるで悪魔のように口角を上げた男は、逃げようとしている三人を捕まえて足を踏み折り、逃げられなくしてから……。

先ほど壁際へと投げつけた若者の隣に、横一列で三人を並べた。

これから何が始まるのか。

想像もできない恐怖で、若者たちの表情はぐしゃぐしゃになっており、体の震えも凄(すさ)まじいものとなっている。

「よーし、それじゃ始めるか。まず初めに、お前らには生き残るチャンスがある。俺の知りたい情報を持っていたら生き残れるぞ。よかったなぁ！　大、大、大チャンスだぜぇ！」

男は太物を叩きながら笑い、実に楽しそうに震える若者たちにそう告げた。

それから一番右端の若者の前に立ち、顔を手で包み込むように掴んでから、一つの質問を投げかける。

「クリスという冒険者を知っているか？　そのクリスを知っているという奴でもいいぞ」

「……し、知らない！　こ、この街じゃ聞いたこともない！　お、お願いだ助け――」

小さな破裂音と共に……まるでトマトでも潰すかのようにして、握り殺された若者。

返り血に雨が混じり、若者たちの目には、黒装束の男の凶悪な笑顔が更に凶悪に映る。

「惜しいな。せっかく生き残るチャンスだったのになぁ！　さて、次はお前だ。クリスって冒険者を知っているか？」

楽しそうな黒装束の男の笑い声が、しばらくのあいだ裏路地に響き渡ったのだった。

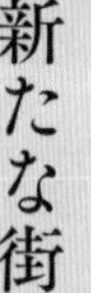

第一章　新たな街

追手から逃れるためにレアルザッドを離れ、一週間かけて六つの村や街を経由しつつ、俺たちはようやく目的地であるオックスターへと辿り着いた。

この一週間の旅路はハプニングや事件が盛り沢山だったが、誰一人として怪我や病気もせず、無事にオックスターに辿り着くことができた。

「あの街がオックスターですか？　思っていたよりも早く辿り着けましたね」

「そうか？　色々ありすぎて、予定よりも大分かかってしまったと思うんだが……」

「俺も短く感じたなぁ。楽しかったからかもしんないけどよ！」

「あー、楽しかったっていうのはありますね。楽しい時間は過ぎるのが早く感じますから」

オックスターまでの道中の感想を各々言い合いながら、俺たちは目の前に見える街を目指して歩く。

門はあるけど、レアルザッドや王都メルドレークのようにしっかりとした造りではなく、入門検査もない。

レアルザッドの時は、大量の毒草の上に薬草を置くことでなんとか誤魔化していたが、入門検査がないということはその作業を一切しなくていいということ。

しこたま有毒植物を採取する予定の俺としては、入門検査がないというのは非常にありがたい。

街に入ると、三大都市であるノーファストの近くの街なだけあり、やはり人はそこそこいるのだが……。

「思っていたよりも大きい街じゃないな。レアルザッドよりも幾分か小さい」

「確かに、あまり大きい街というわけではなさそうですね」

「まぁ結局、俺たちにはレアルザッドが大きすぎた気がするしなぁ。幼少期から過ごしている俺やヘスターですら、表通りの店は数回しか行ったことないし」

俺の生まれ故郷のデジールと、レアルザッドの中間くらいの大きさの街って感じだ。

広すぎても困るし、これぐらいの規模感の街の方が早く馴染めるから逆にいいような気がする。

「それもそうだな。何か買うものに困ったら、近くに三大都市のノーファストがあるわけだし、立地的には最高かもしれない」

「そうですね！　駆け出しの私たちにはちょうどいい街って感じです」

「それじゃ、一周ぐるりと街を回ってみようぜ！　んで、いい食堂に目星をつけておこう」

「食堂の前に、拠点とする宿と冒険者ギルドからだろ。あとは鍛冶店と武器店と道具店の位置も見ておきたい」

俺は教会の場所も知っておきたいが、顔立ちの良い神父の話——王都の枢機卿が〝クリス〟という人物を捜している——もあったから若干怖いんだよな。

安直に冒険者名を〝クリス〟で登録してしまったが、偽名を使うべきだったと安直な行動を少し後悔。

もう一枚、新たに冒険者カードを発行させるのもありだが、一人で二人分の冒険者登録は除籍処分になると、冒険者になる前の説明で伝えられている。

頻繁に教会に出入りしていたこともあるし、身分を偽ったのがバレて冒険者ギルドを除籍になる方が辛い。

〝クリス〟の名を変える案はひとまず却下とし、俺たちはオックスターの街の散策を始めた。

「雰囲気も悪くねぇな！　裏通り的な場所はなさげだけど、露店を見る限りは物価も高くねぇし！」

「そうだね。お店の種類も豊富だし、金銭的に裏通りしか利用できなかった私たちからしたら利用できるお店は増えたのかも」

二人の言う通り、お店は全体的に見ても悪くない。

今歩いている商業通りを見る限り、雑貨店に青果店に武器店に鍛冶店に酒場。

それから料理店に洋装品の店もあって、今一番必要としている宿も商業通りに何軒かあった。

そして俺が一番気になったのは……。

「なぁ、あの店なんだ？　錬金術師……。ヘスター、聞いたことあるか？」

「あー、確かポーションを作る人のことだったと思います。レアルザッドでは、ギルドがあった工業地区の工場でポーションを作っていたので錬金術師はいませんでしたが、工場がない村や街では錬金術師がポーションを作っているみたいですよ」

「へー。それには少し興味がある。……それにしても、ヘスターは随分と詳しいな」

「実は、『天恵の儀』で【魔法使い】の職を授けられたときに、色々と調べたことがあったんです。錬金術師は【魔法使い】の適性職業の人が多いと、『七福屋』のおじいさんが言っていましたので」

ヘスターは、どうにかして適性職業を活かせないかを模索していたんだな。

錬金術師はポーションを生成することができる――か。

これは、もしかしたらこの近くの森や植物に詳しい可能性がある。

近いうちに尋ねて、錬金術師の人とは仲良くなっておきたい。

「錬金術師はいいだろ。腹減ったから食堂を探そう！」

「食堂の前に宿だ。二人共、値段の安い宿の名前と位置を覚えておいてくれ」

「大丈夫です。商業通りにある宿の値段と名前は全て覚えました！　別の通りに行ってみましょう」

「さすがだな。飯のことしか頭にない誰かさんと違って、本当に頼りになる」

「うるせぇ！　クリスだって錬金術師のことで頭いっぱいだったろうが！」

俺のちょっとした嫌味に反応してきたラルフを無視し、商業通り以外も見ていくことにする。

目当ての店は大体見つかったが、肝心の冒険者ギルドと教会が見つかっていない。

まぁ最初から商業通りにあるとは思っていないため、気を取り直して街の奥へと散策に向かう。

街の奥はギルドの密集するギルド通りとなっていた。

そしてギルド通りの更に奥に、ひっそりと佇む教会の姿も発見することができた。

オックスターの街を簡単に説明すると、街に入って正面を進むと商業通り。

更に奥にギルド通りと教会が見える。

左右は居住区となっており、宿なんかは居住区にちらほらと構えているところもあるが、まぁ基本的にはこんな感じの街となっている。

決して大きくはないが、生活に不自由なく暮らせている人もほどほどに多いようだ。

ノーファスト目的の客人も多く、辿り着いてまだ間もないが良い街だということが分かった。

「一通り街を見て回ったか？」

「そうですね。私は改めて良い街だと思いましたよ。レアルザッドや王都のように負の部分がないのが特にいいです」

「そうかぁ？　裏通り的なとこがあれば、俺は逆に満点だったけどな！」

「その話は後にして、どこの宿にするかを決めよう。宿を決めたら、ラルフ待望の飯だ」

「うっしゃ！　やっとかよ。本当に腹が減った」

「一応、見て回った宿は記憶していますが、どうしますか？」

ここが一番の問題なんだよな。

値段はもちろんとして、どこにある宿がいいか。

俺は教会もあることから、ギルド通りの近くにある宿がいいと思っている。

実際にレアルザッドのギルド通りにあった、『シャングリラホテル』は便利だったからな。

「各場所の宿の最安値を教えてくれるか？」

「分かりました。大部屋の一泊あたりの値段を言っていきますね。商業通りは銀貨二枚。ギルド通りは銀貨一枚と銅貨五枚。居住区右は銀貨一枚。居住区左は銅貨八枚が最安値です」

「銅貨八枚！　そこでいいんじゃねぇかな？」

「いや、場所が場所だからな。俺はギルド通りがいいと思っているんだがどうだ？」

「確かに立地的にはギルド通りが楽ですもんね。……でも、ほぼ半分の値段なのは大分大きいと私は思います」

そうなんだよな。楽を取るか、値段を取るか。

レアルザッドで幾分か金を貯めてから出発したため、お金には余裕があるといえばある。

それに明日から冒険者業を無事に始めることができれば、差額の銅貨七枚程度は楽に稼げるだろう。

でも、ラルフやヘスターの言い分も分かる。

一日に浮く分が銅貨七枚だとして、一ヶ月で金貨二枚と銀貨一枚。

一年と考えれば、金貨二十五枚と銀貨二枚も浮かせることができる。

「……悩みどころだけど、二人がシルバーに昇格するまでは居住区の方に住むか」

「ですね！　それじゃ居住区左の宿に行ってみましょう」

「うーし！　宿取って、荷物置いたら飯だ！」

元気よく歩きだしたラルフを先頭に、俺たちは居住区左へと向かった。

「ここですね。『シャングリラホテル』よりも大分綺麗ですよ」

「『シャングリラホテル』どころか、『鳩屋』よりも綺麗じゃん！　クリス、これは期待できるぞ」

「だな。入って交渉してこようか」

俺たちは居住区に建てられている、大きな一軒家のような宿屋『木峯楼』の中へと入った。

受付の感じは、『シャングリラホテル』に酷似している。

誰もいないため、受付に備え付けられているベルを鳴らしてしばらく待つと、奥から宿の主人らしき一人の男性が出てきた。

「いらっしゃいませ。ご宿泊のお客様でしょうか？」

「ああ。長期間泊まりたいのだが、部屋は空いているか？」

「長期間のご宿泊ですか!?　もちろん空いております。部屋は個別か大部屋、どちらに致しますでしょうか？」

「大部屋でお願いしたい」

「かしこまりました。それでは二〇一号室のお部屋となります。ご案内いたしますね」

宿の主人は非常に嬉（うれ）しそうに、俺たちを部屋へと案内し始めた。

ギルド通りの宿が高く、仕方なくこちらの宿を選んだが、接客の態度も良いし建物も綺麗。

多少不便かもしれないが、こっちの宿にしてよかったかもしれない。

「こちらが二〇一号室のお部屋となります。素泊まりで銅貨は八枚ですがよろしいですか？」

「ああ、大丈夫だ。とりあえず、十泊分の銀貨八枚を渡しておいても大丈夫か？」

「ありがとうございます。本当にありがとうございます！　ごゆっくりどうぞ」

頭をペコペコ下げてから、満面の笑みで受付へと戻っていった主人。

やはり立地が悪いのか、オックスターで一番の安宿でも客が入らないのかもしれない。

「良い部屋ですね。――おおっ！　クリスさん、お風呂がついています！」

「……風呂は嬉しいな。本当に嬉しい」

「布団も四セットあるぞ！　荷物を置くスペースも取れるくらい広いし、ここは優良宿かもしれない！」

「『シャングリラホテル』だと、二枚のカチカチの布団で三人で寝てたもんな。値段は銅貨五枚だったけど、風呂もついてなかったし」

「俺はヘスターの寝相の悪さに困らされることがないのが嬉しい！」

「私はそこまで寝相悪くないよ」

それぞれの思いの丈をぶつけながら、宿の感想を述べていく。

王都の『ギラーヴァルホテル』と比べたらさすがに劣るが、銅貨八枚と考えたら『ギラーヴァルホテル』よりも高コスパな気がする。

良い宿だけにもう風呂に入って布団で横になりたいところだが、飯を食うために商業通りに戻ろうか。

「荷物だけ置いて、飯を食いに行くか。ついでに明日の冒険者業用の買い出しもしたいし」

「うへー。飯はいいけど、やっぱ明日から冒険者業を始めるのか」

「ハプニングのせいもあって、ここ一週間、金を稼げてないからな。明日ぐらいは旅の疲れを取るのも兼ねて、街を散策する日にしたいところでもあるが……明日から始めないと駄目だ」

「私は『七福屋』のおじいさんから譲り受けた、長杖（ながづえ）の扱いに早く慣れたいですし、魔物を狩りたくてうずうずしていますよ」

「……まぁ俺も体が自由自在に動かせるから、依頼をこなすのも楽しいけどさ」

「とりあえず二人には、早くブロンズランクから脱却してもらいたい。そして、シルバーランクに上がるまでの間にヘスターは長杖の扱いを、ラルフは自由に動かせるようになった体の扱いに慣れてくれ」

「おう！」

「はい！」

二人の元気の良い返事を聞いたところで、俺たちは商業通りへと飯を食べに行ったのだった。

オックスターに辿り着いた翌日。

昨日到着したばかりだが、今日から早速冒険者業を再開する。

俺としては早く森の探索に行きたいところだが、今日はさすがに依頼をこなすつもりだ。

昨日、冒険者ギルドの場所は確認済みだし、準備も昨日のうちに整えている。

「クリスさんはシルバーランク依頼を受けるんですか？」

「うーん、なんとも言えないな。ブロンズランクの依頼にいいものがなければ、シルバーランクの依頼を受けたいと思っているが……。個人的に、シルバーランクの初依頼は三人で受けたいと考えている」

「――なら、もう少しだけ待っていてくれよ！　俺も三人で一歩を踏み出したい！」

「我儘（わがまま）かもしれませんが、私も最初の依頼は三人で受けたいですね」

ただの仲良しパーティにはなりたくないと思っているが、確かにパーティとしての一歩はキッチリと踏み出したい。

俺ははぐれ牛鳥（うしどり）狩りをやっていたり、時折森にも籠（こも）っていたせいで依頼達成数は少ないが、毎日コンスタントに指定あり依頼をこなしていた二人は、もう少しでシルバーランクに昇格するだろうしな。

「そうするか。二人がシルバーに昇格するまでは、ブロンズの依頼を受けることにする」

「へへっ、俄然やる気が出てきたぜ！」

「ですね！」

気合いの入った様子の二人と共に、俺は冒険者ギルドを目指して歩みを進めた。

ギルド通りへと辿り着き、早速冒険者ギルドの中に入る。

外観も内装もレアルザッドの冒険者ギルドと大差ないはずなのだが……。

「なんか嫌な視線だな」

「……私も感じました。歓迎されていないみたいですね」

基本的に冒険者同士は不干渉だったレアルザッドと違い、オックスターは冒険者同士の距離が大分近いような気がする。

そのせいで他所者扱いを受けている——嫌な視線も合わさって、そんな感覚があるのだ。

「そうか？　気にしなくていいだろ！」

そうお気楽に受付へと歩き始めたラルフだったが、そんなラルフの前に一人の冒険者が立ちはだかってきた。

太った三十代くらいの冒険者で、体格差もあるが見下すようにラルフを見ている。

「……なんだよ。どいてくれ」

「おい小僧。見ない顔だな。今日が初めてのルーキーか？」

フガフガと鼻息が荒く、舌足らずなせいで言葉が非常に聞き取りにくい。

体つきも非常にだらしないが、弱くはない——そんな雰囲気だ。

「いや、違う。別の街からやってきただけで、ブロンズランクだ」

「別の街から？　ほぇー。ならますます、ちゃんと挨拶はしないといけねぇだろ。俺はグリース。この街唯一のプラチナランク冒険者だ」

雰囲気はあると思ったが、この男はプラチナランクなのか。

「俺はラルフ。……これで満足か？」

「満足か、だと？　なんで先輩に舐めた口利いているんだよ！　この街で冒険者としてやっていきたいと思っています。なんでもしますのでよろしくお願いします――だろうがよ‼」

冒険者ギルド内に響き渡るほどの大声を上げたグリース。

その様子を見ても、他の冒険者はおろか、ギルド職員も止めようとすらしていない。

「………すみま――」

「ラルフ、謝らなくていい。もう他人に諂い、相手の様子を窺いながら生きていく必要はないんだ。お前はもう昔とは違う」

この場を穏便に済ますためかもしれないが、謝ろうとしたラルフの肩に手を置いて俺は止めた。

これはラルフに言っているようであって、俺自身に言っている言葉でもある。

「なんだてめぇは！　俺に無礼な態度を取った奴がどうなるか知っているのか？」

「知らないし興味がない。仮にこの街で依頼が受けられなくなるのだとしたら、別の街に移るだけだ。――もちろんそんなことはないだろうが、まぁそうだな、仮にあったとすれば、ノーファストの冒険者ギルドにでも行って噂を広めさせてもらうけどな」

黙っているギルド職員にも聞こえるように、俺はわざとらしく大きな声でそう宣言する。

一方のグリースは、口角をピクピクとひくつかせ、俺の態度が大層気に入らない様子。

多分、身体的な能力だけみたら俺よりも強いだろうが、デュークウルスに比べたら屁でもないし、こんな奴に一歩引いていたら【剣神】のクラウスには一生かかっても追いつかない。

手を出してきたら、ホルダーの有毒植物を口に叩き込んでやるつもりで構えていたのだが……。

「分かった。お前たちがそういう態度なら俺は構わねぇよ。――ただ、後悔しても知らねぇからな！」

ドスの利いた声でそう言うと、グリースは俺の肩をポンと一度叩いてから、パーティメンバーであろう人たちを連れてギルドから出ていった。

…………はぁ。良い街だと思っていたが、肝心の冒険者ギルドが糞だったか。

拠点を変えるのもアリだが、あの野郎のために変えなきゃいけないのは癪だな。

「――おいっ！　クリス、何やってんだよ！　適当に謝っておけばいいだろ」

「あれでいいんだよ。確かに平和に楽しく暮らしていくなら、適当にペコペコするのが正解だけどな……もう馬鹿らしくないか？　一回きりの人生だぞ。俺はあいつに謝罪する人生は歩みたくない」

「私も同感です！　謝罪するという選択しか取れなかった昔とは違います。もしこれでこの道が駄目になってしまったとしても、無数に道はありますからね」

「んー……むー……。まぁ俺もスカッとはしたけどよぉ」

「親切にしてくれた人には親切に。高圧的な態度の奴には高圧的に。施されたら施し返して、殴られたら殴り返す。……二人共、すまないな。俺はもう、こう生きるって決めたんだ」

もう自分の人生を他人に預けるなんてことはしない。

俺は俺のためだけに生きる。

「なら、もういいか！　また来たらぱぱっと追い返しちまおう！」

「賛成です！　それじゃ依頼を受けましょうか」

俺たちは三人で話をまとめ、グリースの大声でおかしなことになっている冒険者ギルドの空気をガン無視し、依頼受付へとやってきた。

受付嬢はかなりキョドっているが、俺は構わずに話しかける。

「別の街で冒険者をやっていたから、依頼についてのおおよその内容は知っている。ここには依頼掲示板はないのか？」

「あ、あります。あそこの冒険者さんたちがいっぱいいらっしゃるところの後ろなんですが」

受付嬢が指さした方向を見てみると、睨（にら）みつけるように俺たちを見ている大勢の冒険者たちの奥に、依頼掲示板があった。

ここの冒険者ギルドの冒険者は、基本的に全員グリースの言いなりってことか。

「ありがとう。依頼を吟味してから持ってくる」

俺は一度受付から離れると、大勢の冒険者の中を突っ切って歩き、一切構わず依頼を選び始める。いつ襲われてもいいように警戒だけは解かず、手頃そうな依頼を選んで手にした。

「あっ、それ。俺も今受けようとしていたんだけどよぉ！　横取りしてんじゃねぇぞぉ！」

見計らっていたかのようにケチをつけてきた、ぬべーとした顔のグリースの取り巻きの冒険者。

相手にするのも面倒くさいため、俺が無視して受付へと戻ろうとすると、俺の肩を思い切り掴（つか）んで引き留めてきた。

「……今すぐ離したら許してやる」

「俺だってよぉ！　その依頼の紙を渡したら見逃してやるよぉ！」

変な金切り声を上げていることから、どうやら俺から離れる気がないようだな。

そう判断した俺は、肩を掴んできた腕を振り払ってから、裏拳で思い切り顔面を強打してやった。

ぬべーとした顔の奴は、俺がいきなり手を出すとは思っていなかったようで、何もすることができずに鼻から血を噴き出して地に伏した。

俺はその滑稽な様子を見てから、何事もなかったかのように受付へと戻ろうとしたのだが——。

「てめぇ！　いきなり何してくれてんだ！」

「手出したのはお前だからな！　こいつを逃がすんじゃねぇぞ！」

「絶対に許さねぇ！」

周りでクスクスと笑いながら見ていた冒険者共は、一拍置いてから一斉にキレだすと、殴った俺へと襲い掛かってきた。

暴れだした冒険者たちにさすがのギルド職員も焦った様子を見せたが、すぐに仲裁に入ることはなく、俺対冒険者複数人による大乱闘が勃発(ぼっぱつ)したのだった。

「……チッ、いってぇ。やっぱあの人数は無謀だったか」
「だから、大人しくしておこうって言っただろ？」
「でも、ラルフも参戦してくれただろ？」

冒険者ギルドで大乱闘が勃発した後、結局どちらかが倒れるまで乱闘は続き、ヘスターの魔法が決め手となって、一応は俺たちの勝利で終わった。

しかし冒険者ギルドで派手に暴れたせいで、俺は一週間の依頼の受注禁止処分を受けた。

俺たちが絡まれた側だったこともあってこのぐらいで済んだが、下手すれば出禁になってもおかしくなかったたな。

今日は乱闘を起こしただけで何もできなかったし、軽い怪我も負った。

新生活は、幸先の悪いスタートとなってしまったな。

「そりゃ、お前が大勢に囲まれているのにぼーっと見てられるかよ！　でもな、普通あんな大人数に手を出すか？　クリスの信念は分かったけど、せめて相手を選んでくれ」

「相手を見て喧嘩を買ったつもりなんだけどな。あの冒険者ギルドの一番上が、プラチナランクのグリースなのは分かっていた。ゴールド以下の冒険者なら余裕で全員倒せると思っていたんだが、やっぱまだまだ弱すぎるな俺は」

「いやいや、十分だろ。少なくとも八人はぶっ倒してたぞ……。それより、明日からはどうするんだ？　依頼は受けられないけどよ」

それに関しては問題ない。

乱闘を引き起こした俺と、ちょっかいをかけてきたぬべーっとした顔の奴が謹慎処分を受けただけで、ラルフとヘスターは仲裁に入ったとされ、何の処分も受けていないからな。

「ラルフとヘスターは通常通り依頼を受けて、ランク上げに勤しんでくれ。今日の大乱闘で、さすがにしばらくは奴らも手を出してこないと思うからな」

「分かりました。……でも、また何かされたらどうすればいいでしょうか？」

「とりあえず、明日の受注までは俺も一緒に行くから安心してくれ。また絡んできたら――そうだな。一人一人襲撃して、二度と逆らえなくしてやる」

「……こえーよ。一体、何する気だよ」

「俺に手を出したら怖いってことを思い知らすんだよ。あのグリースに従っているくらいだ。束になってなければ脆（もろ）いもんだろうからな」

今回も相当ボコボコにしたから大丈夫だとは思うが、救えないアホの可能性もあるからな。

「絡んできた冒険者の対処は分かった。……それで、クリスの方は明日からどうするんだ？　俺たちの手伝いでもしてくれるのか？」

「するわけないだろ。俺は近くの森に籠る予定だ。ペイシャの森の代わりを見つけないといけないからな」

「こっちでも毒草食いをするつもりなのか？」

「俺の強化方法はそれしかないからな。元々、明日は森に行く予定だったし、このタイミングでの謹慎はむしろ好都合」

「好都合ってお前……。分かっちゃいたけど、反省の色なしだな」

「そんなの当たり前だろ。どう考えてもあいつらが全部悪い」

思い返すといまだにイライラする。

精神上よくないことから、俺は別のことに思考を費やすため、明日の森での予定を立てることに決めた。

明日向かう予定の森は、『カーライルの森』と呼ばれる場所。

このオックスターから、東に数時間行った先にある深い森だ。

乱闘前に見た依頼掲示板に依頼が貼り出されていたことから、カーライルの森の入り口付近は人が多くいることが予想される。

ペイシャの森のように森の奥深くに入って採取することになるだろうし、しっかりと準備しないといけないな。

デュークウルスという危険な魔物はいたものの、ペイシャの森は超がつくほどの穏やかな森だったから、どうしても油断しがちになってしまう。

ペイシャの森に入る感覚のままだと、カーライルの森で痛い目を見ることは確実だ。

気持ちを新たにし、万全の準備を整えてから、明日のカーライルの森探索に向かおうと思う。

………ははは。それにしても本当に楽しみだ。

一体、どんな有毒植物があるのだろうか。

レイゼン草、ゲンペイ茸、リザーフの実以外の体力、耐久力、筋力を底上げするものもあるかもしれないし、まだ見つかっていない敏捷性と魔法力の上がる有毒植物が見つかるかもしれない。

自作の有毒植物図鑑を眺めながら、カーライルの森に心を躍らせつつ、眠りについたのだった。


翌朝。

ラルフとヘスターに付き添い、俺たちは朝一で冒険者ギルドへと向かった。

朝一ということもあったからか、昨日たむろっていた冒険者たちの姿はなく、平和な空気がギルド内には流れている。

「これなら大丈夫そうだな。俺が中に入る必要もなさそうだし、もう行くわ」

「ああ。クリスも気をつけて植物採取しろよ！」

「分かっているよ。こっちで何かあれば、地図に描いた森まで来てくれ。森の奥にいると思うから捜すのは大変だろうが、頑張って探してほしい」

「多分大丈夫だと思いますが、分かりました。何か大事件がありましたら、捜しに行かせてもらいます」

「ああ、それじゃあな。二人とも頑張れよ」

二人が冒険者ギルドの中に入っていくのを見送ってから、俺は商業通りを目指した。

大まかな野宿のための用品は揃(そろ)っているものの、回復ポーションと食料、それからオブラートは買っておかないといけない。

……あと森に入る前に、錬金術師の店にも顔を出したいと思っている。

良い人そうならば、そこで回復ポーションを買いつつ、カーライルの森について聞き出したい。

そんなことを考えながら、俺は商業通りへとやってきた。

早速、錬金術師の店に入ってみるか。

朝早いため開いているかどうか不安だったが、看板が『ＯＰＥＮ』となっているため、どうやら営業しているようだ。

俺はお洒落(しゃれ)な外観の、『旅猫屋(たびねこや)』と書かれた錬金術師の店へと入る。

ドアについているベルが心地良い音を鳴らし、その音で店の中に入ってきた俺に気がついた店員が迎えてくれた。

「いらっしゃいませ。ようこそ『旅猫屋』へ！」

店員は俺よりも若干年上ぐらいの、若い女性だ。

髪は短く可愛らしい顔立ちで、猫の刺繍の可愛らしいエプロンもつけているため、見た目で判断するのは失礼であるが、この人が錬金術師には見えない。

「初めて来たんだが、店主はいたりするか？」

「え？　……あの、私が店主なんですけど！」

「そうだったのか。失礼した。……ということは錬金術師なのか？」

「はい！　こう見えても、小さい頃から錬金術を教えられてきましたので、オックスターでは一番の錬金術師と言われています！」

「――あれ？　オックスターって他に錬金術の店ってあったか？」

「……うーん、どうでしたかね？」

「昨日見た限りでは、ここしかなかったはずだが。オックスターに一店舗しかないなら、オックスターで一番なのは当たり前なんじゃないか？」

「…………えーっと、ですねぇ。――まぁ細かいことはいいじゃないですか！　それで今日はどんなご用事で来てくださったんですか？」

ニコニコと笑顔で話を変えてきた錬金術師。

決して悪い人ではなさそうだが、どうにも胡散くさいな。

想像していた錬金術師ともかけ離れているし、信用するのが少し怖い。

「回復ポーションを買いに来たんだが、やっぱりやめ――」

「回復ポーションですね！　ちょうどいいのがありますよ！　こちらをちょっと試してみますか？　どうやら少しお怪我なされているみたいですし、ぜひ試してみてください！」

　俺がやめると告げる前にすかさず回復ポーションを手に取ると、試供品を勧めてきた胡散くさい錬金術師。

　これを使ったら、逆に怪我をしてしまうんじゃないか――そんな怖さがあるのだが、こんな笑顔で親切にされたら断るのが申し訳なくなるな。

「うーん……。タダっていうなら、少しだけ使わせてもらうか」

「ありがとうございます！　ぜひ使ってみてください!!」

　小瓶に入った緑色の回復ポーションを手渡され、俺は恐る恐る、昨日の乱闘で出来た唇の傷にポーションをかけた。

　一瞬、辛子を塗りたくったような痛みで跳ね上がったが、すぐにその痛みが消えると、ずっとヒリヒリとしていた傷口の痛みも一緒になくなった。

「おおっ。本当に効いたぞ」

「ですよね!?　このポーション、本当に良いポーションなんですよ！」

「ちょっと顔を確認してもいいか？」

「どうぞ、こちらに鏡台がありますので、ご確認ください！」

　案内された鏡台の前に立ち、今ポーションを塗った傷を確認してみる。

　……？　傷口は完全には塞がってはいないようだな。

てっきり一瞬で傷口が塞がったのかと思ったが、どうやらそういうわけではないらしい。

「店主。これはどういうことなんだ？」

「聞いちゃいます？　それ聞いちゃいます!?　実はですね、普通の回復ポーションに冷却作用のある植物を混ぜているんです！　安上がりのポーションでどうにかできないかなぁって考えていたら、このポーションを思いついたんですよ！」

ノリはかなり面倒くさいが、この錬金術師は本当に腕が立つのかもしれない。

先ほどまでの考えを一転させ、俺はこの錬金術師と仲良くなることに決めた。

「このポーション、気に入った。信用ならない店主だと思ってすまなかったな」

「え？　……ええっ！　私のことそんな風に思っていたんですか!?」

「いちいちリアクションしなくていいから。とりあえずこのポーションはいくらなんだ？」

「そう言われても難しいんですけど……。えーっとですね、こちらは低級ポーションですが少しお値段かかりまして、銀貨二枚となります！」

「そうか。とりあえず五本売ってくれ」

「えっ！　五本も買っていただけるんですか？　ありがとうございます!!」

「その代わりといったらアレだが……少しだけ話に付き合ってくれるか？」

俺はカーライルの森についての話を聞くための、交渉へと移った。

このノリの良さなら、即了承してくれるだろう。

「え、え、え？　お、お話ですか……？　す、すみません！　ここはそういうお店ではないんです！

え、エッチなことがしたいなら、他のお店に行ってください！　ポーションは買わなくて結構です!!」

訳の分からないことを言い出した錬金術師に、俺は思わず頭を抱えてしまう。

最初から会話が微妙に噛み合わないし、この錬金術師はもしかして妄想癖持ちなのか？

「誰がそんなこと頼んだんだよ。知りたいことがあるから教えてくれと頼んだだけだ」

「ほ、本当にそれだけが目的ですか……？」

「はぁ、もう帰るわ。ポーションはいらない。お前と話していると疲れる」

両腕で体を抱えるようにして恥じらいを見せている錬金術師に、俺はうんざりしてそう告げた。

買おうとしたポーションを机に置き、店を後にしようと扉に左手をかけたその瞬間、俺の右腕を錬金術師に引っ張られる。

「――なんだよ。離せ」

「すみませんでした！　やっぱりポーションを購入してください！　売上が上がらなくて困っているんです！　なんでもしますから!!」

ラルフより面倒くさいのは久々だな。

ため息が止まらないが、情報を教えてくれるなら買ってやってもいいのか？

……でも、こいつとは仲良くなりたくはないな。

「変な妄想をして失礼なことを言ってしまったこと、どうか許してください！」

「…………ちっ、分かったよ。ポーションは当初の予定通り買う。あとは情報を教えてくれ」

「ありがとうございます！　本当にありがとうございます！」

何度も頭を下げる妄想癖の錬金術師に金貨一枚を手渡し、俺は冷却効果のある低級ポーションを五本、鞄の中へと入れた。

……本当に金に困っていたのか、俺の渡した金貨を大事そうに握り、即座に金庫の中へと入れている。

「おい、質問していいか？」

「あっ、ちょっと待ってください！　ハーブティーを淹れますので、こっちに来てください！」

「いらない。ゆっくりするつもりはないからな」

「……そんなすぐに終わる質問なんですか？　ということは、本当にエッチなお願いじゃない？」

「次言ったら、本気で返金してもらうぞ」

「すみません！　すみません！」

本日二度目のため息をついてから、俺はやり取りが面倒くさいためそのまま質問をぶつけることにした。

「カーライルの森について、知っていることがあれば教えてほしい」

「カーライルの森ですか？　お客さん、珍しいことを聞きますね！　いいですよ。私、カーライルの森にはよく行くので詳しいんです！」

「それじゃあ……出現する魔物、絶対に食べてはいけない植物の情報と――。あとはこの辺で、この冊子の情報と一致する植物があるかどうかも見てくれ」

俺は持ってきた自作の有毒植物図鑑のレイゼン草、ゲンペイ茸、リザーフの実のページを開き、錬金術師に尋ねる。

前者はカーライルの森について、後者はオックスターの近くで三種の植物を見たことがあるかの質問だ。

「ちょっと見せてもらいますね！　えーっと……紫色の小さな花で猛毒を持つ？　特徴がなさすぎて該当するお花がいっぱいありますので、これは分からないですね。次は……真っ白な笠と柄におびただしい赤い斑点があるキノコ？　これも分からないなぁ。――えーっと最後は……紫色に白い斑点がある実ですか！　これは知っていますよ！」

「本当か！　情報を教えてほしい」

「カーライルの森にいっぱい生えている木の実です！　入り口付近にも生えている木なんですけど、猛毒を持っているから絶対に食べてはいけない木の実として教えられています！」

よしっ。俺は小さくガッツポーズをとった。

オックスターの街の周辺にリザーフの実があるのであれば、とりあえず及第点だ。

それも、カーライルの森に自生しているのだとしたら話も早い。

「情報ありがとう。カーライルの森についての情報も教えてくれ」

「えっと、カーライルの森で絶対に食べてはいけない植物でしたっけ？　一つはお客さんが言っていた実です。あと二種類ありまして、一種類目はジンピーって呼ばれるハートの形をした葉っぱですね！　無数の毒の棘がついていまして、刺さったら死ぬとまで言われている植物です」

棘つきの植物か……。有毒植物には多いタイプなんだが、俺は意図的に避けている種類のもの。

毒が大丈夫でも、棘の方はどうにもならないからな。

口内をぐちゃぐちゃにされたらたまったものじゃないため、俺は食べていない。

「そして、二種類目はオンガニールと呼ばれる植物です。緑色のリンゴのような木の実でして、近づくことすらしてはいけないと言われている猛毒の木の実です」

「オンガニール……!? それって〝死のリンゴ〟か？」

「あっ、はい！ そうです！ 普通の人間の中でも有名で、一般的には〝死のリンゴ〟として知れ渡っていますね」

これは——凄い情報を手に入れたかもしれない。

『植物学者オットーの放浪記』に記載されていた〝死のリンゴ〟。

オットーがスキルの実について解明したがっていた木の実で、その超強力な毒故に、凄まじい潜在能力を秘めている可能性があるとオットーが感じていた木の実。

詳しいことは分からないのだが、〝死のリンゴ〟は個体差が大きく出るようで、一部の実には著しく潜在能力を上昇させたり、はたまたスキルの実と同じような効能を持っている可能性があると記載されていた。

放浪記のカーライルの森の欄には、その存在についての記載はなかったはずなのだが、これはラッキーすぎる。

「おいっ！ オンガニールについて、もっと詳しい情報を教えてくれ。森のどの位置に自生しているとか、どんな環境下に自生しやすいとか」

「すみません！ 詳しいことは何も知らないんです。何せ近づくことすら駄目な植物と言われているので、その存在を見たことがある人はいないと思いますね」

……それもそうだよな。

わざわざ超強力な毒を持つ木の実を探そうとする奴なんて、俺かオットーくらいしかいない。

さすがに情報を求めすぎてしまったようだ。

「それもそうだよな。……この情報は本当に助かった。ありがとう」

「いえいえ！　あとは出現する魔物についてでしたよね。これも聞いた話なんですけど、カーライルの森の奥地には怪鳥が棲(す)んでいると聞いたことがあります！」

「怪鳥？　どんな魔物なんだ？」

「すみませんが、こちらも噂程度なので詳しくは分からないんです。カーライルの森は、その怪鳥以外は特に危険な魔物が出るとは聞きませんし、比較的穏やかな森だと思いますよ！　定期的に冒険者が魔物の駆除も行っていますしね！」

「……なるほど。色々な情報、助かった。ポーション代以上の情報を貰(もら)った気分だ」

錬金術師なら詳しいだろうと踏んでやってきたが、予想以上の収穫を得られたな。

「そんなにお役に立てたならよかったです！　植物や魔物の素材についてなら詳しいと思いますので、いつでもお店に来てくださいね!!　……あっそうだ！　自己紹介がまだでしたね。私は錬金術師のシャンテルです！　お客さんのお名前は何ていうんですか？」

「……俺はクリスだ」

「クリスさんですね！　覚えました！　またぜひご来店ください」

「ああ。また気が向いたら来させてもらう」

俺はそう言い残して、『旅猫屋』を後にした。

店主のシャンテルは正直苦手な部類だが、そんなことが気にならないくらいの情報に加え、役に立ちそうなポーションも手に入れることができた。

性格は面倒くさいが口は軽そうだし、オックスターを拠点にしていくなら常連になるのもアリかもしれない。

そんなことを考えつつ、露店でオブラートと日持ちする食料を適当に買ってから、俺はカーライルの森を目指して歩を進めたのだった。

第二章 カーライルの森

地図を頼りに東へと進んでいき、俺はカーライルの森に辿り着いた。

シャンテルが言っていた通り、入り口付近にはちらほらと冒険者の姿が見える。

そして、冒険者に魔物の討伐を依頼しているであろう林業の方々も見え、ペイシャの森と違って随分と人が多い森だ。

あの冒険者たちの中に、昨日絡んできた冒険者がいたら面倒なのだが……まぁ気にしても仕方ないか。

入り口に陣取っている冒険者なんてブロンズだろうし、絡んできたら軽く捻ってやればいい。

そんな強気な心構えで、俺は堂々とカーライルの森の正面から森の中に入っていく。

森の入り口付近でうろちょろしていた冒険者の中に、昨日絡んできた冒険者はいなかったようだが、どうやら俺の噂は既に広まっているようで逃げるように去っていった。

まったく以て酷い態度だが、絡まれるよりは断然マシだな。

避けられるのはレアルザッドでもそうだったし、もう慣れている。

森の入り口付近にも生えているというリザーフの木を探しつつ、俺はカーライルの森に足を踏み入れた。

森に入って三十分ほど経つが、いまだにリザーフの実らしきものは見つからない。

シャンテルに偽の情報を掴(つか)まされたかと勘繰ってしまうが、決めつけるのはまだ早いよな。

……ただそれよりも、魔物の数が尋常じゃない。

入り口付近はまだよかったのだが、この辺りから一気に数が増えてきた。

シャンテルが言っていた通り、ゴブリンにコボルト、たまにラウルフロッグと大した魔物はいないけど、ペイシャの森と比べて数が多すぎる。

いや森といえば、これぐらい魔物や動物がいるのが普通なのか？

やっぱりペイシャの森は、デュークウルスの影響力が大きかった可能性が出てきたな。

そんな考察をしながら、俺は道中の魔物を倒して森の奥へと進んでいく。

更に三十分ほど進んだところで、俺はようやくカーライルの森で初めてのリザーフの実を発見した。

紫の実に白い斑点。いかにも毒を持っていそうなこの植物は紛れもなく、リザーフの実だ。

全て採取して鞄(かばん)の中に入れると、引き続き周囲を探索しながら、俺はどんどんと森の奥へと足を踏み入れていく。

そして、森に入って約三時間。

かなりの数の魔物に遭遇しつつも、かなりの数のリザーフの実を採ることができた。

入り口付近のものは、間違って食べると危険ということで意図的に伐採されていたのかもしれない。

それと、シャンテルは分からないと言っていたが、レイゼン草も少なくはあるが見つけることができた。

やっぱり有毒植物図鑑を作ったのが大きく、森のどの場所に自生しやすいかが分かっているだけで、見つける速度が大幅に違う。

とりあえずもう少し奥に進んでから、拠点を作るのに良さそうな場所がないかを探して、拠点づくりに移ろうと思っている。

ペイシャの森で拠点にしていた岩の間や、崖下みたいな雨風が凌げる場所があればいいのだが、この森は地形的に見つかりそうにない。

一から拠点を作ることも視野に入れつつ、俺は更に森の奥を目指して歩を進めた。


拠点用の場所を探し始めてすぐのこと。

ここにきてやけにゴブリンの数が多いと思っていたが、どうやら近くに巣があったようだ。

小さな洞穴のような場所で、蠢くようにゴブリンがその洞穴を行き来しているのが見える。

近づかないようにして離れよう――そう頭を過ったのだが、あの洞穴。

俺の探している理想の拠点の条件と完璧に一致している。

「…………潰すか？」

俺はボソリとそう言葉を漏らす。

ここでやらなかったとしても、確実に植物採取の邪魔をしてくるだろうし、なんならすでに邪魔されている。

一人で殲滅できるかを調べるために木の陰に隠れ、巣に出入りするゴブリンを確認。

通常種のゴブリンが大半で、ゴブリンウォリアーにゴブリンアーチャーが時折交じっている。

それから奥の方には、ホブゴブリンが二匹か……。

洞穴の全てが見えたわけではないが、この程度の戦力なら大丈夫なはず。

拠点を潰すと決めた俺は、背負っていた鞄を下ろしてから鋼(はがね)の剣を引き抜き、木の陰に隠れながらゆっくりと近づいていく。

隠れる場所がなくなったところで、俺は一気に飛び出して奇襲をかけた。

まずは、巣の周りにうろちょろしているゴブリンから殲滅を図っていく。

一撃で殺すことを意識し、まずは唐突に現れた俺に対応ができていないゴブリンを、二匹連続で斬り伏せる。

次は唯一の遠距離攻撃持ちであるゴブリンアーチャーだけに狙いを絞り、他のゴブリンを無視し、俺は一直線で洞穴へと飛び込んだ。

通常種のゴブリンと比べてやはり一つ格上の存在であるだけに、他のゴブリンに目もくれずに飛び込んできた俺に対しても焦る様子はなく、冷静に弓を構えて射ようとしてきている。

弓の照準は俺の心臓付近。

狙っている場所が分かるなら、あとは放つタイミングさえ見切れれば躱(かわ)すことは可能。

俺は視線を、力が込められているゴブリンアーチャーの腕の部分だけに集中させる。

指が矢を離すタイミングを見逃さないように、パンパンに張った腕が脱力した瞬間——。

俺はステップを横に踏んで飛んできた矢を躱し、二射目の準備をしているゴブリンアーチャーを両断した。

ふっ、と短い息を吐いてから、洞穴に他のゴブリンアーチャーの姿がないかを確認。

……どうやら、ゴブリンアーチャーはこの一匹だけのようだ。

ホブゴブリンは先ほど確認できた二匹だけ、ゴブリンウォリアーは洞穴の奥に二匹隠れていて合計五匹いる。

「んガぁ！　グアぐガッ！　ぐがガ!!」

二匹のホブゴブリンが何やら叫び声を上げ、俺を殺すようゴブリンに命じているようだが、近接戦一辺倒のゴブリンが何匹集まったところでもう勝機はない。

襲い掛かってきた三匹のゴブリンを綺麗に斬り伏せ、この巣の主であるホブゴブリンに突っ込んでいく。

ホブゴブリンは、ゴブリンとオークの中間くらいの大きさの魔物。

姿が薄い緑色なこと以外は、ほとんどゴブリンと同じ。

手には棍棒を持ち怪力が自慢のようだが、所詮はゴブリンの中での話だ。

動きも遅いため、振り下ろされる棍棒を冷静に避けてから、鋼の剣で心臓部分を突き刺す。

細身の剣故に両断は難しいが、突き刺すことに関しては長けている。

二匹目のホブゴブリンは、足を複数箇所刺して動きを止めてから、崩れた体に合わせて眉間に剣を突き刺した。

残るは通常種とゴブリンウォリアーだけだが……。

一瞬にして親玉であるホブゴブリンが倒されたことで、他のゴブリンたちは一斉に逃走を図りにかかった。

こうなってしまえば、あとはもう作業感覚で倒すことができる。

残りのゴブリンたちも殲滅し、俺はゴブリンの巣を壊滅させることに成功した。

「人型の魔物はやっぱり戦いやすいな。……さてと、ゴブリンの死骸を片付けてから拠点づくりをするか」

ボソリと独り言を呟いてから、俺は拠点づくりへと移行する。

元々がゴブリンの巣であっただけに、このまま使っても十分機能しそうな感じはするが、今後も使っていくことを考えたら手を加えておいて損はない。

今は巣を離れているゴブリンが、俺が眠っている間に戻ってくることもあるだろうし、軽い防護柵も作っておきたいな。

今日はもう植物採取を諦め、俺は拠点づくりに専念することを決めたのだった。

元ゴブリンの巣に拠点を作った翌日。

今日はようやく目的である、有毒植物の採取を行うことができる。

狙いは、通称〝死のリンゴ〟と呼ばれているオンガニールの実。

それからリザーフの実と、レイゼン草、ゲンペイ茸の三種の植物。

あとは新種の有毒植物も採取できるだけ採取し、魔法力や敏捷性の上がる植物を見つけていきたい。

特に敏捷性は必須で上げなくてはならない能力。

カーライルの森に存在していることを祈りつつ、新種の植物はとにかく食べていく予定。

今日の朝食としてリザーフの実を食べた俺は、頬を一つ叩いて気合いを入れてから、カーライルの森の探索へと入った。

森の探索を始めて約半日。

いまだにオンガニールを見つけることはできていないが、この森にはリザーフの木が多く生えていることが分かった。

この森は、リザーフの実が生りやすい条件が整っているのだろう。

現状、リザーフの実は俺が一番必要としている筋力がつく植物だし、いくらあっても困らない。

全てを採りきらないことだけに注意し、俺はリザーフの実をバンバンと採取していった。

それから、昨日のレイゼン草に続いてゲンペイ茸も見つけることができ、ペイシャの森で見つかった潜在能力を上昇させる三種の植物が、このカーライルの森にも自生していることが分かった。

とりあえず見つかった安心はあるものの、レイゼン草とゲンペイ茸については発見する確率が低く、リザーフの実とは違ってカーライルの森では自生しにくい種類である可能性が高い。

今後の採取方針について頭を悩ませながらも、更に植物採取を続けていると——俺は突然、背筋が凍りつくような嫌な気配を感じた。

異様な空気感の正体を探るべく、俺は周囲を見渡して警戒する。

デュークウルスのあの時とは似て非なる感覚で、迫り来るような嫌な気配ではなく……嫌な気配の場所に足を踏み込んでしまったと思うような、じっとりとした重苦しい空気感。

シャンテルが言っていた〝怪鳥〟の文字が頭を過るが、この気配は魔物のものではないんだよな。

しばらくの間、この気配の正体を探るために腰を屈めて周囲を索敵していると、視界の端で異様なものを捉えた気がした。

遠いためうっすらとしか見えないのだが、何かが倒れているような姿。

嫌な気配もその倒れているものに近づくにつれ、徐々に大きくなっている気がするため、あの付近にこの嫌な気配を放つ何かがいる。

茂みに身を潜ませながら、俺が慎重にゆっくりと近づいていくと……。

そこにあったのは、腐敗したゴブリンの死骸だった。

そして――その胸の辺りを突き破るようにして生えている、一本の幼木。

黒いゴブリンを栄養にして育っているからか、全体的に黒っぽい色合いをしていて、どこか気味が悪い幼木。

…………ん？　木に生っているのは緑色の実か？

俺は探していた〝死のリンゴ〟と同じ緑色の実だったということで、思わず警戒を解いて無防備にその異様な幼木へと近づく。

近くで見てみると、生っていたのはやはり蕾ではなく、小さいながらも木の実だった。

幼木だから実が小さいだけで――これはもしかして、〝死のリンゴ〟じゃないのか？

まだ確証は持てないのだが、色々と一致している気がする。

これがもし仮にオンガニールだとしたら、この実はとてつもない潜在能力を秘めている可能性があるのだ。

「…………そういうことか」

そこまで考えたところで、一つの仮説が俺の中で立てられた。

『植物学者オットーの放浪記』によると、オンガニールは個体差が激しく、ものによっての効能が大きく変わる可能性があると記載されていた植物。

そして、目の前にあるオンガニールはゴブリンの死骸を宿主として、ゴブリンの栄養を吸い上げて成長しているということ。

つまり個体差というのは、オンガニールの宿主によって大きく変化するのではないかという仮説だ。

これがもしゴブリンではなくて、例えばあのデュークウルスが宿主だったとしたらと考えると――。

とてつもない木に成長していたであろうことが、容易に想像できる。

不気味さに常軌を逸した雰囲気のあるこのオンガニールだが、その不気味さと同じくらい俺はワクワクしていた。

とりあえず、この木に生っているつまめるサイズの小さい実を一つ採取し、俺はゆっくりとその場を後にした。

このオンガニールの生態は何ひとつ分からないが、もし毒ではなく寄生型の植物だった場合はかなり厄介。

たとえ【毒無効】を持っていたとしても、寄生に対しては恐らく無効化できないし、俺自身もかなり危ない。

寄生植物だった場合に対して少しだけ恐怖心を抱きつつ、俺は一度拠点へと戻ったのだった。

カーライルの森に入って、一週間が経過した。

森の深い位置且つ、ゴブリンの巣を改良して拠点を作ったということもあり、人間と遭遇しなかったのはもちろんのこと、魔物に襲われることもないまま、無事に最終日を迎えることができた。

オンガニールについてだが、特に変わった症状は出ずに今日まで元気に過ごせている。

ただ初日に見つけたあのオンガニール以降、一本も見つけることができずに一週間が終わってしまった。

成果は初日に採った一つの実と、昨日再び同じ木から採ってきた一つの計二つだけだが、カーライルの森にオンガニールが自生しているということが分かっただけでも十分な収穫だろう。

その他の有毒植物採取も順調で、リザーフの実はペイシャの森で採取できていた三倍ほど採取できた。逆にレイゼン草とゲンペイ茸は半分ほどしか採れなかったが……。

だが新種の有毒植物を、合計二十種類採取できている。

その二十種類の中に、シャンテルが危険な有毒植物の一つとして挙げていたトゲトゲの植物、ジンピーも交じっているのだが、これはいまだにどうしようか悩んでいる。

シャンテルが注意するべきと言っていた植物の三種類のうち、二種類がリザーフの実とオンガニールだ。

となれば、このジンピーの葉も凄い効能を秘めているのではと思えて、思わず採取してきてしまったんだよな。

シャンテルが言っていたように、葉っぱ全体に無数の棘がついていて、どう考えても食しようがないように見える。

一応、天日干しにしてみたけど、まだ肌に刺さるくらいトゲトゲしているし……持ち帰っても邪魔になるだけなら捨ててしまうべきか？

　拠点を離れるギリギリまで、あれこれ悩んだのだが……結局俺は持ち帰ることに決めた。

　ヘスターなら、もしかしたら良い打開策を提案してくれるかもしれないし、シャンテルも何か方法を知っているかもしれないからな。

　ということで、全ての植物を大きな鞄へと詰め、俺は一週間滞在したカーライルの森を後にした。

　こちらは大収穫だったが、はたしてラルフとヘスターの方はどうだろうか。

　初日は問題なく依頼を受けられただろうし、その後も二人が森に来ることはなかった。

　……もしかしたら、森に来たものの俺を見つけることができなかったというパターンもあるが、何事もなく過ごせていると信じたい。

　二人について考えながら、カーライルの森からオックスターへと戻ってきた俺は、そのままの足で『木峯楼（もくほうろう）』へと戻ってきた。

　カーライルの森は小川や池などの水場が多く、拠点近くにも比較的大きめの池があったため、体は毎日拭いていたのだが……それでもいち早くシャワーを浴びたい。

　その一心で二〇一号室の部屋の扉を開けると、そこにはくつろいでいるラルフとヘスターの姿が見えた。

「ただいま。二人共、無事だったか」

「クリス、無事に帰ってきたか！　ああ、初日以降は全く絡まれてないぞ。遠巻きにクスクスと笑われ続けてはいたけどな！」

「陰で笑われる程度なら好きにやらせておけばいい。俺たちは今までも笑われ続けてきたしな」

「へへっ、そうだな。俺もヘスターも全然気にしちゃいないぜ！」

「それで、クリスさんの方はどうでしたか？　何か収穫はありましたか？」

「あー……。とりあえず大収穫だったとだけ伝えておく。話の前にシャワーを浴びさせてくれ。帰ってくる前に色々と念入りに洗ってきたが、危険な植物を採ってきたから二人に被害が出ると怖い」

「おいおい！　許可なんかいらないから早く風呂に入ってくれ！　てか、そんな危ないもん部屋に持ち込むな！」

「仕方ないだろ。外に置く場所なんてないんだしな。実だけだし、袋に入れて密封してあるから多分大丈夫だ」

とはいっても、近づくことすら駄目というシャンテルの言葉と、ゴブリンを宿主として生えていたあの光景から鑑みても……。

とてつもなく危険な植物だということは容易に想像がつく。

このオンガニールの実は、はたして一体どんな効能を持っているのか。

早く効能を探りたい好奇心に掻き立てられながらも、ひとまず体を洗い流すために浴室へと向かう。

シャワーを浴びて少し落ち着いたところで、報告会を行うことにした。

「ふぅー、本当にスッキリした。やっぱ風呂があると最高だな」

「ですよね！　お風呂があるだけで、ここまで快適具合が変わるのかとビックリしています」

「レアルザッドにいたときも、早めに『シャングリラホテル』を出るべきだったんじゃないか？　たまーにクリスと近くの銭湯行っていたけどよ、意外と金もかかったもんな」

「うーん。……それはどうだろうな。俺はあの時の生活があってこそだと思うぞ。じゃなきゃこんなに感動できてない」

「それは一理ありますね。裏通りの生活や、駆け出し冒険者だったときのゴブリンすら倒すのに精いっぱいだったこと。その時の気持ちがあるからこそ、ずっと上を目指して頑張れていますから」

「そうだな……っと、今は風呂のことじゃない。この一週間の話をしよう」

一週間ぶりのシャワーが気持ちよすぎて、思わず話が脱線してしまった。

話を戻して、この一週間の成果について話し合う。

「一週間の成果といえば、クリスに報告がある」

「報告？」

「ああ、実はな――」

「私がシルバーランクに昇格しました！」

ラルフが溜め、ヘスターが大声でそう報告した。

そうか、ヘスターもとうとうシルバーに上がったのか。

依頼の失敗もないし、指定ありの依頼をコンスタントにこなしてきたから、そろそろだろうと思っていたがようやくだ。

「レアルザッドにいたころに上がってもおかしくないとは思っていたが、とうとう上がったのか。おめでとう」

「ありがとうございます。これも全てクリスさ――」

「感謝はいらんいらん。ヘスターの努力のたまものだ。……そんでラルフはどうなんだ？」

「んー。もう少しかかるかもなぁ。リハビリで休んでいた分、ヘスターとはかなりの差が生まれちまったから」

「そりゃそうか。まぁ焦らず依頼をこなしていってくれ。そっちはまだ他に報告はあるか？」

俺がそう尋ねると、二人は顎に手を添えて悩み始めた。

……まぁ、やることはレアルザッドにいたころと大差ないもんな。

「グリースに絡まれもしなかったし……。うーん、ヘスターの昇格以外に報告することあったか？」

「ないならそれでいい。ヘスターはラルフが昇格するまで、これまで通り手伝ってやってくれ」

「はい。分かりました！」

「それじゃ、次はクリスの報告だな。この一週間でどんな成果があったんだ？」

さて、まずは何から報告するか。

順を追って話した方が分かりやすいと思ったため、俺はまず錬金術師のシャンテルについて話すことにした。

「森に籠る前に、一人の錬金術師と仲良くなった」

「錬金術師って、クリスが気になっていた錬金術師の店のか？」

「ああ、そうだ。俺らと同い年くらいの若い女の錬金術師が営んでいる店でな。ちょっといいポーションが手に入ったから試してみてほしい」

俺は『旅猫屋』で買ったポーションを取り出し、二人に一本ずつ手渡した。

「へー。一般的なやつとは少し違うのか？　見た目はまるっきり同じに見えるけどな」

「冷却作用のある回復ポーションらしく、冷やすことで炎症が軽減されるらしい」

「凄いですね！　若いのにこんなポーションまで作れるなんて」

「オックスター近辺のことについても詳しそうだったから、二人には今度紹介する。面倒くさい性格をしているが悪い奴ではなさそうだったからな」

「そりゃ楽しみだ！　仲良くなれば安くポーションを回してくれるかな？」

「どうだろうな。金にはかなり困ってそうだったから、それは難しいかと思うが」

『旅猫屋』とシャンテルについてを話し、続いてカーライルの森についての話題へと移る。

「森での収穫はどうだったんだ？　レアルザッドにいたころによく行っていた森よりも良かったのか？」

「良し悪しの判断はまだ難しいな。レアルザッドの方の森はとにかく静かな森だったのがよかった。有毒植物の種類に関してはそこそこって感じだったけど、採取には専念しやすい森だった」

「対するオックスターの方はどうなんですか？」

「魔物がとにかく多いけど、そのぶん有毒植物の種類も多いって感じだ。求めていた植物も見つけられたし、上手いことといけばこの森で俺はかなり強くなるかもしれない」

単純な身体能力だけでなく、もしかしたらスキル習得も叶うかもしれない。

〝死のリンゴ〟、オンガニールの生態が未知すぎて確信は持てないけど、その可能性は十分にある。

俺はそのことを、二人に詳しく説明することにした。

「クリスが強くなるってことは相当だな。それでよ、その超危険な植物の実ってどんなものなんだ？　レアルザッドで採っていたものとは桁が違うんだろ？」

「レアルザッドで採っていた植物も、常人が食したら数十分——下手したら即死レベルの強い毒を持っているんだが、カーライルの森で見つけてきたのは別次元だな」

「……ちょっと理解が及ばないですね。即死以上に強い毒ってあるんでしょうか？」

「今回の植物は、近づいただけで死ぬと言われている植物だ」

「ちょっと、お前……。なんてものを持ち込んでいるんだよ！」

「袋に入れて密封しているから大丈夫だ。……多分な」

絶対とはいえないけど、さすがに厳重に口を縛っておけば大丈夫なはず。

それにオンガニールの実自体には、近づいても大丈夫だと勝手に思っている。

俺の見立てでは、オンガニールの花は毒を持つ種をまき散らしており、その種を吸った時点で死んでしまう。

構造的には、タンポポの綿毛と同じようなものだろうと推測した。

そして毒の種を吸い込んで死んだ生物の心臓に根を張り、死骸の血肉を吸い上げて育つという生態なのではないか。

「これで死んじゃったら洒落にならないからな。十分に気をつけて取り扱いしてくれよ！」

「分かっている。この植物に関しては人のいない場所でしか触らない」

「それで、その超強力な有毒植物ってどんな効能を持っているんですか？」

「まだ分からない。これから調べる予定って感じだな。……ただ、とある情報によれば、スキルを習得することができるかもしれないって話もある」

俺がそう告げると、驚いたのか勢いよく立ち上がったラルフ。

そして、ヘスターも珍しく目をまん丸にさせている。

「はぁ!?　す、スキルが習得できる？　そんなことがあり得るのかよ！」

「俺も半信半疑だが、情報によればその可能性があるらしい。調べてみないと分からないな」

「スキルって『天恵の儀』以外で習得できるんですね！　……私、ずっと思っていたんですけど、クリスさんのスキルって神をも上回る力なんじゃないでしょうか？」

「俺も今まさに同じことを思った！　だって、おかしいだろ。身体能力の底上げに加えて、スキルまで習得することができるんだぜ!?　普通の能力じゃねぇよ！」

ラルフとヘスターはこんなことを言っているが、俺は自分自身のスキルが神をも超える力だとは到底思えない。

実際に凄いのは俺ではなく、一切の身動きが取れない中、無数にいる外敵から身を守るために進化し続けた植物だ。

その進化の結晶が『毒』を保有するということであり、その『毒』を保有するためのエネルギーは凄（すさ）まじいものがある。

俺はその進化に進化を重ねた植物を食せる能力を持っているだけで、力を横取りしていると考えるのが一番しっくりくる。

だから、もし仮に神を超えた力があるのだとしたら……それはこの大地であり、広大な大地で生き延びるために進化した植物だ。

本来ならば、力の横取りなんていう外道行為は許されないんだろうが、俺は復讐（ふくしゅう）を果たすという目的のためなら手段を厭（いと）うつもりはない。

「スキルに関してはまだ本当かどうか分からない。ただ一つ言えることは、そんな大それたものじゃない。俺自身はな」

その一言で場は静まり返り、三人がそれぞれ色々なことを考え始めたのが分かった。

……話がぶっ飛び過ぎて変な空気になってしまったが、俺は尋ねたいことがあったのを思い出し、空気を変えるという意味でもヘスターに話を振る。

「最後に、ヘスターに質問があるんだけどいいか？」

「私に質問ですか？　答えられることなら答えますよ」

「この植物を食べたいと思っているんだが、何か良い方法を知っていたりしないか？　……あっ、絶対に触るなよ。これももちろん毒草だからな」

俺は鞄からジンピーの葉を取り出し、ヘスターに見せた。

「うわっ、凄い棘のついた植物ですね。……クリスさんは、これを食べようとしているんですか？」

「棘が刺さらずに食べられるのなら、食べたいとは思っている」

「うーん。棘を一本一本抜くか、すり潰すくらいしか方法が思いつかないんですが、この棘はすり潰せないですよね？」

「そうだな。すり潰すのは試したが無理だった」

「……なぁ、火をつけて吸うってのは駄目なのか？　ほら、煙草(たばこ)って中身は草だろ？」

「…………………。」

これは盲点だったし、この意見がラルフから出たことに俺は驚きを隠せない。

毒草の煙での周りへの被害を考えると試すことはできないが、まさかラルフから良い発想が出るとはな。

「さすがに有毒植物を燃やしたときの被害を考えると試せないが、人里離れた場所で試すのはいいかもしれない。ラルフから出たとは思えない良いアイデアだ」

「なんだそれ！　俺だって色々考えているっての」

「煙も駄目となると、やっぱり摂取は難しいんじゃないでしょうか？　……それか、知り合ったと言っていた錬金術師さんに、ポーションにしてもらうのはいかがですか？」

「ポーションか。えぐみや苦味が凄まじいことになりそうだが、それが一番現実的だな。ヘスター、ありがとう。近々頼んでみることにする」

やはりシャンテルにお願いするのが、一番無難な解決策か。

処理も面倒くさいし、やっぱり捨てておけばよかったと後悔しつつあったが、ここまできたら効能を調べたい欲に駆られる。


とりあえずジンピーの処理方法の話で、報告会はお開きとなった。

明日は、オックスターで初めての依頼を受ける日。

前回の二の舞を演じないよう、グリースには十分に気をつけて冒険者ギルドに向かおうと思う。


翌日。準備を整えた俺は、今日は一人で冒険者ギルドへと向かった。

絡まれるとしたら俺だし、二人を巻き込んでも面倒くさくなるだけだからな。

ギルド通りへと入ると、チラッと奥に佇(たたず)む教会が目に入る。

オックスターの教会はまだ訪れておらず、早く教会で能力を判別したい気持ちになるが……。

今日依頼を無事にこなし、明日になったら能力判別を行う予定。

楽しみにとっておきつつ、俺は冒険者ギルドの中へと入った。

今日は朝一で来たのだが、やっぱりというべきか――テーブル席に座るグリースの姿がある。

まぁ一週間の謹慎明けを狙い、わざわざ俺のために早起きしたと思えば可愛く見えるな。

無視して横を素通りしたのだが、立ち上がると俺の前へと立ち塞がってきた。

「おいおいおい！　無視は酷いんじゃないか!?」

「――触るな。お前の手下みたいに、殴られたくないならな」

「ひゅー。かっくいいなぁ！　……おら、殴ってみろよ。――おい、殴ってみろや!!」

目と鼻の先まで顔を近づけてくると、脅すように叫び始めたグリース。

……本気でイライラするな、こいつ。

斬り殺してやろうかと頭に過るが、さすがにこの場所で殺すのはまずすぎる。

こいつが殴れって言っているんだし、殴るくらいならばいいか。

そう考え、グリースの顔面に拳を叩き込もうとしたその瞬間――。

「ぎ、ギルド内での騒ぎは……ご、ご遠慮ください」

自身のスカートを両手で握りしめながら、そう声を発したのは一人の受付嬢だった。

前回は静観していた冒険者ギルド側だったが、今回は仲裁に入ってくれたみたいだな。

俺は振り上げかけた拳をゆっくりと下ろし、受付嬢の指示に従う。

「……おい、どの立場で俺に文句を言っているんだ？　ああ!?　俺がこの冒険者ギルドから脱退したらどうなるのか分かっているのかよ！　おいっ!!」

標的を俺から受付嬢へと変えたグリースは、重たそうな巨体を揺らしながら怯えている受付嬢に近づいて脅し始めた。

えーっと……確かこの場合は――人のためにやることだし、殺したとしても罪に問われないんだよな。

謎の言い訳で自分を正当化させてから、俺は背を向けたグリースを斬りにかかる。

大層な防具を身に着けているが、首を刎ねればさすがに死ぬだろう。

剣の柄を掴んだまま、一気に近づき――居合の要領で首を刎ねにかかった。

「いい加減にしなさい。――後ろの冒険者も止まれ！」

確実に首を落とせる状況だったが、またしても止めに入られてしまった。

他のギルド職員とは服が少し違う、細身のおじさん。

冒険者ギルド長である証のバッジが金色に光り輝いていることから、あのおじさんがここのギルド長ってことか？

「なんだ、マイケルギルド長じゃねぇか！　まさかギルド長まで俺を止めようとしているのか？」

「君がこのギルドにとって、どれほど大事な人物なのかは私も重々承知している。だからこそ、君の行いは大目に見ていたが……。私の部下に手を出すつもりなら見逃すことはできない」

ハキハキとした口調で、グリースにそう告げたギルド長。

怒りからか、グリースのこめかみは背後から見ても分かるほど痙攣しているが――。

「冗談だ、冗談。ちょーっとからかってやっただけだ。手を出すつもりはないから安心してくれよ。俺に出ていかれたら、そっちも困るだろ？」

両手を上げると、おちゃらけた口調に変えてそう宣言した。

口ではああ脅しているが、この手の輩がみすみす自分の城を手放すはずがないのは分かっている。プラチナランク如きでイキがれる最高の環境だもんな。

だから、普段から冒険者ギルド側も強気に出ればいいのにと思ってしまうが、グリースが去ったら厳しいのもまた事実なのだろう。

本当に去るという、万が一を考えて下手に出るしかないといったところか。

こんな糞野郎に媚を売らなきゃやっていけないなら、俺は潰れてしまった方がマシだと思うがな。

「それはよかった。あまり問題は起こさないように気をつけてほしい」

「分かってるって。お互い仲良くいこうや」

そう言ってから踵を返すと、俺を睨みつけながらすぐ真横を通り過ぎた。

「よかったな。助けてもらってよ」

俺の耳元で鼻息を荒らげながら、ボソリと呟いたグリース。

その気持ち悪さにゾッとし、全身に鳥肌が立ったが、俺はそれを無視して、注意してくれた受付嬢の元へと向かう。

「声を掛けてくれてありがとう。助かった」

「い、いえ。し、仕事なので」

まだ震えが治まっていないようで、体を小刻みに震わせながらスカートを握る手は、より力が入っていた。

どうにか落ち着かせてあげたいと思うが、グリースと揉めた俺が何をやったところで無駄だろう。

「スザンナさんは後ろで休んでいてください。……そして、あなたに少し話があります」

受付嬢は受付から出てきた二人のギルド職員に連れられ、バックヤードへと下がっていった。

代わりに出てきたギルド長が、俺を相談受付の一つに呼び出した。

「あなたは、この間もグリースさんと揉めていた方ですね」

「正確に言うならば違うが、グリースと言い合いはしたな」

「やはりそうでしたか。……これはギルド長としてのお願いなのですが、グリースさんに歯向かうのはやめてもらいたい」

その言葉に深いため息が漏れる。

そんなあからさまな俺の態度に不快感を覚えたのか、仏頂面のギルド長の顔が少し崩れた。

「無理だな。あいつから絡んできてるんだ。俺は何もするつもりはないから、争いをやめてほしいならグリースに言え」

「それができるのであれば、こんなことをあなたに頼んでいません」

「それなら、俺を説得するのも無理だ。誰になんと言われようと、あいつにへこへこする気はないと頭に入れておいてくれ。……さっきあんたも気づいたと思うが、度を越えた瞬間に俺はグリースを斬るからな」

「――――ちょっと待ってください！」

そう警告してから、俺は相談受付を離れて依頼掲示板へと向かう。

腐っている組織にもイライラするが、この感情を抱えていても無駄でしかないため、頭を切り替えて依頼を選ぶことにした。

グリースの取り巻きも既におらず、快適な状況で俺はゆっくりと依頼を選ぶことができたのだった。

翌日。

昨日は無事に、ブロンズランクの指定あり依頼を達成することができ、銀貨五枚を稼ぐことができた。

そして、朝の一件以降は特に絡まれることもなく、俺は何事もないまま翌日を迎えることができている。

「今日はクリス、休日にするんだっけか？」

「ああ、溜まっている植物の整理と識別を行うからな。二人は今日も依頼を受けに行くのか？」

「当たり前！　早くシルバーに上がらないといけないし、クリスがそうしているなら俺とヘスターで金を稼がないといけないからな！」

「それは助かる。頑張ってシルバーに昇格してくれ」

「おうよ！」

ラルフとヘスターを送り出してから、俺は今日まず何をするかを考える。

やらなければいけないことは複数あって――能力判別、植物の識別、オンガニールの実の効能を調べる、ジンピーの食べ方を調べる、そして能力を上昇させる効能を持つ植物の大量摂取。

これを一日で行わなくてはいけないため、効率良くこなしていく必要がある。

……ただ、まずは何といっても、能力判別から行うのが正解か。

一応、今回カーライルの森で採取した二十の新種の植物は、一週間の滞在期間に全て摂取済み。

リザーフの実やゲンペイ茸、レイゼン草も摂取してしまっているため、体力、筋力、耐久力の上昇効果がある場合は分からないのだが、魔法力、敏捷性を上昇させる植物があれば一発で分かる。

魔法力、敏捷性が上がっていたらそのまま新種の植物の識別に入り、上がっていなかったら……とりあえず今日は識別しなくていいと思う。

体力、筋力、耐久力を上げる別の有毒植物はもちろん欲しいが、既に発見済みでカーライルの森にも自生していることから、優先度自体は決して高くないからな。

金銭面の問題もあるし、金と時間に余裕が生まれるまでは識別は後回しでいいと思っている。

軽く一日の流れを決めたところで、俺は早速教会へと向かった。

冒険者ギルド等が立ち並ぶギルド通りを抜けた先、小さな池と一本のオリーブの木の横に佇む少し古臭さのある教会。

レアルザッドの神々しい教会とは別物のように感じるが、こういう温かみのある教会も悪くない。

……一つだけ気掛かりなのは、この教会で能力判別をやってもらえるかどうか。

あの豪華な教会だったから能力判別を行えたのであって、オックスターの教会ではできない可能性もあるからな。

そうだったとしたら、移住を真剣に考えるしかない。

グリースや腐った冒険者ギルドの存在もあるから——などと、自分を納得させる言い訳を考えつつ、俺は教会の扉を押し開いた。

内装も外観同様に庶民的な感じ。

常に多くの人が訪れ座る場所もたくさんあったレアルザッドの教会とは違い、小さめの木の長椅子が左右に三つずつ置かれているだけ。

　そして信者は一人もおらず、親父と同じくらいの年の——幸が薄そうな神父が講壇に立っているだけだ。

　街によって、教会の扱いも大分違うんだな。

　あの神々しい教会なら神の恩恵を得られそうだけど、ここでは少し難しいと思ってしまう。

　俺はここの教会の方が、人がいないし好きだけどな。

「おや、何かご用事でしょうか？」

「能力判別をしてもらいたいんだが、ここの教会ではできるのか？」

「——能力判別ですか！　これはまた珍しいですね。もう数年はやっていないですが、大丈夫だと思いますよ」

　うーん。少し心配だが、やってくれるということならよかった。

　俺は神父に案内されるがまま、奥の部屋へと通された。

　やはり、能力判別は別室で行うのが通例なんだな。

「それでは能力判別代として、金貨一枚のお布施をお願い致します」

「ああ。金貨一枚と冒険者カードだ」

「はい、確認致しました。それでは能力判別に移りたいと思います」

　神父がそう宣言すると、水晶に手をかざして唸り始めた。

　レアルザッドの神父はあっという間に終わらせていたが、この神父の様子を見る限り……もしかしたら能力判別は相当な重労働なのかもしれない。

あの顔立ちの良い神父は、かなり有能な人だった可能性があるな。

「はぁー、はぁー……。お、終わりました。ご確認ください」

「ありがとう。助かった」

俺は受け取った瞬間に冒険者カードを確認し、能力値に変化がなされているかを見る。

……この様子だから少し心配だったが、どうやら能力判別はしっかり行えているようだ。

そして――。

クリス
適性職業：農民
体力　：14（+49）
筋力　：9（+36）
耐久力：9（+44）
魔法力：2（+2）
敏捷性：7
『特殊スキル』
【毒無効】

『通常スキル』

なし

新種の有毒植物の中に、魔法力を上げる効能を持つ有毒植物が交じっていたようだ。

俺としては、先に敏捷性が上がる植物を採取したかったが、こればかりは贅沢を言っていられない。

魔法力を上げる植物が見つかったことを素直に喜んでおこう。

それと……レアルザッドを発ってからの二週間で、俺の基礎能力が全能力1ずつ上がっていた。

微々たるものではあるが、やはり自分自身の成長があると嬉しいものだな。

カーライルの森で、ゴブリンの群れを倒したのが大きかったのかもしれない。

「……ふぅー。ど、どうでしたか？　反映はされていたでしょうか？」

「ああ、しっかりと反映されていた。今日はあと数回来る予定だから、能力判別をよろしく頼む」

「えっ⁉　あと数回ですか‼　そ、そんなに一日に何度も能力判別をするんでしょうか！」

「そのつもりだったが、まさか無理なのか？」

「……うん、いえ。やります。やらせてください」

「ああ。それじゃまた後で頼む」

覚悟を決めたような顔つきに変わった神父。

もしかしたら、本来一日に数回も行うのは厳しいのかもしれない。

この教会は見るからにあの神父しかいないようだし、もしかして重労働を強いてしまったか？

……まぁでも、あの顔は金が手に入るからやるって顔つきだったし、こちらもそれ相応の対価を払っているから、向こうが拒否しない限りは気にしなくていいか。

とりあえず魔法力が上昇する植物が手に入ったことで、今日これからの動きは植物識別を行うことに決まった。

一度宿に戻り、採取したうち半分の植物を摂取してから、また能力判別をしてもらいに教会へ戻ってこよう。

「ぜぇー、はぁー……。ぜぇー、はぁー……。ご、ご確認ください」

一度宿に戻り、十種類を摂取して能力判別をしたが上昇はなし。

また宿に戻り、残りの五本を摂取して——本日三度目の能力判別。

能力判別を終える度に、神父の顔色が段々と悪くなっている気がする。

若干心配になりつつも、能力値を確認してみると……魔法力が1上昇していた。

よし。とりあえず、これで五種類にまで絞ることができた。

金もまだあるし、残りも識別しきってしまいたいところだが……さすがに神父の体力がもたないだろう。

今日はオンガニールの実の識別を行いたいし、新種の識別の方はとりあえずここまでにしておこうか。

「ありがとう。助かった。午後にもう一度来るから、また頼む」

「ぜぇー、はぁー。……ま、任せてください」

「ああ。今日は次が最後だから、よろしく頼む」

神父にそう告げてから、俺は教会を後にした。

ここからすぐにオンガニールの実の効能を調べるのはさすがに酷なため、まずはジンピーの摂取方法がないかを尋ねに、『旅猫屋』へ向かおうと思う。

棘が刺さらないように気をつけつつ、天日干しにしたジンピーの葉を持って、商業通りにある『旅猫屋』へとやってきた。

……シャンテルと話さなくてはいけないと思うと、少し気が重いな。

大きく息を一つ吐いてから、俺は木製の扉を押し開ける。

扉についている鈴がカランコロンと心地の良い音を鳴らし、その音に反応したであろうシャンテルがすぐに店の奥から顔を見せた。

「いらっしゃいませ！　あ、クリスさんじゃないですか!!　お久しぶりです！」

「久しぶりって、一週間前に会ったばかりだろ」

「いやいや、一週間も来てくれなかったんですよ？　ポーションが駄目だったんじゃないかって不安でいっぱいだったんです！」

やっぱりノリが面倒くさいな。

このままだと本題に入れずにシャンテルの話が続きそうなため、俺は会話の流れをぶった切って無理やり質問をする。

「ジンピーの葉をポーションにする方法って知っているか？」

「……ん？　へ？　じ、ジンピー？　あのー……、ポーションが駄目だったんじゃないかって不安だったんです!!」

「大丈夫だ。――それで、ジンピーの葉をポーションにできるかどうかを教えてくれ」

俺は笑顔でシャンテルに質問し続ける。

そこで諸々を察したのか、顎に手を当てながら思考を始めてくれた。

「うーん……。クリスさん。ジンピーってあのジンピーですか？」

「ああ。シャンテルからカーライルの危険な植物として、教えてもらったジンピーだ」

「毒のポーションを作りたいってことですかね？」

「半分合ってて、半分間違っているな。俺は毒のポーションが作りたいんじゃなくて、ジンピーをポーションにしたいんだ」

「……なるほどです！　できると思いますよ！　色々と試行錯誤しないといけないと思いますが、基本的には毒ポーションを作る要領と同じだと思いますので！」

ニュアンスが分かりづらかっただろうが、しっかり伝わってくれたようだ。

本当に作れるならば、お願いしない手はないな。

オーダーメイドになるわけだし、金銭面は少し怖いが……リターンが大きい可能性を考えれば、高額出費も厭わないと決めている。

「それなら、その毒のポーションの生成をシャンテルにお願いしたい。頼まれてくれないか？」

「もちろん、常連さんとなってくれたクリスさんのお願いならお断りしませんが……。素材の費用がかなりかかってしまいますが大丈夫ですか？」

「金なら払うつもりでいるけど、大まかにどれくらいかかるんだ？」

「材料費だけで金貨一枚っていうところですね！　もしかしたら、もっと安く作れるかもしれませんが、一本のポーションを生み出すのにはそれぐらいかかってしまうんです！」

やっぱりそれぐらいはかかるよな。

作業工程はさっぱり分からないが、一から作ることの大変さは俺でも分かる。

「なら、手間賃込みで金貨二枚でどうだ？　素材費用に一枚で、製作費に一枚。悪くない話だと思うが」

「えっ!?　そ、そんなに受け取れませんよ！　製作費で金貨一枚なんて大金！」

「そうか？　じゃあ製作費は銀貨五枚でどうだ？」

「……え。……銀貨五枚ですか。……あー、あ、いやですね。もちろん十分すぎる額なんですが、つい半額って考えてしまっただけなんです！　すみません！　銀貨五枚で大丈夫です！」

「銀貨五枚が嫌なら、最初から金貨一枚で引き受けておけ。遠慮なんかして得するのは相手だけで、自分は何一つ得しないぞ」

「……本当にいいんですか？」

「ああ、構わない。それだけの作業を頼んでいる自覚はある」

「クリスさん、ありがとうございます！　それでは遠慮なく、合計金貨二枚で引き受けさせていただきます！」

俺は金貨二枚と、採取してきたジンピーの葉をシャンテルに手渡した。

「うへー、これがジンピーの葉ですか！　よく採取してきましたね！」

「まぁ恐る恐る……って感じだな。それで、製作期間はどれくらいかかる？」

「一週間もあれば作製できていると思います！」

「分かった。じゃあ一週間後にまた取りに来るからよろしく頼んだ。……あー、あと、次来るときは俺のパーティメンバーも連れてくるから頭に入れておいてくれ」

「クリスさんのパーティメンバーですか？　分かりました！　楽しみにしておきます！」

こうしてシャンテルに依頼をしてから、俺は『旅猫屋』を後にした。

続いては、待ちに待ったオンガニールの実の効能についてを調べる。

一体どんな効能を持つ実なのか。ワクワクが止まらない。

宿に帰った俺は、早速オンガニールの実を袋から出す。

まずは天日干しにしていない方を手に持ち、観察からしてみることにした。

サイズはかなり小さいが、見た目は完全に、熟していないリンゴだ。

匂いも甘酸っぱく、決して毒があるようには思えない。

異様なのは、やはりゴブリンの心臓から生えていたあの光景だけで、それ以外は普通の果物と変わらない。

実だけを見ると、本当に毒があるかどうかも怪しいぐらいだが……俺はしっかりとあの光景を見ているからな。

【毒無効】のスキル持ちで、数多（あまた）の有毒植物を食べてきた俺だが、さすがにこのオンガニールの実を食べるのは少し恐怖を覚える。

生きていようが問答無用で心臓に根を張り、栄養を吸い取る植物だった場合は……死ぬわけだからな。

――大きく息を吐いて覚悟を決めてから、オンガニールの実を口の中へと入れた。

食感はリンゴで、味は完全なる無味。……いや、若干だが鉄の味がする気がした。

一度鉄の味を感じてしまうと、そこからずっとその味が口に残り続け、形容しがたい後味の悪さがある。

なんとか飲み込むことができたが、到底美味しいと言えるものではない。

この鉄の味が、あのゴブリンから吸い上げた血肉の味だと思うと気持ちが悪いし、単純に苦い有毒植物よりも俺は苦手な味だ。

なんとかオンガニールの実を全て食べた俺は、本日最後の能力判別へと向かった。

教会に入ると、信者用の長椅子に座りながら、肩を落としてチビチビと魔力ポーションを飲んでいる神父の姿があった。

見た目や性格から感じるに、この庶民的な教会と同じように親しみやすい神父なのかもしれない。

「また来たんだが、大丈夫か？」

「あ、ああ、どうも。少し休憩していただけです。全然大丈夫ですよ！」

「……大丈夫そうには見えないが、大丈夫というならお願いしたい」

顔は青ざめていて、疲れきっているようにも見える。

ただそれでも、神父はやる気満々のようなので、俺は能力判別を行ってもらうことに決めた。

「ささ、座ってください」

「それじゃ、金貨一枚と冒険者カードだ」

自身の疲弊もあるからか、この神父は俺のこの奇怪な行動に一切の疑いを見せてこない。能力判別自体、数年ぶりとのことだし……俺はかなりおかしな人物なはずなんだけどな。

「ふっ！　はあああぁ！　――はぁー、はぁー。お、終わりましたよ！」

今日一の声を出して、能力判別を行ってくれた神父。

今すぐにでも寝てしまいそうなほど疲れた顔で、俺に冒険者カードを返却してくれた。

「今日は一日ありがとう。助かった」

「ふぅー、はぁー。……こ、こちらこそありがとうございました。お布施の方は大事に使わせてもらいますね」

それだけ俺に伝えると、ふらふらとした足取りで部屋から出ていった神父。

俺は一人、部屋に残り、オンガニールの実で一体何が上昇したのかを確認する。

クリス

適性職業：農民
体力　：14（＋49）
筋力　：9（＋36）
耐久力：9（＋44）
魔法力：2（＋2）
敏捷性：7（＋2）

『特殊スキル』

【毒無効】

『通常スキル』

【繁殖能力上昇】


おおっ！　敏捷性のプラスの能力値が2上昇しているのと、【繁殖能力上昇】とかいう訳の分からないスキルが追加されている。

スキル自体は意味が分からないが、やはりオンガニールの実はオットーの考察通り、スキルを習得することのできる植物だったっていうわけか！

……これはとんでもない植物を見つけてしまったかもしれない。

俺が一気に強くなる可能性を秘めた植物だ。

一週間の探索で、一本の木しか見つけることができていないことから、かなり珍しい植物であることは間違いない。

高い繁殖力を持っていそうな感じはあるが、俺の身に何事もないことから、かなり厳しい状況下でなければ成長しないという可能性もありそう。

そして、この【繁殖能力上昇】のスキルだが、一体どんな理屈で俺に付与されたのだろう。

ゴブリンを毒殺し、その心臓に根付いて成長するオンガニール自体の強い繁殖能力からきているのか。

もしくは、高い繁殖力を持つとして有名なゴブリンを栄養源として育ったことで、オンガニールの実に付与されたのか。

はたまた全てが偶然で、たまたま【繁殖能力上昇】のスキルが俺に付与された可能性もある。

この辺りについては、いつか必ず判明させないといけないな。

オンガニールの実に凄まじい可能性を見出すことができた俺は、非常に満足した気持ちで教会を後にし、宿に戻って採取した植物の摂取を行うことに決めたのだった。

第三章　オークの群れ

植物の識別を行いまくった日から、約一週間が経過した。

この一週間はブロンズランクの指定あり依頼を受け続けていたのだが、スザンナと呼ばれていた受付嬢が注意してくれた日以降、グリースに絡まれることは一度もなかった。

ラルフやヘスターと同じように、ヒソヒソと噂(うわさ)されたり嘲笑(ちょうしょう)されたりしていたが、その程度のことならば何も気にならない。

……ただ、一つ気掛かりなのが、あの日以降スザンナと呼ばれていた受付嬢を一度も見ていないこと。

改めて礼を伝えようと毎回探していたのだが、一度も受付には立っていなかった。

バックヤードの裏方仕事を行っているのであればいいのだが、俺が起こした揉(も)め事での被害者だから少し引っかかっている。

まぁ全てグリースが悪いことには変わりないんだが。

そして——とうとう昨日、ラルフがシルバーランクへと昇格を果たした。

今日は正式にパーティとして活動を始める初日でもあり、シルバーランクの依頼を初めてこなす日でもある。

「本気でワクワクが止まらないぜ！　昨日は一睡もできなかったからな！」

「お前、ずっと外で剣を振っていたもんな。倒れても知らないぞ」

「大丈夫だって。アドレナリン全開で目バッキバキだ！」

「そんなことより、今回のクエストは何を受けるんですか？」

「そんなことってなんだよ！　ヘスターだって、楽しみで目バッキバキだろ？」

「ラルフ、うるさい！」

ヘスターに注意されてもなお、元気の有り余っている様子のラルフは置いておき、今日受ける依頼について考える。

一応、この一週間で依頼掲示板を見ながら良さそうな依頼は大方決めていた。

その依頼とは、スノーパンサーの討伐、フォレストドールの討伐、どくどくドッグの討伐の三つだ。

この三種の依頼は全部受けるつもりだが、一番目ははたして何がいいんだろうな。

二人共、大分舞い上がっているようだし、できれば討伐が一番楽な魔物を選びたいんだけど……。

「とりあえずスノーパンサーの討伐、フォレストドールの討伐、どくどくドッグの討伐。この三つの討伐依頼の中から選びたいとは思っている。どれが良さそうとか意見はあるか？」

「どれも名前からして手ごわそうだな。あえて一つ挙げるなら、戦ってみたいということも込みでスノーパンサーがいい！」

「私はフォレストドールですね。クリスさんはどれが良いと思っているんですか？」

「俺は強いて挙げるなら、どくどくドッグだな。【毒無効】持ちの俺が戦えば楽に勝てる」

「んー。ここはリーダーのクリスの意見に従うって言いたいところだが……。どくどくドッグは、クリス一人で片付けちまいそうだからナシだな！」

「私もフォレストドールで意見は変わらないですね！」

そう話し合いながら悩んでいるうちに、俺たちは冒険者ギルドへと辿り着いてしまった。

三者三様で意見が分かれてしまい、話し合いでは一向に決まりそうにないため、三つの依頼のうち、着いて最初に目に入った依頼にすることに決めた。

ギルドの中に入ると、朝なのにやけに騒がしく――。

この一週間は顔を見せていなかった、スザンナと呼ばれていた受付嬢が、依頼掲示板の前に立ってひたすらに頭を下げている姿が目に入ってきた。

周囲を見回すがグリースの姿は見えないし、その取り巻き連中の姿も見えない。

状況からでは何も分からないため、俺は直接、何をしているのか聞くことにした。

「仲裁に入ってくれた受付嬢だよな？　一体、何をしているんだ？」

「あ、この間の冒険者さんですか……。あ、あの――い、いえ。なんでもないです」

「気になるから聞かせてくれ。何をやっているんだ？」

「……実は昨夜、北の山からオークの群れが下りてきたという情報が入ったんです。進行方向から考えるとこの街にぶつかるみたいでして、緊急依頼を出すことになり、今はその依頼を受けてくれる人を探していたんです」

「だから頭を下げ続けていたのか。……人、集まっていないのか？」

「……はい。私が仲裁に入ってしまったせいで、グリースさんとその知り合い全員に拒否されてしまいました。ゴールドランク以上推奨の難度なんですが、今は一人も受けてくれる人がいない状況です」

冒険者ギルドが懸念していた事態が起こったってことか。

それにしてもグリースの奴、本当にクズみたいな性格をしている。

緊急依頼に強制権はないものの、危険が迫っているという重大な事態。

それを小さな逆恨みで、周りの取り巻き連中にも依頼を受けさせないとはな。

「その緊急依頼ってシルバーランクでも受けられるのか？」

「推奨はゴールドランクですが、緊急依頼ですので受けることは可能です。……ただ、かなりの危険を伴うと思います」

「責任は僅(わず)かだと思っているが、俺のせいでこうなってしまったわけだからな。罪滅ぼしとして、その依頼、受けさせてもらうよ」

「ほ、本当ですか!?　で、でも……本当に危険なんですよ？」

「承知の上だ。ラルフ、ヘスター。予定が変わるがいいか？」

「もちろん！　オークの群れならちょうどいいんじゃねぇか？　俺たちの力を試すにはよ！」

「私も異論はないです！　群れとなれば、クリスさんが一人で片付けてしまうなんてこともありませんし！」

「――ということだ。クリス、ラルフ、ヘスター。この三人はその緊急依頼を受けるから、手続きの方をよろしく頼む」

「わ、分かりました！　本当にありがとうございます！　ギルド長がグリースさんたちにお願いしに行っていますので、命にだけは気をつけて少しでも時間を稼いでいただけたら幸いです！」

俺は片手を上げて受付嬢の言葉に返事をし、入ってきたばかりの冒険者ギルドを出た。

パーティとしての一歩目は、まさかの緊急依頼となってしまったが……今の俺たち三人の力を量るにはちょうどいいだろう。

スザンナは時間稼ぎをと言っていたが、やるからには全て討伐しきるつもりで戦う。

気合いを入れ直してから、北の方角のオークの群れに向けてオックスターを出発した。

昨夜入った緊急依頼と言っていたから、まだ街の近くまでは来ていないはず。

それに地図によれば、オークが下りてきたとされる山とオックスターの間には、インデラ湿原と呼ばれる沼地がある。

大きな湿原ではないようだが、討伐対象のオークは二足歩行の人型の魔物である。

抜けるには、かなりの労力と時間がかかるはずだ。

だから俺たちはインデラ湿原の手前で待ち構え、一気に殲滅(せんめつ)を図るのが得策だと考えている。

「なぁ、啖呵(たんか)を切ったはいいけど大丈夫なのか？」

「大丈夫かどうかは知らないけど、やるしかないのは分かっている」

「なんじゃその曖昧な回答は。群れってことはオークナイトとか、オークソルジャーとかもいるんだろ？　こえーなぁ」

「それで済むなら断然マシだけどな。群れを束ねる者がいたら、確かにちょっと怖いけど」

過去の記録によれば、オークエンペラーなる魔物までいるらしい。

オークエンペラーは魔王級の魔物とされているため、そこまで位の高いオークはいないだろうが……。

山から下りてきたという行動力から、オークジェネラルぐらいはいてもおかしくない。

もしくは、オークが山を下りなきゃいけないほどの魔物が、山に現れたっていう可能性だな。

まぁ理由についてはいくら考えても仕方がないため、頭から消してオークのことだけを考える。

「クリスさん、作戦はどうしますか？」

「今のところは沼地の手前に先に陣を構え、ヘスターの魔法で一掃してもらう予定でいる。沼地を抜けられたオークは、俺とラルフで対応する予定だ」

「それでは、私は沼地にいるオークだけを攻撃し続ければいいんですね？」

「ああ。抜けられてしまったオークのことは一切考えないでいい。【魔力回復】による魔法の連撃、期待しているぞ」

「は、はい！」

「まぁ俺にクリスまでいるんだから、緊張せずに存分に暴れちゃえ！　今回はヘスターが主人公だからな！」

ラルフがそう言葉をかけ、ヘスターの緊張を和らげようとしている。

俺にはいつもと変わらないように見えたが、長年一緒にいるだけあって、僅かな変化を感じ取ったのだろう。

「とはいっても、これはあくまでも予定だからな。オークが下山してきたという情報だけでギルドも緊急依頼を出しているため、数も分からないし、敵の強さも分からない。数が多すぎたり、危険な魔物の存在を確認した時点で引き返す」

「……引き返す？　少しも戦わないのか？」

「戦って無駄死にするよりも、情報をオックスターまで届ける方が重要だからな。俺たちが引き返すくらいの戦力ならば、さすがに他の街にも要請を出すレベルだろうし、そこからは時間稼ぎに注力すればいい」

「分かりました！　クリスさんの指示に従います！」

それから、俺たちはインデラ湿原の前へと辿り着き、いつオークが現れてもいいように準備を整える。

オークの姿はまだ確認できず、やけに静かな沼地の様子が不気味に感じるな。

それから数時間が経過したとき——米粒サイズのオークの姿を俺は視界に捉えた。

「二人とも、来たぞ」

「え？　本当か？　……俺にはまだ見えていないけど」

「数はどれくらいでしょうか？」

「前列しか見えないが、七匹は確実にいる」

キッチリとした隊列ではないが横一列に並んで、ゆっくりとこちらに近づいてきている。

これで後ろに何列も列を成していたら、逃げの手を選ばなきゃいけないのだが、三列……二十匹前後なら倒し切るつもりだ。

凝視してオークを観察し、俺は正確な数の確認を急ぐ。

「二列か……？　いや、その後ろに数匹いるが——この数ならいくぞ」

「俺、まだ見えないいんだけど！　目が良すぎるだろ！　合計で何匹いるんだ？」

「十八……か、十九匹。通常種のオークが十二匹に、オークソルジャーが四匹。それからオークナイト二匹に——チッ、やっぱオークジェネラルがいるな」

「オークジェネラルですか？　確か、討伐推奨ランクは単体でゴールド。個体によってはプラチナの魔物ですよね！」

「おいっ、本当にやるのかよ！　単体で討伐推奨がゴールドランクなんだろ？」

引き際の判断がかなり難しい。

俺一人では無理だが、二人の力次第ではいけると思える相手だ。

命を大事にするならば引くべきなんだろうが、シルバーランクの俺たちがこのレベルの依頼を受けられることは滅多にない。

……熱を出しそうなぐらい頭を回転させて思考したが、俺はいけると判断した。

「倒すぞ。焦らずに自分の仕事を徹底すれば大丈夫だ。オーク側には遠距離攻撃を行える相手がいない。上手(うま)いこと立ち回れば、一方的に攻撃を浴びせることができる」

「クリスがそう判断したなら異論はねぇよ。俺とクリスでヘスターを守るぞ！」

「私に任せてください！　この日のために魔法の練習を積んできましたから」

「ふっ、本当に頼もしくなったな。とりあえずオークジェネラルが抜けてきたら、俺が受け持つ。ラルフは他のオークを頼んだぞ」

「了解！」

方針を決めたことで、全員の集中力が一気に高まる。

米粒サイズでしか確認できていなかったオークの姿が、徐々に大きくはっきりと見えてきた。

なんとも言えぬ緊張感に息が詰まりそうになるが、それと同時にワクワクしてくる。

パーティで受ける初めての依頼で、相手はこの圧を放っているオークの群れ。

俺が初めて倒した魔物もオークだったし、オークには変な縁がある気がする。

そんなことを考えていると、沼地を進んで近づいてきたオークも俺たちに気がついたようで、けたたましい雄たけびを上げてから、一気にスピードを増して距離を詰めてきた。

「来るぞ。ヘスター、射程に入った瞬間に、撃ちまくってくれ」

「もう射程です！　いきますよ――【ファイアアロー】」

ヘスターの手に持たれた長杖(ながつえ)の先端から放たれた一本の炎の矢によって、オークの群れとの戦いが開始された。

ヘスターの放った【ファイアアロー】は俺の真横を抜け、その熱風が俺の頬を撫(な)でる。

そのまま勢い止まらず、一直線で一匹のオークに向かっていくと、その土手っ腹に直撃した。

【ファイアアロー】を受けたオークは沼地を駆けていた足を止め、痛そうにしながら膝を地面につけたが絶命にまでは至っていない。

それから二射目、三射目と膝をついたオークに直撃していったが、それでも倒れることはなく、体毛を焦(こ)がしながらもゆっくりと立ち上がると、一歩一歩こちらに進み始めた。

一方的に攻撃できる状況でも倒すことのできない――同等、または格上の相手。

その不気味とも思えるオークの執念を目の当たりにし、ヘスターの手が止まってしまった。

「ヘスター、魔法を撃ち続けろ！　殺すことは考えなくていいから、横一列に並んでいるオークの足取りを乱すことを考えて狙え」

「は、はい。分かりました！　【ファイアアロー】」

一番まずいのが、十四以上のオークが一斉に沼地を抜けてきて、俺たちが囲まれること。

膝をつかせることができるなら、オークの動きをバラバラにさせて、なるべく数的有利の状況を作らせないようにすればなんとかなる。

「一番先頭のオークはこのまま行かせます！　対処お願いします！」

「それでいい。適度に沼地を抜けさせるイメージで魔法を放っていってくれ」

「クリス！　二人で一気に片付けよう！　俺の動きに攻撃を合わせてくれ」

先頭を走る通常種のオークが、沼地を越えて平原へと足を踏み入れた。

俺とラルフが考えることは、いかに素早くオークを倒すことができるかだ。

まず飛ぶように駆けていったラルフの動きに合わせて、俺は背後から隠れるようにオークへと近づく。

不意を突いて一撃を入れることができれば、通常種オークならば即、倒すことができるはずだ。

「こっちだ、オーク！　【守護者の咆哮（ほうこう）】」

前を行くラルフはオークの視線を引き付けると、更に追加で【守護者の咆哮】を発動させた。

『天恵の儀』で授かった、通常スキルの【守護者の咆哮】。

対象の敵の注意を引き付けることのできるスキルで、その効果は絶大。

以前、俺とヘスターが撃ち合っている中で試したのだが、目の前で撃ち合っているヘスターを無視し、思わずラルフの方を向いてしまうほどの強烈な存在感のようなものを発するスキル。

スキルを使うことが分かっていて、尚且つ（なおかつ）目の前に別の相手がいるにもかかわらず、俺が視線を奪われるほどの効果だ。

スキルの存在を知らず、目の前にいる敵が使っていたとしたら、背後にいる俺のことなんてオークの頭からは消し飛んでいるはず。

木製の棍棒を振り下ろしてきたオークの攻撃を、ラルフは盾で弾き飛ばし――。

その一瞬の隙をついて前へと飛び出た俺が、心臓目掛けて突きを放つ。

オークは革の鎧を身に着けていたのだが、威力を一点に集中させた俺の突きをどうこうできるわけがなく、鋼の剣は完璧にオークの心臓を貫き、オークは顔から倒れ込むように地へと伏した。

……ふぅー。無事に一匹を倒すことができ、大きく一息つくが、もう次のオークが迫ってきている。

「ラルフ、集中を切らすなよ。もうすぐ次のオークが来るぞ」

「分かってる！　次は一気に二匹かよ！　どうするクリス！」

「次は一人一匹で各個撃破。最初から全力で時間はかけるな！」

「了解！」

俺とラルフは二手に分かれ、新たに平原へと足を踏み入れたオークの元へそれぞれ向かう。

ラルフは通常種で、俺はオークソルジャー。

通常種のオークが茶色の毛で武器が棍棒なのに対し、オークソルジャーは赤みがかった毛の色をしており、手に持っている武器は鉄のロングソード。

筋肉も通常種よりも若干発達しているように見え、通常種オークの上位の存在だということが分かる。

……といっても、冒険者ギルドから出されている討伐推奨ランクはシルバーで通常種と変わらない。

焦らず戦えば、即殺すことができる。

「グオおおオおオッ！　グアアア！」

雄たけびを上げながら、俺に斬りかかってきたオークソルジャー。

対して、こちらが狙うのは太ももの一点のみ。

武器が棍棒から剣に変わったところで、技術のないただの大振りならば大差ない。

力任せに振ってきた攻撃を回避し、その回避がてらに膝上部分を外側から突き刺した。

軽く蹴られるだけでも痛みで動けなくなる箇所を剣で貫いたことで、オークは悲痛な雄たけびを上げながら、剣を持ったばかりの素人のように闇雲に剣をぶん回している。

こうなってしまったら、あとは剣を回避しつつ心臓を射貫くだけの簡単な作業。

正面からもう一度膝を突くと見せかけ、一気に背後に回ると——背中から心臓部を目掛けて貫いた。

先ほどのオークと同様に、一撃で絶命したオークソルジャーは顔から地面へと倒れる。

……やっぱり、オークソルジャー如きなら相手じゃないな。

ペイシャの森にいたあのオークの方が強かったし、俺もあの頃よりも強くなっている。

この細身の鋼の剣も使いやすいことから、俺が負ける道理はない。

正面のオークがまだ来ないことを確認してから、隣で戦っているラルフを確認すると、予想以上に苦戦している様子だった。

ラルフの空間の幅を最大限使った攻撃に、オークは全くと言っていいほど対応できていないのだが、苦戦の理由は針のように硬く小指ほども太さのある体毛。

その下には分厚い脂肪があり、脂肪の下には自然界で鍛え抜かれた筋肉の鎧がある。

体力と耐久力は俺並み――いや、俺以上に高いラルフだが、筋力に限っていえば高いとは決して言えない能力値。

そのうえ武器もただの鉄剣では、致命傷までは与えることができずに、一方的ではあるものの倒し切れないといった状況。

ラルフの早く倒さなくてはいけないという焦りも見え始め、更にオークの攻撃がカウンター狙いに切り替わったのが動きから分かった。

まずいと感じた俺は、すぐにラルフの手助けに向かおうとしたのだが……。

「ラルフ！　急がば回れ、だよ！　落ち着いて一点狙い！」

魔法を連射し、沼地のオークの足止めをしながら、ラルフに声掛けをしたヘスター。

その言葉でようやく冷静になれたのか、一度距離を取ると、再び空間を自由に駆け回り確実な攻撃を加え始めた。

――ただ、先ほどまでと違うのは、オークの棍棒を持つ右手首を集中して狙い始めたこと。

一撃では致命傷を与えられない攻撃でも、二度、三度と同じ箇所に攻撃を加えることで、徐々にオークの手首は真っ赤に染まり始めた。

そして、力が入らなくなったのか、棍棒を滑らせるように地面へ落とした瞬間にラルフは懐に潜り込むと、鉄剣を目へと突き刺した。

唯一、毛に覆われていない目を深く突き刺したことで、脳にまでダメージが通ったのか、オークはそのまま地へと伏して動かなくなった。

手首、そして目と、オークの弱点をしっかりと狙った冷静な立ち回り。

一瞬だけ危ないと感じたが、ヘスターの声掛けからよく立ち直ってくれた。

「クリスさん！　よそ見厳禁です！　次が来ますよ！」

ラルフの戦いっぷりに感心していると、次は俺に声が飛んでくる。

正面に向き直ると、新たに二匹のオークが迫ってきていた。

これまでのオークとは違い、腹の部分に焦げた跡のあるオーク。

ヘスターの魔法によって足止めされていたオークで、ダメージが残っているのか動きもかなり鈍い。

ラルフも今の戦闘でコツを掴んだだろうし、通常種ならば苦戦せずに狩れそうだな。

新たにやってきた通常種のオークも一匹ずつ請け負い、俺は素早く懐に潜り込んで突きで心臓を貫く。

ラルフはしつこく弱点を突くことでダメージを与えていき、弱りきったところにトドメの一撃を食らわせた。

両者完璧な立ち回りで、あっという間にオーク二匹の死骸を積み上げた。

そして俺とラルフだけでなく、ヘスターの調子も上がってきたのか——沼地で倒れたまま動かないオークも数匹見える。

改めて思うが、魔法使いで【魔力回復】のスキルを持っているのは、相性が良すぎるな。

さすがに消費魔力の方が大きいと見え、連発すると回復が追いつかずに魔力が切れてしまうようだが、それでもヘスターの【魔力回復】による魔力の回復の割合は大きく、調整さえすれば無限に放っていられると思う。

沼地を駆け抜けようとするオークに【ファイアアロー】をぶち当てまくっているヘスターを見て、俺はそんな風に感じた。

それからは俺とラルフの出番はなく、ヘスターによる【ファイアアロー】無双が始まった。

いま沼地を進んでいる全てのオークに、一発は【ファイアアロー】を当てたことで、群れ全体の動きが格段に鈍り始めている。

足場が沼地ということも合わさり、【ファイアアロー】のダメージが回復して三歩ほど進んだら、また次の【ファイアアロー】が飛んでくる。

その繰り返しになっていて、力尽きたオークたちはバッタバッタと沼地に倒れていった。

……ただ、最終列にいるオークジェネラルにだけは、このヘスターの魔法戦法が通用していない。

二匹のオークナイトが、大盾を構えてオークジェネラルを守りながら進んでいるため、オークジェネラルまで魔法が届かないのだ。

オークナイトも魔法を完璧に防ぎきっているため、このままではオークナイト二匹とオークジェネラルが、無傷で平原へと足を踏み入れることになる。

オークの中で格差があるのか知らないが、通常種のオークやオークソルジャーが、オークナイトの後ろに隠れるように立ち回っていないだけ、マシだと思うしかない。

それから、オークナイト二匹とオークジェネラル以外の全てのオークが、ヘスターの【ファイアアロー】によって沼地に倒れた。

残るは三匹だけなのだが、ここからが正念場と言っても過言ではない。

ヘスターは諦めることなく、オークナイト目掛けて【ファイアアロー】を撃ち続けていたのだが、とうとう前に立つオークナイトの足が平原へと到達した。

オークナイトの盾の間から見えた、オークジェネラルの顔がニヤけたように見える。

この平原にさえ入ってしまえば、俺たちなんて余裕で倒せる——そんな風に思っているのだろう。

「ラルフとヘスターで、なんとかオークナイトの注意を引けないか？　その間に俺がオークジェネラルを殺す」

「【守護者の咆哮】を使えば、注意は引けるだろうけど……クリスは一人で大丈夫なのかよ」

「大丈夫だ。俺に任せてくれ」

「私は信じていますよ！　ラルフが注意を引くのを手伝いながら、そちらに行かないように【アースウォール】や【ファイアウォール】で阻みます！」

「なら、俺も信じるしかないか！　クリス、絶対に負けるなよ！」

「ああ。ラルフ、ヘスター、よろしく頼んだ」

二人にそう声を掛けてから、俺はオークジェネラルにだけ焦点を絞って、集中力を高めていく。

オークソルジャーでは俺の相手にならず、今の俺の力を量ることができなかったが……オークジェネラル相手なら、力を量ることができるはずだ。

鋼の剣を引き抜き、構えたまま二人と少し距離を取る。

その瞬間、横にいたラルフが【守護者の咆哮】を放ったことで、オークの群れとの最終決戦が始まった。

迫ってきていたオークナイトとオークジェネラルは、ラルフの【守護者の咆哮】を受けて、三匹ともラルフに視線が釘付けとなった。

その隙を狙っていた俺は、一気に背後へと回ると、オークナイトの背後に隠れていたオークジェネラルに軽く攻撃を行う。

狙いはこの三匹を分断させることであり、ダメージを与えるのではなく、いかに素早く注意を引くことができるかが問題。

そんな考えのもとで放った突きは、オークジェネラルの腕を捉え——ることはなく、剣が体に触れる前に俺に気がついたオークは、手に持った斧で振り払ってきた。

銀色の毛をなびかせるオークジェネラル。

体格は通常種のオークと同じくらいなのだが、ルーン文字の彫られた全長一メートル近い斧を片手で振り回すことができるほどの膂力を持っている。

それに、ラルフの【守護者の咆哮】をあっさりと解除してきたことからも、野生の勘が図抜けていい。

俺が想像していた以上に厄介な魔物かもしれないな。

ただ一撃を当てることはできなかったものの、当初の予定通りにオークジェネラルだけの注意を引くことには成功。

オークジェネラルと分断されたオークナイトは、一匹でその場に残るオークジェネラルに気がつくことなく、釣り餌に食いつくようにラルフの方へと向かっていった。

こうなったことで、俺とオークジェネラルの周りには誰もおらず、完全なる一対一の状況が生まれた。

俺たちが意図的に作り上げたこの状況だが……。

オークジェネラルは焦るどころか、醜い顔を更に醜く歪ませながらニヤリと笑っている。

相手の人間は自分の半分ぐらいの体格しかなく、手にしている武器も細身の剣のみ。

どんな間違いがあったとしても、絶対に負けることはないという強い意志をオークジェネラルから感じる。

舐めてくれているなら好都合なのだが、そういう感じでもないんだよな。

積み重ねてきた自信からくる余裕なだけで、先ほどの俺の突きを弾いたことからも油断は一切ない。

ペイシャの森のデュークウルス以来の強敵に、俺も思わず口角が上がってしまう。

息をするのも忘れてしまいそうな緊張感の中、オークジェネラルは一歩一歩踏みしめるように俺との距離を詰めてきた。

腕の長さと武器自体の大きさから、間合いだけは間違えないように注意し、俺はオークジェネラルの出を窺う。

あの斧では、確実に振りかぶるという動作が入るため、動きを注視していれば避けるのは容易い——そう思っていたのだが、まるで片手剣を振るかのように振られた斧は、一瞬にして俺の首を刎ねる軌道を描いて襲ってきた。

なんとかギリギリで身を屈めることで回避、そこからすぐにバックステップで一度距離を取る。

額に温かい感覚があり触れてみると、軽く血が流れていた。

本当に浅くだが、おでこを斬られていたみたいだな。

冷や汗が止まらないが、この命のやり取りが最高に面白い。

……あの速度で斧が振られるのであれば、距離を取って戦うのは得策じゃない。

俺は覚悟を決めると、超至近距離での戦いを行うため、オークジェネラルに一気に近づいていく。

突然距離を詰めた俺に対し、オークジェネラルは焦る様子も見せず、淡々と水平斬りで対応してきた。

これを前に転がるようにして回避し、オークジェネラルが追撃するような形で振り下ろしてきた斧を、地面を思い切り蹴って左に回避。

斧が持たれていない右手側から回り込むように近づき、俺はオークジェネラルの懐に潜り込むことに成功した。

真ん前で見ると圧が半端じゃない。

この細身の剣で攻撃が通るのか心配になるが、俺にはリザーフの実で強化した筋力がある。

手始めに腹部を狙って袈裟斬(けさぎ)りを放ったのだが、オークジェネラルはこれをバックステップで回避した。

巨体に似合わない俊敏な動きで、更にバックステップ中に斧を槍(やり)に見立てて突きを放ってきやがった。

なんとか鋼の剣で軌道をずらし、突きを回避できたが……このオークジェネラル、攻撃が多彩すぎる。

よく見れば、斧の上の部分が槍のようにもなっていて、持っていた武器は斧ではなくハルバードだったみたいだ。

体格、武器の攻撃範囲、肉体能力。

どれを取ってもオークジェネラルに軍配が上がり、俺の勝ち目がないようにも見えるが――オークジェネラルは動きを止めると、右手で腹部を軽く触った。

その右手にはべったりと赤い血が付着しており、それは俺の放った袈裟斬りが僅かながらに届いていたことを意味している。

俺の頭の傷と同じように、ダメージはほぼないと言っていいだろうが、傷を負ったという事実にオークジェネラルが若干の焦りを見せたのを、俺は見逃さなかった。

オークジェネラルが、ハルバードの柄の部分を地面に突き刺して何らかのスキルを発動させると、体の周りに赤いオーラが浮かび上がった。

動きの速度が更に上がったことから、身体能力を向上させる効果を持つスキルのようで、ハルバードをこれまで以上にぶん回し始めたオークジェネラル。

動きは速いし、威力も格段に上がっている。

ただ――これまで以上に力に任せただけの攻撃に、俺は一切の脅威を感じない。

例えるなら、修行開始したての頃のラルフを相手にしているかのような、素人のような単調すぎる攻撃だ。

いくら攻撃が速くて強かろうとも、攻撃を読み切れるなら何も怖くない。

攻撃を読むことだけに頭を使い、オークジェネラルの猛攻を躱（かわ）し続ける。

単調な上に一定の速度、せめて緩急だけでも使ってこられていたらまだ分からなかったが、俺はもうオークジェネラルの攻撃を全て読み切った。

上から振り下ろしの後は……下からのかち上げ。

そして、俺との距離が近いと——必ず突きを放ってくる。

俺はそのタイミングに合わせ更に前へと出て、放たれた突きを躱しつつ、逆にカウンターの突きを打ち込んだ。

放った突きはオークジェネラルの右肩に突き刺さり、先ほどの袈裟斬りとは違う完璧に捉えた感触。

「ウグぁグぐグ！　グルァあアアア!!」

痛み、そして攻撃が当たらないもどかしさ。

そんな感情を爆発させるかのように、オークジェネラルはけたたましく咆哮した。

……だが、咆哮だけで戦況が変わるならば、誰も苦労しない。

一見、攻撃パターンが変化したようにも見えるが、根本の部分は変わっておらず——水平斬りの後の、左肩に担ぐようにしてからの振り下ろし。

俺はモーションが大きいこの攻撃に合わせ、次は右の脇腹に突きを放つ。

この一撃も手ごたえがあり、刺さった脇腹からドクドクと勢いよく血が流れているのが分かる。

それでもオークジェネラルは引くことはせず、次はとにかくハルバードを振り回すだけの、がむしゃら攻撃へと移った。

このがむしゃら攻撃だけは本当に適当に振っているだけのようで、決まったパターンが存在しないのだが……。

振り回せる回数の限界が、七回と決まってしまっている。

六回目までは躱すことだけに専念し、七回目を振ってきたら――右の太腿に突きを合わせる。

「うガッ！　ウガあアア！　ウグラあアぁアアアア!!」

オークジェネラルは懲りずに咆哮を放ったが、先ほどの俺に対する咆哮とは違い、まるで自分に発破をかけているかのようだ。

赤いオーラも既に消えてしまっていて、三発の突きによる傷からか……俺に対する恐怖心が芽生えているのも分かった。

先ほどまでの見下すような醜悪な笑みはどこにもなく、その表情はまさに狩られる者の顔。

気が緩みそうになる展開だが、あくまで能力は全てオークジェネラルが上。

そのことを強く意識してから、俺はこの長い戦いに決着をつけるために動く。

ただの振り回しでは、俺にダメージを与えることができないと察したのか、ハルバードを脇に挟むような形で持つと、じっくりと観察するように動かなくなった。

どうやら槍の部分での攻撃――それも、攻撃を仕掛けてきた俺に対し、カウンターで合わせるという戦法に切り替えたようだ。

……敵だからありがたいのだが、これは考えられる限り最悪手だな。

重い斧刃の部分がどうしてもスピードを緩めてしまうため、ハルバードは槍単体として使うなら及第点以下の武器。

あくまでもハルバードは斧の部分がメインで、槍の機能も一応あるというだけだ。

俺は剣を構え、ゆっくりと距離を詰めていく。

いつ攻撃が飛んできてもいいよう、一分の隙も見せない。

俺が斬りかからなければ、カウンターは成功しないのだ。

オークジェネラルの間合いへと踏み込んで、一歩、二歩、三歩――。

ここで我慢がならなくなったオークジェネラルは、焦ったように突きを放ってくるが、体の位置、刃先の向きが固定されているバレバレの突きなんぞにやられるわけもなく……。

突きをあっさりと躱して懐へと潜り込み、初撃は先ほどバックステップで躱された袈裟斬りをお見舞いする。

突きを放ったせいでオークジェネラルは前のめりになってしまっており、回避のバックステップに移行できず、今度は完璧な手ごたえがあった。

斬った瞬間に鮮血が飛び散り、オークが悲痛な叫びに近い雄たけびを上げたが――俺は攻撃の手を緩めない。

更に斬り上げで下から上へと斬り裂き、両手がだらんと下に垂れたのを見てから、心臓目掛けて突きを放った。

心臓部に深々と刺さった鋼の剣。

斬り上げの時点で動けないほどの致命傷を与えていたが、この心臓部への突きがトドメの一撃となり、剣を引き抜くと――勢いよく、後ろへとオークジェネラルは倒れた。

オークジェネラルが確実に死んだことを確認してから、俺はラルフとヘスター対オークナイトの戦況に目を向ける。

戦闘中はオークジェネラルのみに集中しており、こっちの戦いは完全に意識の外だったため、目を向けるのが怖かったが……。

二匹のオークナイトのうち一匹は既に倒れていて、残りの一匹も既に深手を負っていた。

対する、ラルフとヘスターは無傷。

ラルフが盾を上手く使いながらオークナイトの攻撃を捌き、ヘスターが少し離れた位置で魔法での攻撃を加える。

その不利な状況を打開すべく、オークナイトが先にヘスターに向かおうとすれば、【守護者の咆哮】で食い止めるという完璧な戦法が確立されていた。

ラルフは【聖騎士】なだけあり、攻撃はまだまだながらも、防御面はその才能の片鱗を見せ始めている。

オークジェネラルをこの二人に任せれば楽に勝てたんじゃないか？

俺がそう思ってしまうほど、その後あっさりとオークナイトを倒し切ったのだった。

「……はぁー、はぁー。クリスもオークジェネラルを無事に倒せたか」

「ギリギリだったがなんとか倒せた。そっちは大分余裕だったな」

「全然そんなことないです。オークナイトを一匹倒してから安定はしましたけど、二匹相手にしているときは本当にギリギリでした」

「だなぁ。オークナイト相手にもやれるという自信はついたけど、それ以上にこの戦いで弱点が浮き彫りになった気がする！」

「私もですね。最初の通常種オークの掃討から、オークナイト二匹との戦いまで。本当に足りないものだらけでした」

オークジェネラル含む、十九匹のオークの群れを倒し切ったというのに、二人の自己評価はかかなり低いみたいだな。

ヘスターは一人で大半のオークを倒し、ラルフは【守護者の咆哮】に加えて、守備の立ち回りが完璧で戦況を安定させたし、まだシルバーランクに上がったばかりということを考えれば、及第点以上だと思うのだが……。

まぁ今回の戦いで調子に乗り、自分たちが強いと勘違いするよりかは断然良い。

弱点を自分で気づけたのなら、良かった点を俺が伝えればいいだけだからな。

「明確な弱点が見つかったならよかったな。まだまだ強くなれるってことだ」

「へへっ！　確かにそうだな」

「成長の余地があるってことですもんね。私も今回の経験をポジティブに捉えます！」

「戦術等の詳しい話し合いは宿に戻ってからにするとして、死骸を片付けてから依頼達成の報告に行くか」

「ですね。片付けてから帰りましょう」

「おう！　俺は死骸集めてくるから、まとめたら【ファイアボール】で焼いてくれ！」

「あー、オークジェネラルの死骸だけはそのままにしておいてくれ。あと、燃やす前に耳を切り落とすのを忘れるなよ」

三人でせっせと働き、死骸の処理を完璧に終えたところで、俺がオークジェネラルの死骸を背負ってオックスターへの帰還を目指した。

ちなみにこの死骸は、オークジェネラルを倒したということの証明として使うつもり。

……それと、この死骸を俺たちが自由に扱えるのであれば、俺はゴブリンから生えていたあのオンガニールの傍に置いてみようと思っている。

もしかしたら、この死骸に根付くかもしれないからな。

この試みが仮に成功したとすれば、オンガニールの宿主となる生物を選ぶことができるということになる。

虫やら微生物やらに食べられてしまう可能性の方が高いとは思うが、試してみる価値はあると俺は思った。


インデラ湿原からオックスターへと戻ってきた俺たちは、オークジェネラルの死骸を少し離れた場所に置き、そのままの足で冒険者ギルドへと向かう。

スザンナと呼ばれていた受付嬢は、今も依頼を受けてくれる冒険者を探しているだろうから、少しでも早く達成報告をしたい。

――そう思って冒険者ギルドの扉を開けると、ギルドのど真ん中で仁王立ちしているグリースの姿が目に入ってきた。

そしてその向こうには、土下座をさせられているギルド長とスザンナと呼ばれていた受付嬢の姿があった。

ギルド長も正直言って気に食わなかったが、圧倒的にクズなのはグリース。

この光景を見て、俺は一瞬にして理解した。

「おいおい！　声が全然聞こえねぇぞ!!　街が危険なので助けてください！　二度と俺には口出し致しません――だろ？　このまま帰ってもいいのかよ！　あぁ？」

「す、すみませんでした。……も、もう二度と口出しは――」

「オークの群れは全て倒してきたぞ。残念だったな、グリース。帰りたいなら、このまま帰っていいんだぞ。お前はもう用無しだからな」

グリースと土下座をしている二人の間に割り込み、俺はグリースをそう挑発する。

ギルド長はまぁどうでもいいが、スザンナと呼ばれていた受付嬢がこの扱いを受けているのは黙って見ていられない。

「はぁ？　またてめぇか！　……で、なんだって⁇　シルバーのカスが適当なことヌカしてんじゃねぇぞ‼　てめぇのせいでこの街の奴らは死ぬハメになるんだぜ？　分かってんのかよッ‼」

「ラルフ、貸してくれ」

俺は切り落としてきたオークの左耳の入った袋を、キャンキャンと喚いているグリースに見せつける。

小馬鹿にしたような表情だったが、袋の中の詰まっているものが紛れもなくオークの耳だと分かると、顔が一気に真っ赤になった。

「――てめぇ！　一体どうやったんだ‼　別の街に行って、他の冒険者に頼んだのか⁉　……俺の邪魔ばかりして一体何がしてぇんだよ‼」

「ぐちゃぐちゃうるさいな。いいから帰れよ。――お前の出番はもうない。もしかして言葉が理解できないのか？」

「ぐぬ、ぬ、ぬ…………ふっ、がっはっは！　あー、本気でキレたわ！　――お前、本気で覚悟しておけよ？」

「早く帰れって。役立たずのプラチナ冒険者」

俺に思い切り肩をぶつけてから、ドスドスと足音を立ててギルドから出ていったグリース。

これで完全に怒りを買ったわけだが、まぁいいだろう。

負ける気はしないし、一度グリースとはやり合わなきゃ、俺の腹の虫も治まらないところまできているからな。

直接来てくれるのが一番ありがたいんだが、何をどう仕掛けてくるか少し楽しみだ。

「あ、あの、ありが――」

「一体何度目なんだ！　君のせいでこのギルドは終わってしまう！　――グリースさんには歯向かわないでくれ。そうお願いしたはずだ！」

受付嬢が俺に対して感謝の言葉を言おうとした瞬間、怒声を上げたギルド長。

情けなかった先ほどまでの姿とは違い、強気な態度で俺にまくし立ててきた。

「了承したつもりはない。一言言わせてもらうが、あのグリースに頼らなきゃやっていけないのなら、終わっていいだろ。こんなギルド」

「……お前、いいのか？　本気で除名にするぞ？」

「グリースではなく、オークの群れを倒してきた俺をか？　本気で言っているなら、お前もグリースと同等のクズ野郎だな」

土下座の体勢から動かないギルド長を見下しながら、俺はそう言葉を吐きかける。

カーライルの森が近くにあり、街の雰囲気も悪くない。

ただ、ギルドの長と冒険者のトップがこれじゃ、本気で出ていくことを検討しなくてはいけないかもしれないな。

「あっ、緊急依頼の報酬はキッチリと貰うからな。ギルド職員で手が空いている奴はいるか？　今回の依頼に関して、確認してもらいたいことがあるから来てほしい」

「あっ、私が行きます！　——ギルド長は後ろで一度休憩を挟んでください」

飛び出してきたのは、若いハキハキとした青年。

暗く、陰険なギルド長とは正反対って感じの職員だな。

「それじゃついてきてくれ」

「はい。案内お願いします！」

俺は一人のギルド職員を引き連れ、冒険者ギルドを後にした。

それから数分後。

ギルド内では静観していたラルフだが、急にスイッチが入ったように喋り出した。

「おい、クリス！　なんでグリースに喧嘩売ってんだよ！　……って言いたいところだけど、よくガツンと言ってくれた！　本当に最低の野郎だな、あいつ」

「親父やクラウスに匹敵するカス野郎だ。プラチナランク程度でイキっているのも腹が立つ」

「あ、あの……」

「私もさっきのはちょっと許せないと思いました。ギルド長もギルド長ですよ！　なんでクリスさんに当たるのか、理解に苦しみます！」

「グリースには文字通り頭が上がらないんだろうな。受付嬢と違って、何の迷いもなく頭を床に擦りつけていたから」

「あ、あの!!　先ほどはギルド長が本当にすみませんでした！」

グリースとギルド長の悪口で俺たちが盛り上がる中、ついてきてくれたギルド職員が大声で割り込むと勢いよく謝罪してきた。

「どうしたんだ？　急に謝ってきて」

「ギルド長が失礼な態度を取ったのは重々承知していまして……。副ギルド長としてこの通り、あなた方に謝罪と感謝を伝えたいんです！　オークの群れを討伐していただき、本当にありがとうございました！」

「えー！　副ギルド長だったのかよ！　若いし、ただの使いっ走りかと思って目の前で愚痴っちまった」

「愚痴なら、本当にいくらでも言っていただいて構いません。身内の私でも、先ほどのギルド長の態度は駄目だと思いましたから」

「駄目だと思っていてもやめられないのか？」

「……はい。といいますか、ギルド長も自分の態度が駄目だというのは分かっているんです。ですが、そうしなければ崩壊してしまうのが、この冒険者ギルドの実態なんです」

全てはグリースの機嫌を取るためにってことか。

本当に追い詰められているって状況が、この副ギルド長の表情から感じられる。

「そこまでグリースが実権を握っているのか」

「はい。あなたたち以外のオックスターの冒険者は、みんなグリースに従っている状況です。恨みを買ってしまえば、誰も依頼を受けないようにと命令するんです。実際に昔、数日間ボイコットをされたことがありまして……。その時のことが今でもギルド長は忘れられず、恐怖心を植え付けられてしまっているんです」

「だからといって許す気にはなれないが、全てはグリースに返ってくるってわけか」

「そうです。力も強く実力もあり、他の冒険者の手綱も握っている。あれほど厄介な冒険者はそうそういません」

グリースよりランクの高い冒険者が、ノーファスト辺りから流れてくるだけで一瞬で崩壊するだろうが、わざわざ三大都市から移住してくる冒険者はいないんだろうな。

それが、この惨事を生み出しているってわけか。

「何か手立てはないのか？　冒険者ギルドが試みようとした方法とか」

「ギルド長が下手に出るしかないと、諦めてしまっていますので……。グリースを超える冒険者が現れるのを大人しく待っているっていうのが現状です」

「それも無駄だと思うけどな。この環境下で育った奴は、絶対に性格に歪みが生じる。グリースを超える者が育っても、第二のグリースとなって延々と繰り返されるだろうよ」

「それでは……オックスターの冒険者ギルドは、ずっとこのままということですか？」

「実際にはなってみないと分からないが、そうなる可能性が高いだろうな。グリースに従っている全冒険者を切る覚悟で、グリースを締め出さなきゃ変わらないと俺は思う」

副ギルド長は悲痛な表情を浮かべているが、これが当たり前の対応だと思うけどな。

俺たちも底辺冒険者をやっていたから分かるが、依頼を受けないという選択肢を取るのにも限度がある。

グリースが、従わせている全冒険者の分までギルドに代わって金を払うとは思えないし、数日間誰も依頼を受けなかったというだけで、音を上げてしまったギルド長が弱いと俺は感じた。

俺がギルド長なら、向こうが頭を下げるまで依頼を受けさせない――その心積もりでいくけどな。

そんな具合でグリースとギルド長について話しながら歩き、俺たちは副ギルド長を連れてオークジェネラルの死骸置き場についた。

俺はこのオークジェネラルの死骸を見せ、報酬金額に上乗せをしてもらうためについてきてもらったのだ。

「これって…………。お、オークジェネラルですか？」

「ああ。オークジェネラルを含む、十九匹のオークの群れだった。わざわざ言うことではないと思うが、報酬の上乗せは期待してもいいだろ？」

「も、もちろんです！　これらの群れが街に迫ってきていたと考えると――。背中がびっしょりと濡れるくらいゾッとしています。本当にありがとうございました」

「まぁ、礼はスザンナと呼ばれていた受付嬢に言ってくれ。あの受付嬢が募集していなければ、絶対に緊急依頼なんて受けていなかったからな」

「す、スザンナにですか？　もしかして、今回引き受けてくださったのって、スザンナがグリースとの仲裁に入ったからですか？」

「ああ。元はと言えば、俺が引き起こした揉め事だからな。あの受付嬢を巻き込んでしまったから、その礼のつもりで依頼を受けた」

「そうだったんですか……。私の方から、スザンナには伝えさせてもらいます」

副ギルド長はペコペコと何度も頭を下げながら、そう強く言ってきた。

これで、あの受付嬢が被害にあうことはないはず。

ギルドで二番目に力を持つ、副ギルド長がこう言っているんだからな。

「ああ、伝えてあげてくれ。それでこのオークジェネラルの死骸はどうする？　これで証明ができたというなら、素材とかを剥ぎ取りたいんだが」

「一応左耳だけ頂き、あとは自由にしてくれて構いません」

「分かった。付き合わせて悪かったな。もう戻ってくれて構わない」

「はい。それでは、私は冒険者ギルドに戻らせていただきます。………………あの、一つだけ質問していいですか？」

副ギルド長は一度立ち去ろうとしたのだが、足を止めて振り返るとそう尋ねてきた。

「ああ。大丈夫だ」

「あなたたちは全員シルバーランクで間違いないんですよね？　それも昇格したばかりの」

「そうだ。……ただ、実力はゴールドくらいあると思っているけどな」

「一体何者なのでしょうか？　冒険者になられたこと自体、最近のようでしたし、ヘスターさんとラルフさんに至っては、ルーキーの依頼に手こずっていた情報も残っていました」

そんなことまで知れるんだな。

どこで冒険者になり、どんな依頼をこなしてきたのか。

各地の冒険者ギルドの間で情報の共有が行われているというのが、この副ギルド長の発言から分かった。

「俺とヘスターは、クリスに助けてもらったんだよ」

「そうです。私たちはクリスさんのお陰で強くなれたんです！」

「……いや、二人の努力の賜物だ。オックスターの冒険者連中が、集まってヘコヘコしながら威張っている間、俺たちはずっと強くなることだけを追い求めていたからな。そりゃ強くなるだろ」

「お答えいただき、ありがとうございます。――どこまで手助けできるか分かりませんが、私はあなたたちの味方になると決めました。何か困ったことがあれば相談に来てください。今回は本当にありがとうございました」

最後にもう一度、深々と頭を下げてから、そう言い残して戻っていった副ギルド長。

グリースもギルド長も糞だが、もしかしたらあの副ギルド長はまともな人なのかもしれないな。

「ふぃー。これでやっと終わりか？　ひっさびさに本気で疲れた」

「私もです。戦闘時間はそう大したものじゃないと思うのですが、強敵との戦闘ってこんなにも疲れるものなんですね」

「それだけ緊張していたってことだろ。筋肉も強張るし、考えることもやることも複数あるからな。……とりあえず今日はここで解散にしよう。二人は宿に戻ってくれ」

「……ん？　クリスはどっか別のとこ行くのか？」

「ちょっとカーライルの森に行ってくる」

「はぁ!?　今からかよ！　さっきオークの群れを倒したのに、今から森に行くのか？」

「植物採取に行くわけじゃない。ちょっと試したいことがあって、このオークジェネラルの死骸を置いてくるんだ」

「いやいやいや。理解できないわ！　帰ってパーッと祝勝会だろ！」

「祝勝会は明日な。金が入るのも明日だろうし、いいだろ」

「まぁ、祝勝会をやるならいいけどよ……。オークジェネラルと戦った後だし、本当に気をつけろよ？　――なんならついていこうか？」

「ラルフがついていくなら、私もついていきますよ！」

「猛毒の植物が生えている場所に行くわけだし、ついてこられたら逆に迷惑だ。俺は大丈夫だから先に休んでいてくれ」

二人にそう告げ、俺はオックスターの入り口で別れると、オークジェネラルの死骸を背負ってカーライルの森を目指した。

今の時刻は夕方前。早くしないと日が暮れてしまうから、急がないとな。

道中、一人でオークジェネラルの死骸を運んでいたため、すれ違う人に完全に変人扱いされたが……なんとかカーライルの森まで運び込むことができた。

あとは、オンガニールの木の近くに置くだけだ。

背負う形で引きずりながら、オンガニールの木を目指す。

それから道中の魔物なのだが、俺がオークジェネラルの死骸を背負っていたからか、避けるように逃げていったため、苦労せずにオンガニールの場所まで辿り着くことができた。

人間からも避けられ、魔物からも避けられる。

はぐれ牛鳥を運んでいたときよりも、嫌われ度はランクアップしたかもしれないな。

そんなくだらないことを考えつつ、俺はオンガニールの生えたゴブリンの死骸の横に並べるように、オークジェネラルの死骸を置いた。

それにしても……何度見ても、気持ちの悪い絵面(えづら)だな。

ドス黒く魔物以上に禍々(まがまが)しい気配を放つ植物にそんなことを思いながらも、オークジェネラルに根付くことを祈り、ゴブリンから生えたオンガニールの実を一つもぎ取ってからその場を後にした。

日はすっかりと落ち切ってしまい、俺は真っ暗な森の中を一人、来た道を戻ったのだった。


翌朝。眠い目をこすりながら、無理やり目を覚ます。

昨日は結局、夜の森で魔物に襲われまくったということもあり、『木峯楼(もくほうろう)』に戻ってこられたのは夜中だった。

そのせいで、シャワーを浴びて即行で眠りたかったため、寝足りないし腹も減りまくっている。

昨日俺が食べたのは、ヘスター特製の朝食とリザーフの実。

それから昼以降はほとんど何も食べておらず、唯一食べたのは帰りに一つだけもぎ取ってきたオンガニールの実だけ。

消費カロリーと摂取カロリーの釣り合いが取れなさすぎていたため、ぐぅーと情けない音が腹から鳴った。

「クリスさん、おはようございます！　朝食できていますよ」

「……ありがとう。滅茶苦茶腹が減っているから助かる」

俺よりも早く起きていたヘスターが朝食を作ってくれていたみたいで、それをありがたく頂くことにした。

トーストと目玉焼きとソーセージ。

それからリザーフの実という朝食セットなのだが――いつもよりも数段美味しく感じる。

やはり空腹は最高の調味料だな。

「クリス、昨日はどうだったんだ？　収穫はあったのか？」

「ん？　……だから、昨日は植物を採りに行ったわけじゃないっての。オークジェネラルの死骸を置きに行っただけだ」

「本当に、死骸を置きにわざわざ森まで行ったのか？」

「昨日もそう言っただろ。試したいことがあったんだよ。……とりあえず朝食を堪能させてくれ」

「冷てぇな！　会話ぐらい付き合ってくれてもいいだろ！」

ぶーぶーと文句を垂れるラルフを無視し、俺はゆっくりと朝食を堪能した。

それから準備を整えて、早速冒険者ギルドへと向かう。

今日の予定は、まず昨日の緊急依頼の報酬を受け取ってから、シルバーランクの依頼の受注。

昨日、緊急依頼で行えなかった依頼を今日やるというわけだ。

それから依頼を達成した後は、『旅猫屋』に行ってシャンテルに二人を紹介しつつ、ジンピーのポーションの製作状況を尋ねに向かう。

……ふふふ。ジンピーがどんな効能を持っているのか、非常に楽しみだな。

美味しい朝食のお陰で機嫌の良い俺は、ラルフとヘスターと一緒に上機嫌で冒険者ギルドへとやってきた。

まずは冒険者ギルド内を見渡し、グリースがいないことを確認してから、相談用の受付へと一直線に向かう。

はたして、昨日の報酬はいくらだったのか。

ギルド長の手によって、減らされてなければいいんだがな。

「いらっしゃいませ。こちらは相談用の受付となりますが、よろしかったでしょうか？」

「ああ。昨日、緊急依頼を受けたクリスだが、その報酬を貰いに来た」

「クリス様ですね。……少々お待ちいただけますでしょうか？」

「ああ」

短くそう返事をすると、バックヤードへと消えていった受付嬢。

それから間もなくして、奥の部屋から出てきたのは副ギルド長だった。

「クリスさん、どうも昨日ぶりです」

「どうしたんだ？　副ギルド長がわざわざ出てきて」

「報酬に関しまして、私がキッチリと説明した方がいいかと思ったので、受付嬢には事前に伝えておいたのです」

「そうか。それは助かる」

「早速、依頼報酬の方なのですが……。こちらになります」

そういって目の前に出されたのは、白金貨二枚に金貨五枚だった。

予想の倍以上の報酬に、正直驚きを隠せない。

もしかして、迷惑料とかも含まれていたりするのか？

「こんなに貰っていいのか？」

「もちろんです。三人合計でこの額ですから、あまり多いとは言えないと思いますが……。今ギルドで出せる精いっぱいの額ですので許していただきたい」

十分すぎるほどに多いのだが、副ギルド長は少し申し訳なさそうにしている。

「いや、予想していたよりも多かったぐらいだ。助かる」

「本当ですか……？　オークジェネラル単体の討伐でも、報酬として金貨三枚は出ます。通常種オークは銀貨五枚、オークソルジャーは銀貨六枚。オークナイトは金貨一枚ですから――倒していただいた単純な合計だけで、金貨十三枚相当です。それが群れを成してきたのを緊急で討伐していただいたのですから……。ギルド側の私としては申し上げにくいのですが、決して多くはない額だと思います」

赤裸々に、報酬金額の内訳についてを解説してくれた副ギルド長。

確かに詳細について説明されると、多くはない金額なのではとも思ってしまうが、プラスで金貨十二枚上乗せしてくれたのなら一切の文句はない。

三人で分けたとしても、一人約金貨八枚の稼ぎ。

ヘスターに多めに配分したとしても、十分すぎる額だ。

「もしかしたらそうなのかもしれないが、俺は十分に満足できる額だ。丁寧な説明ありがとう」

「………そう言っていただけると本当にありがたい限りです。依頼を受けてくださったのがクリスさんたちでよかったです」

「こういう場であまりそういうことは言わなくていい。聞かれたらまた大変なことになるぞ」

ポロッと漏れた一言だろうが、グリースに聞かれたら確実に暴れるであろう案件だ。

「確かにそうですね。ご忠告ありがとうございます。また何かありましたら、ぜひお力をお貸しいただければ幸いです」

「ああ。俺たちにできることで、ちゃんとした誠意を見せてくれるなら喜んで手を貸す」

「ありがとうございます。それでは私はこれで失礼致します」

副ギルド長は深々と頭を下げると、バックヤードへと消えていった。

そして——姿が見えなくなると同時に、後ろで会話を聞いていたラルフが身を乗り出して大喜びし始めた。

「うっしゃー！　すげぇぞ！　白金貨二枚と金貨五枚だとよ‼　今日はパーティー……いや、大パーティーだろ！」

「落ち着けラルフ。とりあえず金の話は、今日の依頼を終えてからにしよう」

「ですね。昨日は緊急依頼で頓挫してしまいましたので、今日が初依頼の気持ちでシルバーランクの依頼を選びましょう！」

「おいおいおい！　二人共、冷静すぎるだろ！　白金貨が報酬で手に入ったんだぞ……？　俺がおかしいのか？」

困惑しているラルフをよそに、早速依頼掲示板に依頼を見に行くとしようか。

第四章　有毒植物の力

オークの群れの討伐報酬として大量の金を貰った日から、二週間が経過した。

この二週間は依頼をとにかくこなしており、かなりの金を貯めることができた。

今日は久しぶりの休日であり、金も手に入ったことだし、俺は教会へ能力判別をしてもらいに行こうと考えている。

ちなみにシャンテルに依頼していたジンピーは無事にポーション化に成功し、出来上がったポーションも昨日受け取ったため、今日は能力判別のついでにジンピーの効能についても調べるつもりだ。

午前中はゆっくりと宿で過ごし、午後から教会に向かった。

前回来たときと同じように信者の姿は一人も見えず、講壇で暇そうに佇む神父が一人だけ。

この教会がどうやって運営できているのか気になるが、それよりも俺の能力値の方が気になる。

「あ！　どうも、ご無沙汰しております！　この間の能力判別の人ですよね？」

「ああ、そうだ。今日も能力判別をしてもらいたいんだが大丈夫か？」

「もちろんです。ごらんの通り、暇を持て余していますので！　ささっ、こちらにどうぞ！」

神父に案内されるがまま、奥の部屋へと入っていく。

前回と同じ水晶の置かれた部屋に入り、金貨と冒険者カードを手渡してから、能力判別が終わるのを座って待つ。

「うっ、ふぅー……。終わりました。冒険者カードをお返し致します」

「ありがとう。助かった」

今日一回目ということもあるだろうが、前回ほどは疲れた様子を見せていない神父。

この様子なら、今日あと三回は頼んでも大丈夫だろうか。

神父を見てそんなことを思いながら、冒険者カードを確認する。

クリス
　適性職業：農民
　体力　：16（＋55）
　筋力　：11（＋54）
　耐久力：11（＋50）
　魔法力：3（＋2）
　敏捷性（びんしょう）：8（＋4）
『特殊スキル』
　【毒無効】
『通常スキル』

【繁殖能力上昇】

おっ。まずは前回からの成長度を調べるべく、能力値を見てみたんだが——予想以上に能力が上昇している。

体力と耐久力はそれほどでもないが、筋力はプラス値が18も上昇しているな。

リザーフの実に関しては毎食のように食べていたし、大量に採取してきたこともあり、まだストックも尽きていない。

成果が出たことに、俺は顔がニヤケるのを抑えられない。

それと敏捷性が上昇しているのは、オークジェネラルの死骸をオンガニールの傍に置いてきたときに、実を一つ採取して食べたことによるものだろう。

スキルに関しては何の変化もないことから、あのオンガニールに生る実の効能は、敏捷性のプラス値が2上昇すると『繁殖能力上昇』のスキルの付与で確定と思っていいはず。

使いどころを全く見出せないスキルだが、単純に敏捷性が2も上がるのは非常に大きい。

ただ、オンガニールの存在自体がまだ一本しか確認されていない上に、実の生る速度もかなり遅い。

敏捷性を効率良く上げるには、やはり別の有毒植物を見つける方がてっとり早いかもしれないな。

……そしてなんといっても、俺自身の能力がかなり上がっている。

オークジェネラルを倒したからか、体力、筋力、耐久力が共に2も上がり、今まで微動だにしていなかった魔法力も1上昇している。

上昇幅は低いが、プラス値じゃない能力が上がるのは嬉しいんだよな。

ひとしきり能力値を見て満足したところで俺は教会を出て、持ってきたジンピーのポーションをすぐ近くで飲むことに決めた。

飲み終えたら、すぐさま能力判別を行ってもらう予定。

教会前の小さな池とオリーブの木があるところで腰を下ろし、俺はジンピーのポーションを手に取る。

見た目はエグい黒緑色をしているけど、はたして味の方はどうなんだろう。

蓋を取り、まずは匂いから嗅いでみる。……色味に対して、そこまでキツい匂いはしないな。

香ばしい葉っぱの香りに、若干土の匂いが混じっている感じ。

軽く瓶を振ってから、一気にポーションを飲んだのだが——意外と不味くない。

少し苦いお茶って感じで、回復ポーションよりも断然飲みやすい。

見た目は飲む気が失せる色をしているが、味に関しては全然飲めるレベルなため、俺はそのまま一気にジンピーのポーションを飲み干した。

さて、これで能力の上昇があるかどうかが問題なのだが……作成に金貨二枚をかけたのだから、成果が出てほしいところ。

すぐに能力判別をしてもらうため、俺は教会の中へと戻った。

いつもの如く、神父はちびちびと魔力ポーションを飲んでいたが、俺が入ってきたことに気がつくと、何も言わずに奥の部屋へと入っていった。

俺もその後を続くように進み、先ほど座った椅子に再び座る。

「それでは二回目の能力判別、いきますよ――。ふっ、はぁー、はぁー……。お、終わりました。ご確認お願いします」

「ああ、ありがとう」

俺がポーションを持参していたために、時間もほとんど空けずに能力判別をお願いしたせいで、かなり疲弊した様子を見せている神父。

そんな神父を横目に、俺は冒険者カードを確認する。

クリス
適性職業：農民
体力　：16（＋55）
筋力　：11（＋54）
耐久力：11（＋50）
魔法力：3（＋2）
敏捷性：8（＋6）
『特殊スキル』
【毒無効】

『通常スキル』

【繁殖能力上昇】


おおっ！　敏捷性が上昇している。

それも、オンガニールと同じく2も上がっているぞ。

ジンピーは敏捷性を上昇させる植物だったか。

あの時、面倒くさがらずに採取して本当によかった。

——これで、体力、筋力、耐久力、敏捷性に、識別途中だが魔法力と、全ての能力値を上昇させる植物を見つけることができた。

ジンピーの葉は、ポーションにしないといけないため摂取に手間がかかるが、2も上昇するのであれば何も問題ない。

シャンテルに大量生産をお願いするとして、これで俺自身の強化の目途が立った。

となると、あとはヘスターとラルフの能力アップだな。

あの二人は元々の才能があるため、そこまで心配していないが……生ぬるい成長では駄目なのだ。

二人には今日の成果と今後の方針を改めて伝えるとして、満足のいく結果が出て上機嫌で宿へと戻った。

翌日。

昨日はあれから、魔法力を上昇させる植物の識別も行い、神父の頑張りもあって突き止めることに成功した。

真っ白な卵のようなキノコで、一見美味しそうだし実際に美味しいのだが、強烈な毒を持っているようで、これを食べて死んだゴブリンの姿を発見している。

俺はこのキノコを『エッグマッシュ』と名付けた。

これで体力はレイゼン草、筋力はリザーフの実、耐久力はゲンペイ茸、魔法力はエッグマッシュ、敏捷性はジンピーの葉――と能力を上昇させる全ての植物を解明することができた。

あとは何よりの鍵となってきそうな、スキルの付与を可能とするオンガニールなのだが……。

オンガニールに関してはまだまだ謎が多すぎる上に、木を一本しか見つけられておらず、研究材料が少なすぎる。

そろそろリザーフの実もなくなってきたし、カーライルの森に籠りたい。

依頼をこなしたお陰で金はかなり貯まったし、昨日休みを取ったばかりだがカーライルの森に入ろう。

そうと決まれば、ラルフとヘスターに相談だな。

起きてくるのを待ち、朝食を食べるタイミングで話を切り出す。

「二人に話があるんだが大丈夫か？」

「俺たちに話がある？　改まって言われると怖いな！」

「話というのはなんでしょうか？　依頼のことですかね？」

「いや、実は今日にでもカーライルの森に籠ろうと考えている」

「なんだそんなことか。いつものことだし別にいいぜ！　依頼はヘスターと二人でこなせるし、クリスは森に行ってこいよ！」

「私もラルフと同意見です。私たちは私たちで依頼をこなしながら強くなりますので、クリスさんはクリスさんで最適の道を選んでください」

急な話だったにもかかわらず、笑顔でそう答えてくれた二人。

本当に理解があって助かる。そう言ってくれたなら、早速カーライルの森に行かせてもらおう。

「ありがとう。それなら今日からカーライルの森に行く。色々と調べたいこともあって一週間ほど籠るから、すぐに戻ってこなくても心配しないでくれ」

「了解！　二週間戻ってこなかったらさすがに捜しに行くからな！」

「ああ。二週間戻らなかったら捜索隊を組んでくれると助かる」

「分かりました。その流れで動かせてもらいます。どうかお気をつけて行ってきてください」

二人にそんな相談をしてから、午前中はカーライルの森に籠るための買い出しを行い、日がてっぺんまで昇る前にカーライルの森に辿(たど)り着くことができた。

カーライルの森へ来た今回の目的はというと、基礎能力を上昇させる五種類の植物の採取。

一番狙っていきたいのはジンピーの葉で、今回は新種の植物に手をつけるつもりはない。

そしてなんといっても、オークジェネラルがどうなったのかを確認すること。

目論見(もくろみ)通り、オークジェネラルからオンガニールが生えてくれていればいいのだが——本気でワクワクするな。

ゴブリンに根付いた木の実で敏捷性＋2ということは、オークジェネラルなら相当な上昇幅が期待できる。

更には……スキルも、もしかしたら付与されるかもしれないのだ。

【繁殖能力上昇】が何に影響されて付与されたスキルか分からないが、ゴブリンから吸収し付与されたスキルだとしたら、オークジェネラルからもスキルを吸収し付与されることとなる。

俺との戦いで見せたあの赤いオーラは、何かしらのスキルであることは間違いなさそうだし、戦った限りでは身体能力を向上させる能力である可能性も高い。

未知の有用なスキルに恋い焦がれながら、俺は頰を一つ叩いて気合いを入れ、カーライルの森の中へと出発。

それから道中で襲ってくる魔物を退けながら、あっさりと拠点に辿り着いた。

さて、まずは何からやろうか。

俺が一番やりたいことといえばオンガニールの確認なんだが、それは最後のお楽しみとして取っておこう。

生えてなかったらやる気が一気にだだ下がりになるから、最後に確認するのが気持ちの面でも一番良いはず。

そうなると無難に有毒植物の採取を行うのがベストだろう。

少し迷った末に有毒植物の採取を行うことに決めた俺は、ただひたすらに無心で採取を行っては寝る日々を過ごしたのだった。

カーライルの森に入って、特筆すべき事件が起こることもなく六日が経過した。

有毒植物の採取の方も順調そのもので、狙っていた通りレイゼン、リザーフ、ゲンペイ、エッグマッシュ、ジンピーの五種の有毒植物を大量に採取することに成功。

特にジンピーの葉は狙って集めたこともあって、自分でも驚くくらいの量を採取できている。

あとはシャンテルにポーションにしてもらうようにお願いするだけなのだが……はたしていくらかかるだろうか。

前回は一本につき金貨二枚かかったが、話によれば一度作ることができれば大分安く抑えられるとのことだったため、ここは交渉次第となる。

ジンピーのポーション化は必須だし、良いところで折り合いをつけることができたらいいな。

……そしていよいよ、俺はこれからオンガニールの木のある場所へと向かう。

カーライルの森に入ったときからずっと楽しみにしていた、オークジェネラルに根付いているかどうかの確認だ。

上手(うま)いことといっていたらいいのだが、これればかりは実際に見てみないと分からない。

採取した毒草は拠点に残したまま、オンガニールが自生している場所に向かう。

このワクワク感は何ものにも代えがたいものがある。

金がもう少し貯まったら、カーライルの森でオンガニールを探しまくるのもありだな。

見つけたのが一本だけじゃ、増やすのも手間がかかりすぎるからな。

俺はそんな願望を抱きながら森を進んでいき、あっという間にオンガニールの近くまでやってきた。

相も変わらず嫌な気配が…………ん？

訪れたのが前回から少し日が空いているからなのか、なんとなくだが嫌な気配が強くなっている気がする。

恐る恐る近づいてみると、オンガニールの生えたゴブリンの死骸が目に入った。

そして、その奥にオークジェネラルの死骸もしっかりと残っているのが見える。

更に近づくと、オークジェネラルの心臓部分から芽が出ているのが分かった。

…………ただ、芽は緑色ではなく茶色で、枯れてしまっているのが分かる。

惜しい結果に悔しい気持ちが強いが、俺は冷静にこの状況を分析することにした。

死骸だったから駄目だったのだろうか？

――いや。この感じだと芽は出ているし、死骸でもしっかり根付きはしている。

だとすれば、栄養が足りなかったとかか？　……うーん、それもないだろうな。

討伐してから時間を空けずに、ここまで運んできた。

ゴブリンの栄養で成長できるのだとしたら、死骸といえどオークジェネラルで育たないわけがない。

だとすれば――。そこまで考えて、俺は一つの重要な見落としに気がついた。

オンガニールは、〝心臓〟に根を張って栄養を吸い上げながら成長する植物。

しかしこのオークジェネラルは……俺が心臓を突き刺して殺したため、心臓が元の形や機能を失った状態となっている。

多分だが、そのせいで上手く育たなかった可能性が非常に高い。

俺は剣を引き抜き、オークジェネラルの胸を切り開く。

「……やっぱりそうだったか」

オンガニールの根は、貫かれた心臓部に根付こうとしていた痕跡があったものの、上手く根付くことができなかったのが分かった。

これは完全に失念していたが――この失敗は決して無駄ではない。

オークジェネラルのスキルや能力上昇を実に反映できなかったのはもったいないが、それ以上に得られた成果はあった。

本当に少しずつだが、オンガニールについて徐々に解明できてきている。

とりあえずこのオークジェネラルの死骸を片付けてから、新たな宿主を試すべくコボルトでも殺して、オンガニールが生えているゴブリンの傍に置いておこうか。

正直、コボルトでオンガニールが成長するのかは怪しいところだが、この森にはちょうどいい獲物がいないから仕方がない。

ゴブリンから生えたオンガニールに、新しく生った実の採取だけはしておこう。

死骸の心臓に根付くことが分かり、俺は頭の中で色々と試したいことを想像しながら、コボルト探しに向かった。

カーライルの森での植物採取最終日。

すべきことは全てできたし、有毒植物の採取数も大満足。

オークジェネラルでオンガニールを育てられなかったのだけが心残りだが、今回の失敗のお陰で重要なことが分かった。

それだけでも俺にとっては大きいし、心臓に傷をつけずに狩って置いてきたコボルトの変化で、また見えてくるものがあるはず。

そう願いつつ、街に戻るまでは気を抜かずに最大限の警戒をしつつ、オックスターを目指して歩を進めた。

カーライルの森を出て、宿に着いたのは夕方ごろ。

依頼をこなしているのであれば、二人はまだ宿に帰ってきていないと思ったのだが……。

「クリス、おかえり！　飯なら用意してあるぞ！　森の中じゃ碌（ろく）なものを食べてなかったんだろ！」

「クリスさんの好きなものを用意しました。帰って早々でなんですが、みんなで食事にしましょう」

今日帰ってくるということを知っていたからか、二人は依頼を早めに終わらせて待っていてくれたようだ。

後ろのテーブルにはヘスター手製の料理が並んでおり、良い匂いが部屋中に漂っている。

「わざわざありがとな。シャワーを浴びたいところでもあるが、まずは飯を食べさせてもらう」

「そうしようぜ！　色々と話も聞きたいしよ！」

「ええ、食事を取りながら報告会といきましょう。私たちは特別、報告することはないんですけどね」

シャワーを浴びることなく、大量の毒草の入ったリュックを下ろして席に着く。

目の前の豪勢な料理の数々に思わずお腹が鳴ってしまうな。

「よしっ！　それじゃ食べようぜ！」

「ですね。いただきましょう」

食前の挨拶を済ませてから、三人で料理にかぶりつく。

一週間ぶりのまともな食事は涙が出そうなほどに美味しい。

「うんまぁ！　——それでクリス。この一週間どうだったんだ？」

「……ん？　ああ、完璧に近い一週間を過ごせた。成果としては今までで一番かもしれない」

オークジェネラルのオンガニール栽培が成功できていれば、まさしく〝完璧〟だったのだが……。

こればかりは仕方がないことだ。

「クリスは本当に順調に成長できているな！」

「まだまだ未知な部分ばかりだし不完全な部分も多いが、ようやく最強への道が見えかけたってところだ」

「なんかよ……本気でいよいよって感じだな！　上手く言葉にできないんだけど、俺もめちゃくちゃワクワクするわ！」

「ふっ、語彙(ごい)力がなさすぎるだろ」

手をワキワキとさせながら、なぜか自分のことのように興奮しているラルフ。

確かに俺もワクワクはしているが、まだまだ始まったばかり。

現状で満足してはいられないし、まだオンガニールの栽培方法を確立できたとはいえない状態だからな。

「そっちはどうだったんだ？　何か報告するようなことはあったか？」

「ん？　こっちは特にないな。……あー、そうだ。二人で依頼を受けるときは、壁役を使わない立ち回りでいくことにした」

「徹底的に攻撃面を鍛えるつもりか」

「ヘスターは迷いが吹っ切れてぐんぐん強くなっているから、俺も頑張らないと置いていかれる。それだけは絶対に嫌だからな」

ラルフも思うところがあるのか、珍しく真面目にそう語った。

剣士は成長が目に見えにくいから、ラルフが焦るのも分からなくはない。

ただラルフが確実に強くなっているのは、冷静に第三者目線で見ている俺が一番よく分かっている。

気負って暴走しないよう、ラルフを俺が上手くコントロールしてあげないといけないな。

植物採取から約二週間が経過した。

その間、俺たちは毎日のようにシルバーランクの依頼を受け続けた。

俺が植物採取に行っている間に、ヘスターは威力の高い魔法でも大分安定するようになっていたし、ラルフも攻撃のバリエーションが増えた上に一撃の重さもついてきた。

ヘスターとラルフの二人には、そろそろ能力判別を受けてもらうのもいいかもしれない。

そして俺はというと、特に何も変わっていない。

いや、変わっていないというのは嘘（うそ）になるか。採取してきた毒草を摂取することで確実に強くなってはいるが、目に見えて強くなったわけではない。

大きく成長したいという意味でも、二週間経過したし、そろそろオンガニールの様子も見に行きたいところ。

やらなければいけないことの多さに頭が痛くなってくるが、それを着実に行うことで俺たちは強くなっているのだ。

「クリス、今日はどうするんだ？　どくどくドッグの討伐依頼でも受けるか？」

「どくどくドッグは受けたいと思っているが、夜の依頼だからなかなか受ける気にならないんだよな。とりあえず掲示板を見ながら見繕おう」

「賛成です！　そろそろ指定なし依頼に手を出すのもアリかもしれませんね」

「はぐれ牛鳥みたいな、金を効率良く稼げる依頼があればいいんだけどな」

そんな会話をしながら、俺たちは冒険者ギルドへと入った。

……なんかいつもと違って、ギルドの様子がおかしいな。

俺たちが冒険者ギルドに入ると、いつも他の冒険者から睨まれるのだが、今日はその視線を感じない。

朝一なのにかなり騒々しいし、ギルド職員たちも何やら忙しそうに動き回っている。

「なんか慌ただしいな！　これ、また緊急依頼が入ったとかじゃないのか？」

「ラルフの言う通り、その可能性が一番高そうだな。……もし、緊急依頼が入っていたとしたら二人はどうしたい？」

「私は受けたいですね。強い魔物と戦う機会なんてあまりありませんし、自分の成長を感じるのにも——自分を成長させるのにも、絶好の機会ですから！」

「俺も受けたい！　ヘスターの言うことも分かるが、やっぱなんといっても……金が良いからな！　この間の報酬は引っ越しとかで全部消えちまったが、今回こそは大パーティーを開きたい！」

どっちの意見もその通りだな。成長にも繋がる上に、金もたくさん入ってくる。

そのぶん危険がついてくるのだが、その見極めさえしっかりすれば、これほど美味しい依頼はない。

「俺も賛成だな。副ギルド長にでも聞いてみて、緊急依頼が入っていたら受けるか」

こうして方針を決めた俺たちは、受付嬢に副ギルド長を呼んでもらい、何が起こっているのかを聞き出すことにした。

すると、奥の部屋から出てきた副ギルド長は、急な用件で動き回っているのか、かなり疲弊している様子。

「クリスさん、ヘスターさん、ラルフさん、どうもご無沙汰しております。今回はどんなご用件ですか？」

「いや、ギルド職員が忙しなく動き回っているから、ちょっと気になってな。何が起こっているのかを聞こうと思って呼んだんだ」

「……やはりお気づきになりましたか。実はですね……情報が不確かで緊急依頼はまだ出ていないのですが、北の山にヴェノムパイソンの群れが現れ、餌を探して北の山から下り始めているという報告が入ったんです」

「ヴェノムパイソン？　なんだその魔物は」

「普段は暖かい地域にのみ生息する魔物で、全長十メートルにもなる猛毒を持つ大型の蛇の魔物です。討伐推奨ランクはプラチナ。熱を感知するのに長けた魔物でして、離れた場所からでも生物を見つけ、一気に襲い掛かるのが特徴の非常に好戦的な魔物です」

何かとんでもなく危険な臭いがする魔物だな。

俺には毒は効かないが、全長十メートルともなれば噛まれたら深手を負うだろう。

……これは依頼を受けるかどうか、かなり悩む案件だな。

「群れっていうと、どれぐらいの数が確認されているんだ？」

「最低でも十四と噂されています。この間、クリスさんたちには緊急依頼である、オークの群れを倒してもらいましたが……。そのオークたちが山から下りてきたのは、このヴェノムパイソンが原因ともされていますね。ですから、どれだけ低く見積もっても、あのオークの群れよりも確実に討伐難度が高い依頼になると思います」

討伐推奨ランクがプラチナで、そいつらが群れを成しているってことか。

これは本当にどうするか悩みどころだ。

「討伐推奨ランクがプラチナな理由ってなんだ？　やはり身体能力が高いのか？」

「うーん……一番の理由は猛毒を持っていることですね。牙から噴出する毒を浴びるだけで、全身が痺れて動けなくなります。そして、噛まれた際に体内に打ち込まれたら――死に至る危険性も非常に高いです」

「なるほど。仮にだが、ヴェノムパイソンに猛毒がなかったとしたら、討伐推奨ランクはどれくらいだと考えてる？」

「そうですね。ゴールドには落ちるって感じじゃないでしょうか」

毒さえ対処できれば、討伐推奨ランクはゴールドまで落ちるのか。

ラルフとヘスターには相変わらず危険な魔物ではあるのだが、俺が前に出て壁役を務めながら戦えば、決して勝てない相手ではない。

……となれば、報酬も期待できそうだし、ここは受けるべきだな。

「副ギルド長。俺たちはこの緊急依頼を受けたいと思ってい――」

「おいおい、クリスさんよぉ！　一人で抜け駆けするのは許さないぜ！　俺たちもその緊急依頼を受けさせてもらおうか！　へっへっへ！」

俺が依頼を受けるべく、副ギルド長にそう声を掛けようとした瞬間――遮るように誰かが話しかけてきた。

振り返ると、そこに立っていたのはブクブクと醜く太った巨体の男性。

そう――グリースだった。

「なら、この依頼はお前らに譲ってやるよ。ラルフ、ヘスター。行こう」

ここ最近は絡んでもこなかったのだが、急に来やがったな。

こいつらと一緒の依頼を受けるなんて真っ平御免なため、俺たちは早々に見切りをつけて立ち去ることにした。

「おいっ!!　ちょっと待てよ！　てめぇらがこの依頼を受けねぇなら、俺たちも依頼を受けねぇ！

……へっへっへ。そうなったらこの街がどうなるか分かるよなぁ!?」

「この街がどうなろうと、俺は知ったこっちゃない」

「おいおいおいおい。副ギルド長さんよ、今の発言聞いたかよ！　こいつらのせいで街が襲われるってのに、知ったこっちゃないだと！　こんな傍若無人な行為を許していいのか？」

俺から視線を外すと、そう副ギルド長に詰め寄り始めたグリース。

全てブーメランでグリースに返っている言葉なのだが、それを指摘する者はこの場に誰もいない。

「く、クリスさんたちは、あなた方が依頼を受けなければ引き受けてくれると言って――」

「だからッ！　抜け駆けは許さねぇって言ってんだろ！　話の分からねぇ馬鹿野郎だな！」

机を思い切り叩き、副ギルド長を威圧するグリース。

これじゃ一生埒（らち）が明かなそうだし、副ギルド長には悪いが帰らせてもらおう。

そう思って冒険者ギルドを出ようとしたのだが……。

「クリス君だったか？　ちょっと待ちたまえ」

立ち去ろうとした俺たちを引き留めてきたのはギルド長だった。

「おー！　マイケルギルド長じゃねぇか！　よぉよぉ、あんたは俺の言い分分かるよなぁ!?」

「クリス君、グリースさんと一緒に緊急依頼を受けてください。これを断るようだったら――職務放棄として、冒険者ギルドを除名処分とするしかありません」

「は？」

聞き捨てならない言葉に、今度は俺が引き返してギルド長に詰め寄る。

受付を挟んではいるが、真ん前まで行って睨みつけた。

「いくら睨みつけても無駄です。街に危険を及ぼす可能性のある緊急依頼で、あなたたちが受けたのはプラチナ冒険者からの協力要請。この要請は正式に冒険者ギルドが認めました」

「ギルド長！　まだ緊急依頼だって出ていません！　それに討伐推奨ランクはプラチナです！　シルバーランクの冒険者への強制は――」

「緊急依頼とすることは、先ほど私が決定した。それにプラチナランク冒険者の補佐という形だから、推奨討伐のランクが適用される限りではない。……副ギルド長は黙っていてください」

「だから、グリースを依頼から外せ。だったら、俺は喜んで依頼を受けてやるって言っている」

「何度も言いますが、討伐推奨ランクはプラチナです。シルバーランク冒険者パーティに任せることのできる依頼ではありません」

「へーッヘッヘッヘ！　こりゃ傑作だぜ！　どうすんだよ、除名されるか俺たちと一緒に依頼をこなすか。――二者択一だぜぇ、クリスさんよぉ!!」

今すぐ暴れ回り、グリースを斬り殺してやりたい衝動に駆られるが……そこまで俺と一緒に依頼に行きたいなら、受けて立ってやろう。

――グリースには確実に後悔させてやる。

「…………分かった。シルバーランクの冒険者に手を貸してもらわなきゃ、依頼の一つもこなせないグズ冒険者に力を貸してやる。その代わり――死んでも文句は言うんじゃないぞ」

ギルド長からグリースに向き直り、殺意を込めてそう宣言する。

その俺の宣言を聞いてもなお、ニタニタと笑っていて余裕そうな表情をしているグリース。

一切態度を改める気はないようだな。

「てめぇこそ死んでも文句は言わせねぇからな！　北の山の麓(ふもと)で待っているから、必ず来いよ！」

それだけ言い残すと取り巻きを引き連れ、グリースは冒険者ギルドから出ていった。

ギルド長も俺を睨みながら、バックヤードへと消えた。

「――クリスさん！　本当に申し訳ございません！」

「別に副ギルド長は悪くないだろ。俺を庇ってくれたのは見ていたしな」

「で、ですが……。あのグリースと一緒に依頼だなんて……確実に何かを仕掛けてきますよ！」

それは間違いないだろうな。

何をしてくるのかは分からないが、今日まで大人しくしていたことから、緊急依頼が出されることの時まで待っていた可能性が高い。

「なぁ、断ったらやっぱり除名は避けられないのか？」

「それは……そうですね。除名の大義名分としては十分になってしまいますし、クリスさんは一度暴力沙汰で謹慎処分を受けています。ギルド長はギルドの存続に必死ですので、確実に根回しをすると思います。……何もお力になれず申し訳ございません」

「やはりそうなのか。さっきも言った通り、あんたは何も悪くない。ただ、ギルド長には今回依頼に成功したら、キッチリと謝罪してもらう。……あとは、グリースを俺がなんとかしたら――依頼料とは別でちゃんと礼をしてくれ」

そうとだけ言い残し、北の山へと向かうべく、俺たちは冒険者ギルドを後にした。

「なんかとんでもない事態になってきたな！　グリースと一緒に依頼を受けることになるなんてよ！」

「……大丈夫なのでしょうか？　ただでさえ、討伐推奨ランクがプラチナの魔物が群れているんですよね？　そこにあのグリースと一緒にこなさなければいけないなんて」

「大丈夫かどうかは分からないが、やるしかないのが現状だな。あのギルド長に、断ったら除名とまで宣告されちまったし」

「あのギルド長も本当にムカつくよな!!　グリースにはぺこぺこ媚売って、俺たちには圧をかけてくるんだから！」

「こうなってしまったら、文句を言っていても仕方がないですね。どうするのか考えましょうか」

ヘスターの言う通り、どう切り抜けるかを考えなければいけない。

……ただ、グリースにはもちろん、毒を無効化できるためヴェノムパイソンの群れにも俺は負ける気がしないんだよな。

一緒に依頼を受けたくないだけで、グリースがよほどのことをしてこない限り対処できる。

そう自信を持って言えるくらいには、有毒植物のお陰で俺は強くなった。

「まずはシャンテルのところでポーションを揃えるか」

「ですね。色々と役に立ちそうなポーションを買いましょう。グリースが何をしてくるか分からない以上、こちらも手は多く持っていた方がいいはずです」

「決まりだな！　よーしっ！　絶対にグリースには負けねぇ!!」

気合いが入っているラルフを先頭に、一度宿に戻って準備を整えてから『旅猫屋』へと向かった。

第五章 北の山

『旅猫屋(たびねこや)』に着き、早速シャンテルに依頼を出したところ……。

「回復ポーションを六個に、解毒ポーションを十個ですか!? やったー!! ジンピーのポーションの大量生産も依頼してくれましたし、本当にクリスさんは私の恩人です！ ……しくしく」

大ジャンプをかまして喜んだと思いきや、目元に手を当てて泣き始めたシャンテル。

まぁ泣いたといっても、チラチラと俺たちのことを見ているし完全に嘘泣(うそな)きだけどな。

「いちいち変なリアクションを取るな。やり取りが長くなるんだよ」

「えー、いいじゃないですか！ 私は一人でお店を切り盛りしていますし、お客さんも少ないので寂しいんです！ 同年代のお客さんなんて、本当にクリスさんたちしかいませんし!!」

「知るか。いいから早くポーションを持ってきてくれ。……あー、あと、このあいだ依頼したジンピーのポーションも二つほど今渡してくれ」

「ジンピーのポーションもですか？ 分かりました！ 持ってきますね！」

元気よくポーションを取りに行ったシャンテルを見送り、三人で大きく息を吐く。

ギルドでの一件の後にシャンテルと会話すると、テンションの高低差で頭がおかしくなりそうだ。

「お待たせしました！ こちらが回復ポーションで、こちらが解毒ポーションになります！ 独自製法で苦味は抑えられていますので、かなり飲みやすいですよ！ ——そして、こちらがジンピーのポーションです!!」

シャンテル。

渾身のプレゼンをあっさりと流し、俺たちがすぐに店を出ようとしたところで、腕を掴んできた

「おい、なんだよ。金は置いたぞ。手を掴むな」

「冷たい！　冷たすぎます！　もう少しお話に付き合ってくださいよ！」

「無理だ。時間がないんだよ。——手を放さないなら、ポーション買わないぞ」

「む!?　むむむー……。ずる。ずるーい！　次は絶対にお話に付き合ってくださいよ!!」

ぴーぴーと喚くシャンテルを置き、俺たちは『旅猫屋』を後にした。

とりあえずこれで、ヴェノムパイソンとの戦闘準備は整ったな。

「本当に元気が有り余ってるって感じだよな！　明るい人と一緒にいると、大抵は元気を分けてもらえる気になるんだけど……。元気を与えられすぎて疲れる感覚だわ！」

「お前たちは後ろで黙っているだけだからまだいいだろ。……俺の身になってみろ」

「でも悪い人ではないですし、いいじゃないですか。私はシャンテルさんのこと好きですよ！」

「それじゃ、今度からはヘスター一人に行ってもらうことにしようか」

「……え。え、えーっと。それはちょっと大変といいますか、なんといいますか！」

「はっはっは！　やっぱヘスターも嫌なんじゃねぇか！　たまーに一人で行くけどよ、本当に帰してくれないもんな！」

「シャンテルさんのこと、好きなのは好きですよ！　ただ、一人ではちょっとな——って思っただけです！　ラルフは黙っててて！」

『旅猫屋』を出てからシャンテルの話題で盛り上がりつつ、俺たちは北の山を目指して歩を進めた。グリースやギルド長、緊急依頼のことでちょっと重苦しい空気だったが、シャンテルのお陰で雰囲気が明るくなったな。

今の俺たちには元気を与えられすぎるぐらいが、ちょうどよかったのかもしれない。

それから二度目となるインデラ湿原を抜け、俺たちは北の山の麓に辿り着いていた。

そして山の麓でグリースを待つこと、約二時間が経過しようとしている。

「クソッ！　グリースの糞野郎、本気でイライラさせやがるな」

「これ本当に来るのか？　来る気配すら感じないんだけどよ！」

「確か、私たちよりも先にオックスターを出ると言っていましたよね？　さすがにおかしくないですか？」

追い抜いたのかと思っていたが、これだけ待っても来ないとなると、先に行ってしまっている可能性も出てきた。

姿が見えないのは怖いが……ここで待っていても仕方がないため、俺たちだけでヴェノムパイソンを討伐してしまうか。

「もう行くか。来ないなら好都合だ。どっちみち、俺たちだけで討伐しようと考えていたんだしな」

「確かにそうだな！　二時間は待ったんだし、もう文句を言われる筋合いはないぜ！」

来る気配を見せないグリースは捨て置き、俺たちだけで山を登ることに決めた。

確か、大量のヴェノムパイソンは山頂付近で目撃されていて、数匹は山の麓まで下りて餌を探し回っているとのことだったな。

山頂までの道中も気をつけつつ、北の山を登っていくことにしよう。

「寒いし空気が薄いし最悪だ！」

「ラルフ、まだ登り始めたばかりですよ。文句を言ってないで登りましょう」

「そうだ。まだまだ先は長い……ちょっと静かにしてくれ。何か気配を感じる」

山を登り始めて、まだ三十分ほどしか経っていないのだが……。

上から猛スピードで、何かが下りてくる気配がしたのを俺は感じ取った。

二人に警戒の合図を出してから、剣と新調した鉄の盾を構える。

山の斜面から下りてきた——いや、転がってきたのは、白い毛並みで大柄の豹のような魔物のスノーパンサー。

何ものかにやられたようで、恐らく死んでいるスノーパンサーが上から転がり落ちてきたのだろう。

「なんだあれ！　転がって落ちてきたぞ！」

「スノーパンサーだな。ちょっと見てみるか」

あの転がり方から、既に死んでいるとは思うが……念のため警戒は解かずに近づく。

山道に落ちてきたスノーパンサーの死骸は傷だらけだが、ほとんどが落下の際についた傷に見える。

死亡した原因はというと——。

「首元を噛まれているな。二本の鋭い牙で噛まれた痕が残っている」

「本当ですね。この痕ってヴェノムパイソンのものでしょうか？」

「十中八九そうだろうな。この死骸の感じを見ても、毒を打ち込まれてすぐに死んでいる。単体でプラチナランクは伊達じゃないってことか」

狂暴で強いと噂のスノーパンサーを一撃か。

俺たちは一層警戒レベルを上げ、北の山の山頂を目指して進んだ。

登っていくにつれ、気温がドンドンと下がっていく。

もう目の前には雪が見えており、念のために持参した厚手の上着を着込む。

「大分冷えてきた。天気が良いからまだなんとかなっているけど」

「本当に寒いな！　クリスが上着持ってこいって言ってくれなきゃ、依頼は失敗に終わっていたぞ！」

「私は上着に手袋をしていても、まだ震えるくらい寒いです」

「【ファイア】を使っていいんじゃないか？　ヘスターの場合は、【魔力回復】でなんとかなるわけだしな！」

「……確かに！　もう少し近くに寄りましょう。クリスさんやラルフも暖まりますよ！　【ファイア】」

三人の距離を詰め、ヘスターの魔法で暖を取りながら、俺たちは山頂付近を進んでいく。

もうこの辺りからは、いつヴェノムパイソンに襲われてもおかしくはない。

周囲を見渡しながら歩いていると、寒気のするような超音波に近い音が聞こえてきた。

音のする方向に目を向けると、そこには蜷局を巻いた馬鹿でかい蛇が見える。

「いたぞ。一匹だけしか見えないが……あれがヴェノムパイソンだろう」

「どれだよ！　正確な位置を頼む！」

「あの大きな木のちょうど真下だ。……何か獲物を狙っている？」

「クリスさん！　【ファイア】は消した方がいいでしょうか。確か、熱を感知して襲ってくるんでしたよね？」

「そうだな。気づかれるまでは消しておいて、気づかれた瞬間にもう一度【ファイア】を頼む」

「えっ……？　どういうことでしょうか？」

「蛇というのは熱に敏感すぎるが故に、火ほどの高温だと逆におかしくなるらしい。人間でいう閃光玉を食らわせるみたいな感じだ」

「なるほど！　分かりました。タイミングを見計らって、【ファイア】や【ファイアボール】を使いますね」

単独で行動しているヴェノムパイソンに悟られないよう、慎重に近づいていく。

周囲の警戒を怠らず距離を詰めていくと、ヴェノムパイソンの全身が見えてきた。

真っ白な雪景色に禍々しく鎮座している、漆黒で凶悪な見た目をしたヴェノムパイソン。

皮が装飾品として人気があるのも頷けるほど、漆黒の体に刻まれている模様はどこか神秘的だ。

そんなヴェノムパイソンだが、俺たちとは正反対を向いたまま、一向に動かない。

そんな様子から、何か獲物を狙っているのではと思ったのだが……。

ヴェノムパイソンの視線の先には、大きな角が生えた獣のような魔物、ホーンディアーがいる。

多分だが、あのホーンディアーを狙っているのだろう。

意識がホーンディアーに向いているなら、ギリギリまで近づくことができるな。

そして捕食した瞬間を狙い——こっちも攻撃を仕掛ける。

「ヴェノムパイソンが捕食した瞬間に、俺が飛び出して攻撃を仕掛ける。攻撃を仕掛けた俺にヴェノムパイソンが気づいた瞬間、ヘスターは【ファイアボール】を撃ち込んでくれ。……ラルフは、今回は攻撃を捨てて防御に徹してほしい」

「分かりました！　最大火力の【ファイアボール】をお見舞いします！」

「了解！　さすがに毒持ちの相手に近接戦は事故を起こすからな。【毒無効】を持つクリスもいることだし、今回は防御に徹する！」

二人と作戦を共有したところで、じりじりと更に距離を詰めつつ、ヴェノムパイソンが動くのを待つ。

ホーンディアー、ヴェノムパイソン、そして俺たち。

三者の距離が徐々に詰まっていき——超音波のような音が耳を塞ぎたくなるほど大きく聞こえたその瞬間。

ホーンディアーは固まり、ヴェーノムパイソンはその固まったホーンディアー目掛けて突っ込んでいった。

手足がないこともあり、予備動作なしでの突きの攻撃のように、真っすぐそして素早く突っ込んでいったヴェノムパイソン。

あっという間にホーンディアーに噛みつき、すぐさま絞め上げるように体を巻き付かせると、口を大きく開いて尻の部分から捕食を始めた。

弱ったホーンディアーを丸のみにするように、体内へと入れていく姿を見つつ、俺は捕食モードとなり警戒の解かれたヴェノムパイソンに対し、斬りかかりに向かった。

毒は怖くないが、あの牙に噛みつかれて絞め上げられるのはまずい。

盾を構えつつ、あの突きのような噛みつきにだけ注意をしつつ、一気に距離を詰める。

ホーンディアーを半分くらい飲み込んだところで、ようやく近づく俺に気がついたヴェノムパイソン。

捕食中だから動けないのか、必死に吐き出そうとしているが——遅い。

作戦通り、ヴェノムパイソンが俺に気がついた瞬間に放たれた、特大の【ファイアボール】が着弾。

そして、すかさず首元を狙って、俺は全力で剣を振り下ろした。

鱗が予想していたよりも硬く、肉の部分も厚かったため両断とまではいかなかったが、十分すぎるほどに深々と斬り裂くことに成功。

斬り裂いた部分から真っ赤な血が流れ出し、【ファイアボール】がぶつかった箇所は少し焦げ臭い香りが漂う。

口にホーンディアーを咥えたまま、体をピクつかせているヴェノムパイソン。

トドメを刺すべく、すぐに体勢を整えた俺は——先ほど斬り裂いた箇所を狙って、今度は完璧に両断した。

頭と体が完全に離れたが、体の部分はまだ跳ねるように動いている。

この生命力の高さが少し不気味に感じられるな。

「クリスさん！　やりましたね！」

「ヘスターも【ファイアボール】良かったぞ。次もこの調子で頼む」

「なんかあっさりだったな！　討伐推奨ランクがプラチナって聞いていたから、もっと強いのかと思っていたぜ！」

「猛毒を持っているからプラチナらしいし、【毒無効】持ちの俺が前に出て、単体相手ならこんなもんだろ。それに捕食中を襲ったのもよかった。完全に身動きが取れなくなっていたからな」

口に咥えられたまま、毒によって死んでしまっているホーンディアーの角を持って引きずり出してから、討伐の証として二股に分かれている舌を切り取った。

この調子でヴェノムパイソンを狩っていければいいのだが——対峙してみて分かったが、複数相手だとかなり厳しそう。

なるべく群れからはぐれている個体から倒していきたいが……まぁそう上手くはいかないだろうな。

ヘスターの【ファイアボール】で死骸を焼却すると、俺たちは再び探索しながら山頂付近を進む。

……ヴェノムパイソンの影響か、魔物も動物もほとんど見えない。

そんな中でも集中を切らさずに静かな北の山を歩いていくと、今度は前方に二匹固まったヴェノムパイソンの姿が見えた。

近くに獲物がいる様子もなく、舌をチロチロと出しながら辺りの様子を窺っている。

できればはぐれた奴を狙いたかったが、最低でも十匹はいることを考えると、二匹なら許容範囲内か。

「前方に二匹のヴェノムパイソン。複数匹だが倒すぞ」

「作戦はどうしますか？　さっきと同じでしょうか？」

「同じでいいと思う。それと、ラルフ。剣を貸してくれ」

「剣……？　二本使うのか？」

「一撃で両断できなかったからな。筋力をつけたから二本が持ちできるだろうし、念のための二刀流も小さい頃に叩き込まれている」

「そういうことなら、分かった。大事に使ってくれよ！」

「ああ。その代わり……鉄の盾を渡しておく」

俺は新調した鉄の盾をラルフに渡し、代わりに鉄の剣を受け取った。

これで俺が攻撃特化、ラルフが防御特化。

ラルフには死ぬ気で自分の身とヘスターを守ってもらい、俺は少しでも早くヴェノムパイソンを片付ける。

短く息を吐き、俺は二匹固まったヴェノムパイソンに近づいていく。

そして――気づかれた瞬間に一気に駆け出し、距離を詰める。

両手に一本ずつ剣を握り、自分の行うべき行動を頭の中で何度も復唱していく。

ヴェノムパイソンの動向だけに意識を割き、一匹のヴェノムパイソンが俺に気がついた瞬間――。

俺は一気に飛び出そうとしたのだが……。

ちょうどそのタイミングで、背後から大勢の何かが近づいてくる音が聞こえた。

目の前のヴェノムパイソンに集中しないといけないと思いながらも、俺は振り返り何が近づいてきているのかを確認する。

先頭を走っているのは——グリース？

そしてその後ろには、グリースのパーティメンバーもいて……全員の表情がニヤけきっている。

嫌な予感がし、先頭のグリースたちから視線を切って、その更に後ろに視線を向けると、グリースを追っているヴェノムパイソンの群れが見えた。

ニヤつくグリース一行と、そのグリースを追うヴェノムパイソン。

そして、俺の後ろには更に二匹のヴェノムパイソンの群れ。

何が起こっているのか全てを察し、即座に逃げに移ろうとしたが、左手は壁のため右手に走って崖から飛び降りるしか退路はない。

ここは頂上付近であり、あの崖から飛び降りたら……それこそ死を意味する。

絶体絶命の状況の中、俺たちが身動きを取れずにいると——。

先頭を走っていたグリースたちは迷うことなく、右手の崖に向かって走りだし、唯一の退路である崖からの逃亡を図った。

一瞬、自決に走ったのかとも思ったが、グリースの体が一気に膨張。

それから、その膨張したグリースの上に全員が飛び乗った。

「【体形膨張】【外皮強化】【肉体向上】【要塞】！　——クリスゥー!!　あとは頼んだぜ！　へーへっへっへ!!　死ぬのはテメェの方だったな!!」

いくつものスキルを発動させてから、笑いながら俺にそう声を掛けると、パーティメンバーを乗せて落下していったグリース。

――クソッ！　完全にやられた。

魔物の注意を引き、意図的に大量の魔物を引き連れてなすりつける……通称〝トレイン〟と呼ばれる行為。

絶対にご法度なこの行為だが、まさかヴェノムパイソンで仕掛けてくるとは思わなかった。

グリースが連れてきたヴェノムパイソンは、崖の下へと落ちていったグリースたちを諦めて、真ん前にいる俺たちに標的を変えた。

そして、俺が攻撃しようとしていた二匹のヴェノムパイソンも、俺の方へと地面を滑るように近づいてきている。

「こ、これは死んだか……？　くそぉ!!　グ、グリースの野郎!!」

「ラルフ、落ち着け。まだ助かる方法はある。お前たちは背後の壁際に引っ付き、ヘスターの【アースウォール】で四方を塞いで隠れていろ」

「俺たちだけ……？　そんなことできるわけないだろ!!　だったらクリスも一緒に隠れてやり過ごそう！」

「それだと多少の延命措置にしかならない。ヘスターの魔力が切れた瞬間に終わるからな。……はっきり言うが【毒無効】を持っていないお前たちは、この状況じゃ足手まといなんだよ」

「あ、足手まとい……。す、少しくらいなら、クリスさんの役に立てますよ！」

「役に立つのは今じゃない。ここでお前たちに死なれたら困るんだ。俺を信じろ。――大丈夫だ。俺の死地はこんなところじゃない」

「…………分かりました。私はクリスさんを信じます！」

二人にそう告げて、俺は一歩前へと出る。

ヴェノムパイソンの数は、俺たちが見つけた二匹とグリースが引き連れてきた四匹の計六匹。傍から見れば絶体絶命なのだが、不思議と一切負ける気がしないんだよな。

「クリス!! 本当に大丈夫なのか？」

「ああ。俺が呼んだら魔法を解除して出てきてくれ」

「——はい。……ラルフ、行くよ。【アースウォール】」

ヘスターの魔法で二人が隠れたのを見てから、俺は剣にジンピーのポーションを垂らす。

グリース用に持ってきたジンピーのポーションだが、まさかこういった形で役立つとは思わなかった。

ヴェノムパイソンが毒を持っていようが、自身の毒に耐性があるだけでジンピーの毒は効くはず。体がデカいから、毒が完全に回るまでは時間がかかるだろうが、小さな斬り傷でも致命傷となり得るのは大きい。

「さて、楽しい戦いにしよう」

毒を塗りたくった二本の剣を構え、囲むようににじり寄ってきたヴェノムパイソンの群れに、俺はそう高々と宣言する。

そんな俺の声に反応するかのように、一匹のヴェノムパイソンが俺に攻撃を仕掛けたことで——。

ヴェノムパイソンの群れとの戦いが開始された。

ヴェノムパイソンが先手を打って行ってきたのは、先ほどホーンディアーに対して行っていた、予備動作なしの噛みつき攻撃。

ギリギリ目で追えるかどうかの速度なのだが、俺は鉄の剣でその噛みつきをなんとか防ぎ、すかさず首部分を狙って鋼(はがね)の剣で突き刺す。

この鋼の剣での突きは、ダメージを与えることではなく、体内に毒を注入することが目的の――いわば注射針のような感覚。

これで少しでも動きが鈍ってくれればいいのだが、剣を突き刺しても動きが鈍る様子は微塵(みじん)も見せておらず、続けざまに攻撃を仕掛けようとしてくる。

気をつけなければいけないのは、巨体に巻き付かれて絞め上げられること。

ホーンディアーがそうだったように、絞め上げられてしまうと一切の身動きが取れずに一瞬で丸のみにされる。

そして、丸のみにされたら圧によって一瞬で心臓が止められ、命はないと思うしかない。

とにかく捕まらないように逃げて攻撃を躱(かわ)しつつ、逆に隙(すき)をついて攻撃を与えなければならないのだ。

六匹全てが俺を捕食しようと目を光らせており、その圧迫感で冷や汗が止まらないのだが――このヒリヒリした緊張感がたまらない。

デュークウルスの時と同等の危機的状況に、俺は過去一番の集中力を発揮できている。

最初に攻撃を仕掛けてきた右端のヴェノムパイソン、そして真ん中で様子を窺っていた二匹も続くように攻撃を仕掛けにきた。

右端のヴェノムパイソンは地を這(は)うように、真ん中二匹は頭を持ち上げる姿勢となり、上からの攻撃を狙っている。

これはヴェノムパイソンの知恵なのか、上に注意したら下が手薄になり、下に注意したら上が手薄になるという状況を作られた。

そしてこうなると……大抵の生物は、二匹が構えている上の方に視線がいきがちになる場面だが、俺はあくまでも視線を下のヴェノムパイソンに向ける。

高い位置からの攻撃は咄嗟にでも防げるが、足をすくわれたら一巻の終わり。

どんなに高い位置からでも、最終的には地に足つけている〝俺〟を攻撃しなければいけないのだ。

どっしりと構えて攻撃を防ぎ、鋼の剣で毒を刺し込んでいくことだけに意識を集中させる。

まず動いてきたのは、高い位置で構えている真ん中二匹のヴェノムパイソン。

牙から毒を噴出させ、大量の毒を浴びせるように吐き出してきたのだが、もちろん俺はそれを避けることはせずに全て受ける。

そして、二匹が行った毒吐きとタイミングを合わせるように攻撃を仕掛けてきたのは、先ほど俺が首元に鋼の剣を突き刺した右手側にいたヴェノムパイソン。

毒をモロに浴びたことで、俺の動きが止まると踏んでの行動だろうが、残念だが毒は効かない。

そんなことは知る由もないヴェノムパイソンは、地を這うように距離を詰めてくると、俺の足目掛けて一気に噛みついてきた。

俺はそのヴェノムパイソンに対し、上から突き刺すように剣で首を貫く。

毒を浴びせたことで慢心し、単調になった攻撃に突きを合わせただけの簡単な作業だ。

首を上から貫かれたことで、動きを止めたヴェノムパイソンの頭を、鋼の剣で更に撫で斬ってから思い切り顔を蹴り上げると、体を何回転もさせながら地面を転がっていった。

――よし。これで右端にいたヴェノムパイソンは、ほぼ動けなくなったとみていい。

生命力を考えるとトドメを刺しておきたいが、それは今やるべきことじゃないな。

真ん中のヴェノムパイソン二匹に剣を向けつつ、空いた右手側にゆっくりと移動する。

残りのヴェノムパイソンは五匹。

右端の奴がいなくなったことで囲い込みからも脱することができたし、あとは上手く立ち回って全てのヴェノムパイソンを倒し切るだけだ。

六対一の場面で一匹がやられたことにより、シューシューと体を擦(こす)らせながら威嚇をし始めた五匹のヴェノムパイソン。

そんな状況をよそに、俺は頭の中で攻撃パターンのシミュレーションを行う。

まだ戦闘を開始してから間もないが、ヴェノムパイソンのおおよその攻撃パターンを掴んだ。

メインの攻撃は予備動作なしの噛みつき、そして大技は体を弓のように引き絞っての噛みつき。

毒を噴射するのも大技に入るのだろうが、俺には何の意味もないため一切考えない。

それから自身の体で円を作り、獲物を閉じ込めてからの絞め上げと、足元を狙っての足払いくらいが主な攻撃手段。

手足がない体の影響もあるのか、とにかく攻撃が単調なのが目につく。

その分、他の魔物とは違って、ヴェノムパイソン同士での連携を図ってくるのだが……。

それでも一度に二匹までなら、余裕で捌(さば)くことができる自信が出てきたな。

短く強く息を吐き、今度は俺から攻撃を仕掛けることを決めた。

足は絶対に止めず、五匹のヴェノムパイソンの周りを大きく回るように移動しながら、二対一以上の状況を作らせないことが必須。

それだけを意識し、俺はつい笑みをこぼしながら距離を詰めていく。

先ほど真ん中で頭を上げて高い位置を取っていた二匹のヴェノムパイソンは、首を弓のように思い切り引きながら、近づく俺に対して威嚇しつつ攻撃を図ろうとしている。

カーライルの森のゴブリンアーチャーもそうだったが、反応できる速度だと分かってしまえば——。

一直線に飛んでくるものほど躱しやすいものはない。

高速で飛ぶように大口を開けて攻撃を仕掛けてきたが、俺は上体を傾けてその攻撃を避けつつ顔面に鉄剣を叩き込む。

ラルフの剣だし、攻撃を弾く(はじ)という意味合いで剣を振ったのだが……。

手に残る感触は完璧で、ヴェノムパイソンの突っ込んできた威力が上乗せされたこともあり、そのまま頭を縦に真っ二つに斬り裂いた。

血飛沫(ちしぶき)が上がり、頭を裂かれたヴェノムパイソンはそのまま地に伏して動かない。

……まさかの一撃で、ヴェノムパイソンを仕留めることに成功したのだった。

血を噴き上げながら、地へと伏したヴェノムパイソン。

そして——その光景を見て、隣で攻撃を仕掛けようとしていたヴェノムパイソンが一瞬固まったのを俺は見逃さない。

頭を裂かれて倒れたヴェノムパイソンを踏みつけながら懐に潜り込み、腹部に鋼の剣を突き刺した。

慌てたヴェノムパイソンは、体を一気に収縮させて俺を絞め上げげに動いたが――それを冷静にジャンプで躱し、避け際にもう一発剣を突き刺す。

――楽しい。本当に楽しいな。

親父に死ぬ一歩手前まで打ち合いをさせられたとき、何度かあったこの感覚。

視界に入る情報が全て頭で理解でき、俺以外の全員がスローモーションで動いているようなこのゾーン状態。

今までは頭では反応できていたけど、体が一切ついてこなかったんだが……今はギリギリではあるが体がついてくる。

二ヶ所刺されたことで、悶えるように体をくねらせたヴェノムパイソン。

不格好な姿勢から懲りずに噛みつきにくるが、目の前まで引き付けてから軽くステップを踏んで躱し、横から頭を鋼の剣で突き刺した。

すぐに剣を引き抜き、距離を取ると――ヴェノムパイソンは苦しそうに地に伏した。

三ヶ所の刺傷に加えて、毒まで盛られているからな。

巨体のヴェノムパイソンといえど、致命傷となったのだろう。

とりあえず、これで六匹中三匹を倒し、残るは三匹のみとなった。

ここまでもってこられれば、もう負ける心配はないだろう。

俺は大きく息を吐き、次の動きを考える。

ヘスターとラルフに声を掛け、三人で仕留めにかかってもいい。

今の状態の俺がいれば二人を守りながらも戦える。

経験を積むことのできる貴重な好機だし、それが一番なのは分かっているけど……。

二人には悪いが、ここは俺一人で片付けさせてもらう。

俺は二本の剣を血振（ちぶ）りし、流れるような動作でジンピーのポーションを刃に塗りたくった。

そして、正面切って構えているヴェノムパイソンへと向かう。

他のヴェノムパイソンがやられているのは見ていたと思うが、逃げる気配は一切見せずに、三匹とも俺の元へと向かってきた。

相手取るのは二匹が限界だと思っていたが、今の俺の集中しきった状態なら三匹相手でも立ち回れる気がしている。

徐々に距離が縮まっていき、ヴェノムパイソンの間合いに踏み込んだ瞬間——一匹から弾丸のような噛みつきが飛んできた。

一切芸がないが、それでも三匹ともなると対処が一気に難しくなる。

最小限の動きで避けつつ、控えている二匹の攻撃にも備えなくてはいけない。

常にヴェノムパイソンの顔の正面からは外れるように動き、タイミングを合わせて攻撃を仕掛けてくる噛みつきを、俺は次々と避け続ける。

絞め上げにかかろうとする動きだけは剣で防ぎ、噛みつきは決して剣では防がずに全てを避けていく。

——これはいい訓練になりそうだな。

三匹を相手取ることにももう慣れたため、いつでも三匹を殺せる状況だが……。

こいつらは俺を殺そうとしてきたのだから、少しくらいは訓練に付き合ってもらわなければ割に合わない。

あえて攻撃は加えずに、俺はひたすら避け続けて相手の動きが鈍るのを待つ。

最初の方は三方向からの波状攻撃に面食らって数回攻撃を受けたが、動きに慣れた今では掠りすらしない。

三匹全てのヴェノムパイソンに、一発ずつ鋼の剣を突き刺しているため、時間が経過していくにつれ毒が効いて動きが鈍り始めてきた。

「――そろそろ限界か？」

体を擦らせて発していた威嚇音も消え、明らかに噛みつき攻撃の速度も落ちてきた。

……この速度ではもう何の訓練にもならないため、俺は一気にトドメを刺すことに決める。

動きの鈍くなった噛みつき攻撃に合わせ、剣を叩き込むことで頭を潰し――まずは一匹。

懐に潜り込んで胴体から両断し、身動きの取れなくなった頭に鋼の剣を突き刺し――二匹目。

最後はじりじりと後退し始めたヴェノムパイソンに、俺がゆっくり近づいていくと……最後の悪あがきとして行ってきた噛みつき攻撃。

これを一歩横に移動して楽々と躱し――俺の真横を通り過ぎた首を上段から斬り落とした。

噛みつきの勢いをそのままに、頭部だけが地面を転がっていき……。

六匹全てのヴェノムパイソンが死んだことで北の山の頂上に静寂が訪れる。

「………ふぅー。なんとか倒せたか」

全身が気怠く、視界もぼやぼやとしている。

今までの人生の中で一番の集中力を発揮したし、肉体の限界も大幅に超えていた気がする。

ホーンディアーを捕食していたヴェノムパイソンは一撃でぶった斬れなかったが、最後の攻防では一撃で両断することができていたしな。

血振りしてから剣を鞘（さや）へと納め、いまだに端っこで【アースウォール】を使っているヘスターたちに声を掛けに向かう。

「ヘスター、ラルフ。終わったぞ。もう魔法を解いていい」

俺は【アースウォール】に手を当てながらそう声を掛けると、すぐに魔法が解かれてヘスターが作り出した土の壁が一気に崩れていく。

そして、中から出てきた二人は――なぜか涙でぐちゃぐちゃの酷（ひど）い顔になっていた。

「ふ、……ふふっ、あっはっはっ！　…………おい。こっちは疲れているんだから変顔で笑わすな」

「笑わせでねぇよ!!　俺もベズダーも大真面目に心配しでだんだぞ!!!　なのにグリズどぎだら――やっぱずげぇよ！」

「…………本当に、本当に無事でいでくれでよがっだでず」

二人して両鼻から鼻水が垂れて地面についており、俺は思わず笑ってしまったのだが……どうやら本気で心配して泣いていたらしい。

ラルフは袖で思い切り目の涙を拭き、ヘスターはというと――勢いよく俺に飛びついてきた。

急な行動に呆然（ぼうぜん）とし一瞬だけ固まったが、なんとかその飛びつきを地面を転がるようにして躱す。危なすぎるな。さっきまでヴェノムパイソンの噛みつきを躱しまくっていたから、咄嗟に反応できてよかった。

ヘスターは俺に綺麗（きれい）に躱されたことで、勢いそのままに頭を雪の中に突っ込んでしまった。

「もがっ！　……な、なんで避げるんでずが!!　――酷いでずよ！」

「いや、ヴェノムパイソンの毒を思い切り全身に浴びてしまったからな。ジンピーのポーションもべったりだし、今の俺に触れたらかなり危険なんだよ」

「……………あー、ぞういうごどでしだが」

冷静な俺の対応に、恥ずかしそうに顔を赤らめたヘスター。

とりあえず今の俺は毒まみれの超危険人物なため、二人からは距離を置いて会話をする。

「とりあえず、六体のヴェノムパイソンは全て殺した。最低でも十匹と言っていたから、あと三匹は倒したいが――。ひとまず俺は、倒したヴェノムパイソンの舌を切り取るから、その間に二人は涙を引っ込めておいてくれ」

「わがった」

「わがりました」

こうして、まずはヴェノムパイソンの死骸から舌を切り取って回る。

この漆黒の蛇皮も高く売れそうだが、今回は持ち帰ることは無理そうだ。

牙に毒があり危険なため、俺が一人で六匹のヴェノムパイソンの舌の切り取りを行った。

その間にようやく涙が収まったのか、目は真っ赤だが二人の様子は平常に戻っている。

「よし、これで全部の舌を切り取り終わったな。……二人共、涙はもう収まったか？」

「ああ、みっともないところを見せて悪かったな！」

「私も……奇行に走ってすみませんでした！」

爽やかな笑顔で謝るラルフと、いまだに顔を赤くさせたまま頭を下げるヘスター。

とりあえず謝罪は流すとして、これからの動きについてを話し合いたい。

「謝罪はいらん。それよりもこれからどうするかを話したい」

「どうするか……？　オックスターに帰るんじゃないのか？　グリースの奴のことを伝えなきゃならないし！」

「いや、副ギルド長が最低十匹と言っていたから、あと三匹は倒さなきゃ依頼達成とはいえないからな」

「本気かよ……。殺されかけたんだぞ？」

「だから、お前たちは大げさなんだよ。戦う前にも言ったが、【毒無効】を持つ俺にとってはただのデカい蛇だった。確かに危険な場面ではあったが、殺されるなんてこれっぽっちも思わなかったぞ」

「私たちとの温度差が凄いです……。【アースウォール】の中で、私とラルフは肩を寄せ合いながらクリスさんの無事を祈っていたんですよ」

「そんなこと知るか。――見りゃ分かるだろうが、傷もほとんど受けてないだろ？」

「確かに……。じゃあこれから三人で、残りのヴェノムパイソンを仕留めに行けばいいんじゃないのか？」

そう。普通ならばその通りなのだが……。

グリースをどうするかを、俺たちは考えなければいけない。

「そうなんだが、俺はグリースをどうするかを聞いているんだ。……ちなみにだけど、俺はあいつを殺すと決めた」

「こ、殺す……。人を殺すのか」

「グリースは明確な殺意を持って、俺たちにヴェノムパイソンをなすりつけてきたからな。……親切にしてくれた人には親切に。高圧的な態度の奴には高圧的に。施されたら施し返して、殴られたら殴り返す。そして――殺されかけたら、殺す」

殺意を込めて、二人にそう宣言した。

二人は少し身震いをしながら、背筋をピンと伸ばした。

「もし殺したのがバレたら咎められるのは俺たちだし、正直殺すのは反対だ……。でも、グリースに殺されかけたのは事実だし、あいつを野放しにしておいていいとは思わない」

「な、何か妥協案はないんですかね……？」

「ないな。何度かは見逃してきたが、今回ばかりは絶対に許せない。二人がやらないとしても、俺は一人で実行する」

俺の意志が変わらないことを悟ったのか、二人はゆっくりと頷いてから顔を上げた。

「……分かった。クリスの考えに変わりがないなら手伝う。俺たちは一蓮托生だ」

「ですね。私もクリスさんについていきます」

「すまないな。俺の我儘に付き合わせてしまって。……お前たちには、殺人の重荷は背負わせないから安心してくれ」

「いや、付き合うと決めたら付き合う！　グリースをこのままにしていたら、俺たちが悪者にされてもおかしくないしな。甘えは捨てたよ」

こうして俺たちは、まずはヴェノムパイソンの残党ではなく、崖から飛び降りたグリース一行を追うことにした。

あいつらをオックスターに帰還させてしまうと、殺すのが厄介になる。

俺たちが死んだと思って、だらだらと帰還しているだろうから——飛ばせば追いつくはずだ。

ヴェノムパイソンの死骸を焼却し、俺たちは急いで北の山から下山することにした。

北の山を下り、インデラ湿原の道中。

前方に馬鹿デカい声で、笑いながら話をしている五人組の姿を視界に捉えた。

一際(ひときわ)大きな背中の人物は、間違いなくグリースだろう。

飛び降りるのに迷いがなく、着地したであろう推定位置に死体が転がっていなかったからそうだろうとは思っていたが——やはり生きていたか。

「真ん前にいるのって……。ぐ、グリースだよな」

「だろうな。やっぱり追いつけたか」

「とうとう始まってしまうのですね。……クリスさん、私たちは何をすればいいでしょうか」

「基本的には何もしなくていいが、グリースの手下が動いたら足止めを頼みたい。手下は殺さなくていいからな。……まぁ、グリースに付き従っている連中に、手出しなんてできないだろうけど」

俺はそう呟(つぶや)き、一歩一歩近づいていく。

相当鈍いのか、それとも一切の警戒をしていないのか——近づく俺に気がつく様子を見せないグリースとそのパーティメンバー。

さて、どうするか。

このまま一気に背後から、鋼の剣を突き刺せば終わりなのだが……それじゃ色々と後が面倒くさくなる。

ラルフとヘスターを巻き込むつもりはないが、グリースの取り巻きたちは巻き込まないといけない。

まずは……そうだな。正面から啖呵を切って脅してやろうか。

「おい。こっちを向けよ、グリース」

ある程度の距離まで近づき、俺がそう声を掛けると……体を一回跳ねさせ、まるで機械のようにぎこちなく振り返ったグリースとその取り巻き。

楽しそうに談笑していたのだが——俺の顔を見た瞬間、一気に表情を強張らせた。

「て、て、てめぇ……。なんで生きてやがる!!　あそこから……あの状況からどうやって逃げ出した!!!」

「逃げ出した？　なんで逃げ出す必要があるんだ？」

顔を引き攣らせながら言葉を返してきたグリースに、俺はそう問い返して、ヴェノムパイソンの舌が入った袋を投げた。

袋に入った舌は、沼地に着地すると袋から勢いよく投げ出される。

グリース一行はその袋の中身を凝視し、それが紛れもなくヴェノムパイソンの舌だと分かると……小刻みに体を震わせ始めた。——こいつらは俺のスキルを知らない。

【毒無効】を持っていれば、ヴェノムパイソンはただの討伐推奨ゴールドの魔物なのだが……。

それを知らないこいつらからすれば、討伐推奨プラチナのヴェノムパイソンを六匹も同時に——それも時間をかけずに倒したと思い込むはず。

「討伐してきたんだよ。お前たちがなすりつけてきた分も含めてな。――なぁ、グリース。ただのシルバーランク冒険者がお前に楯突くと思っていたのか？　俺はお前よりも強いから楯突いているんだ」

「う、う、嘘をつくな!!　ど、ど、どうやった！　ど、ど、どうやって、あの数のヴェノムパイソンを……!!」

「今まで散々コケにしてくれたな。これまでの行いは水に流してきたつもりだが……。今日のトレインは、明確に俺を殺そうとする行為だったよな？　ということは――お前は俺に殺される覚悟があるってことでいいか？」

そう宣告すると、ガタガタと震えていた四人の取り巻きたちは、武器を投げ捨てて沼地に頭を突っ込んで土下座し始めた。

それから、口々に命だけは助けてくださいと懇願している。

……やはり力に屈する奴は、すぐに他の力にも屈するんだな。

実際に俺と戦ったわけでも、俺の戦っている姿を見たわけでもないのに、心が折れるのがあまりにも早すぎる。

まぁグリースへの信頼が、それほどまでになかったことの裏返しでもあるんだろうが。

「お、お前らふざけんじゃねぇ!!　ハッタリだ！　ハッタリに決まってんだろ!!　立て、立ってあいつに攻撃しろ!!!」

「ハッタリだと思うなら、お前がかかってくればいい。……グリースッ！　俺は本気でお前にキレているからな」

確かに、俺はヴェノムパイソンにやられる可能性は低かった。

……だが、ラルフとヘスターは違う。

毒に耐性がない二人は、少しでも間違えれば命を落としていた危険があった。

怒りで今すぐにでも首を刎ね落としたい気持ちをグッと堪え、俺はグリースを挑発する。

この状況下で、俺が一対一での勝負を挑んでいることから、グリースもただのハッタリではないことに気がついているようだが……。

小さく醜いプライドが邪魔をしているのか、体を震わせながら一歩一歩踏みしめながら前へと出てきた。

「安心しろ。後ろの二人は戦闘に参加しない。俺とお前との一騎討ちだ。六匹のヴェノムパイソンを楽々倒してきた俺と、四匹のヴェノムパイソンをなすりつければ俺を殺せると思ったお前。——戦わずとも勝敗は決しているだろうがな」

「う、うるせぇ!! は、ハッタリだ! は、ハッタリに決まっている! う、嘘つき野郎は……お、俺が絶対にこ、殺してやる!!」

グリースは担いでいた斧を構え、俺へと向けてきた。

……やっぱりこうやって向かい合うと分かるが、グリースは強い冒険者ではある。

スキルも複数持っていたし、まともな精神状態で戦えば、ギリギリの戦いを強いられたであろう強者。

——ただ、俺のハッタリに完全に惑わされ、戦う前からびびってしまっている奴に勝ち目なんて一分もない。

これまでの分の借り、この戦いで全て返させてもらおうか。

「【外皮強化】【肉体向上】【要塞】!!」

能力を向上させるスキルを発動しまくり、俺へと向かってきたグリース。

こうしてグリースとの決着をつける戦いが始まった。

グリースの動きはオークジェネラルよりも速いが——ヴェノムパイソンよりかは遅い。

振り下ろしてきた斧を回避しつつ、俺はぶっとい腕に鋼の剣を突き立てた。

スキルのせいもあり、剣で突いた感触は岩のようだったが……。

俺は全ての力を細身の剣に一点集中させ、剣を打ちきった。

「うぐぅあアあああアッ!! う、腕が……うぐぐうグ。——な、なんでだ! 【外皮強化】に【肉体向上】!【要塞】まで発動させたんだぞ!!」

「ぐちゃぐちゃとうるせぇな。早くかかってこい」

塗りたくっていた鋼の剣の毒や俺に付着した毒は全て、戦闘前に綺麗に洗い流したため、毒によって動けなくなるとかはないはず。

それなのだが——斧を振り下ろしただけで、ジリジリと後退し始めているグリース。

……まさかとは思うが、腕を一発貫かれただけで戦意を喪失したのか？

「なに下がってんだ。まだまだ戦闘は始まったばかりだぞ。早くかかってこい」

「…………う、うぅ。腕が、腕が痛ぇんだよぉ!!!」

泣き言を漏らし全く攻撃を仕掛けてこないグリースに、俺は呆(あき)れつつも……追撃にかかる。

突きを顔面に放つと見せかけると、グリースは斧を地面に落とし、両手で顔を覆った。

武器を捨てて完全なる無防備となっているその姿に失望しつつも、俺は即座に右の太腿に狙いを切り替え、鋼の剣を打ち抜いた。

「あぎゃアああアあああ!!」

悲鳴に近い叫び声を上げると、勢いよく頭から突っ込むようにして沼地へと転がったグリース。

沼地に顔をうずめながら、腕と太腿の傷に悶え苦しんでいる。

………くだらないな。本当にくだらない。

こいつはこれまで、自分より確実に弱い相手とだけ戦い、強力なスキルによって身を守ることで、身を削られるような戦いをしたことがなかったのだろう。

だから極端に痛みに弱く、腕を一発貫かれただけで心が折れてしまった。

俺もラルフやヘスターも、腕と太腿を貫かれたぐらいじゃ——決して戦意を喪失したりしない。

戦闘前に脅しすぎたせいもあるだろうが、正直もっと良い戦いができると思っていた。

その上で、今までの分の借りをジワジワと返していこうと考えていたのだが……。

この様子じゃ、グリースはもう戦うことはできないだろう。

「お前、本当にプラチナ冒険者か？　よくその程度の実力で、あんな大見栄を切っていたな」

「う、うぐぎぎ！　——い、痛い。腕も足もいてーよぉ!!　だ、誰か……た、助けてくれええええ！」

痛みで俺の声なんて届いていないのか、呻きながら沼地を転げ回るグリースを見て、俺はため息をついてから背を向けてラルフとヘスターの元へと向かう。

「……クリス。終わったのか？」

「いや、まだだ。――悪いが、二人は先にオックスターに戻っていてくれないか？」

「嫌ですよ！　まだグリースのパーティメンバーは元気ですし、クリスさんが襲われたら――」

「大丈夫だ。グリースの下についていた連中だ。そのグリースを圧倒したところを見て、俺に何かしてこられるはずがないし……。してきたとしても、これっぽっちも負ける気はしない」

「だとしてもよ、俺たちも最後まで付き合わせてくれ。俺たちは一蓮托生だろ？」

「もう十分付き合ってもらっただろ。ここから先は見せたくない部分だ。ラルフ、ヘスター、理解してくれ」

頭を下げて二人にそうお願いした。俺はこれからグリースを殺す。

――二人に俺の黒い部分を見せたくないという、勝手なお願いだ。

「………分かった。クリスが頭を下げてまでお願いするなら、俺たちが拒絶する理由はない。絶対に生きて帰ってこいよ。そして、帰ってきたらみんなで大パーティーだ！」

「ねぇラルフ、それでいいの？　もしクリスさんが――」

「いいんだよ。ヘスター、行こう」

ラルフはいまだ納得のいっていない様子のヘスターを連れ、インデラ湿原からオックスターへと先に帰還した。

二人の背中が見えなくなったのを確認し、俺は再び転げ回っているグリースへと視線を移す。

……ここからなのだが、グリースはヴェノムパイソンに殺されたことにするため、グリースのパーティメンバーにも確実な証言を出させないといけない。

俺が殺したということが広まれば、せっかくグリースを処分しても、オックスターにいられなくなるからな。

「おい。お前らも覚悟はできているんだろうな」

転げ回るグリースを一度スルーし、土下座した状態で固まっている取り巻きにそう声を掛けた。

グリースが即座にやられる一部始終を見ていた四人は、体を一層ガクガクと震わせながら、謝罪と懇願を繰り返している。

「俺が……俺のパーティメンバーを先に帰らせたのは、お前ら全員を殺すためだ。逃げ出したければ逃げ出せばいい。——まず、そいつから殺すけどな」

「ひ、ひいいいいい！　ごめんなさいいいいいい!!　お、俺たちはグリースに付き従うしかなかったんです!!　ど、どうか命だけは……命だけはお助けください!!」

「な、なんでもしますから!!　今までしてきたことも全て謝罪しますので……どうか、どうか許してください!!」

いい大人が顔を涙と鼻水まみれにしながら、俺にそう命乞いをしている。

虫のよすぎる話に反吐が出そうになるな。

本当はこいつらも殺したいぐらいだが……。

「——分かった。俺がお前たちを見逃してやる条件を一つだけ出してやる」

「ほ、本当ですか!?　な、なんでもやります!!」

「い、命だけは助けてください！」

「そ、その条件はなんでしょうか!!」

死の淵に垂らされた一本の糸。

そのか細い糸に四人のグリースの取り巻きは、一目散に飛びついてきた。

そんな四人に俺が提示する条件は――。

「…………お前たちで、あの転がっているグリースを殺せ。誰か一人じゃなく、必ず四人で殺すんだ。――そうしたら命だけは助けてやる」

俺が突きつけたのは、グリース殺害の指示。

こいつら全員に罪を背負わせることで、グリース殺害の完全なる隠蔽を図る計画。

誰か一人でも口を割らないようにするには、この方法が一番だと思っている。

「ぐ、グリースさんをぼ、僕たちが殺すんですか……？」

「ああ、そうだ。別に嫌ならいいぞ。全員口封じであの世行きにするだけだからな」

「や、やります！　やらせてください！」

「そうか。……やるなら見逃してやる。手足を中心に斬り続けろ。――分かったならさっさとやれ」

目の色を変えて、やると宣言したグリースの取り巻きたちに、俺はそう指示を出す。

投げ捨ててあった武器を各々拾い上げると、転げ回っているグリースの元へと歩き、謝罪の言葉を並べながら剣を突き立て始めた。

「て、て、てめぇら！　なにいいしてんんだああああああ!!――や、やめろ……ぅぐ、や、やめてく――れぇ」

自身に付与していたスキルが切れてしまったのか、ドスドスとグリースの体に剣が突き刺さっていく。

そして、弱っていくグリースに対しての罪悪感をはね除けるためか……。

取り巻きたちの言葉は、謝罪から今までされてきたことに対しての恨みつらみへと変わり、最後の方は異様な表情でグリースの手足を刺し続けていた。

血まみれとなり完全に動かなくなったことで、取り巻きたちは沼地に腰を下ろし、息を荒らげながら泣き始めた。

グリースが死んだかどうかの確認をするため、俺も近づき確認してみると――恐ろしいことに、まだ息が残っている。

「…………た、す……け、て……く、れ。…………お、ま……え、の……ち、か、ら……に、な、る……か、ら」

か細い声で、この期に及んでも命乞いを行うグリース。

――ただ、グリースの最期の願いだ。その願いだけは叶えさせてやるとしよう。

「ああ。これから俺の力となってくれ」

グリースの目の前で俺はそう頭を下げてから――即座に頭に剣を突き立て、トドメを刺す。

インデラ湿原の一部の場所だけが血で真っ赤に染まり、その真ん中に醜く太ったグリースの死体が転がっている。

…………とうとう俺は人間を殺めてしまった。

ただ一切の罪悪感はなく、俺の頭にあるのはグリースの能力を奪うという一点のみ。

やはり俺はあの親父の血を引いていて、クラウスとは血の繋がった兄弟なんだろうな。

――ただ、俺に対して危害を加えてこない者には、俺は絶対に手出しはしないと心に誓う。

親切にしてくれた人には親切に。高圧的な態度の奴には高圧的に。施されたら施し返して、殴られたら殴り返す。そして――殺しにきたら、殺す。

この信条に従い、クラウスに復讐を果たすまで……俺はこの弱肉強食の世界で必死にもがき、這いつくばってでも生きていくと心に誓った。

「ぐ、グリースさんは、し、死んでしまったんですか？」

「ああ、たった今死んだ。俺と――お前たちの手によってな」

「う、う、う……」

めそめそと泣き始めた取り巻き共。本気で都合の良い奴らだな。

「とりあえずこれでお前たちは、パーティリーダーを殺した大罪人だ。この出来事を俺がギルドに報告すれば、お前たちの人生は終わると思え。――いいか、『グリースはヴェノムパイソンに食われて死んだ』。分かったな」

そう告げてから、グリースの死体を隠蔽するためにカーライルの森まで運ぶ。

道中で誰かに見られたら全てが台無しとなるため、麻袋の中に入れて隠し、死体は取り巻きに運ばせて俺は周囲の警戒を行って進んだ。

誰にも見られることなく、無事にカーライルの森の中、拠点の近くまでなんとか運び込むことができた。

……あとは、オンガニールの近くまで俺が持っていくだけだ。

「ここまででいい。お前たちはもうオックスターに帰れ。そして、ギルドで〝今日あった事の顛末〟をギルドに報告しろ」

「わ、分かりました」

「それから二度と俺たちに絡んでくるな。――そうすれば、俺がお前らに絡むことはない」

「は、はい。二度と、二度と近づきません」

一足先に取り巻き共をオックスターに帰らせ、俺は一人、カーライルの森に残る。

……これからグリースをオンガニールの宿主とさせるため、あのゴブリンの死骸付近まで運ぶ。

この間は失敗に終わってしまったオークジェネラルよりも強く、スキルも持っているグリース。

まさか人の体で試すことになるとは思っていなかったが、これで成功したら――かなりの成果となる。

俺はグリースの死体の入った麻袋を背負い、ゴブリンから生えたオンガニールの場所へと向かう。

禍々しく重苦しい空気を頼りに森を進んでいき、オンガニールのある場所へと辿り着いた。

「コボルトからは……生えていないな」

以前来たときに、コボルトを殺してから傍に置いておいたのだが、コボルトの死骸からは芽が出ていない。

栄養が足りなかったのか、それともそもそも根付かないのか。

どちらかは分からないが、コボルトは失敗だったようだな。

……となると、グリースで成功するかどうか怪しくなってきたわけだが、こればかりは試してみないと始まらない。

麻袋からグリースの死体を取り出し、ゴブリンのオンガニールの横に並べて置く。

血だらけで惨い死体だが、今回は心臓を一切傷つけていない。

殺したばかりだし、栄養面で考えても宿主としては申し分ないはず。

やっていることは完全に人の道を外れているが、埋めようがオンガニールの宿主にしようが、大して変わらない。

だったら、グリースが死ぬ間際に言っていたように、俺の力になってくれた方が報われるだろう。

……意味合いは大分違うだろうがな。

とりあえず死体を置いたところで、俺はカーライルの森から出ることにした。

今日は本当に色々とありすぎて、もう一歩も動きたくないほど疲れたな。

重い足を必死に動かし、付着した血が怪しまれないように、一度拠点近くで水浴びと着替えをしてから、オックスターを目指して帰路に就いた。

宿に辿り着いたのは、辺りがすっかり暗くなってしまったころ。

二人は無事に戻っているようで、部屋の中には明かりが灯(とも)っている。

扉を開け、中に入ると——。

「ただいま。——やるべきことをやってきた」

出迎えに来てくれた、ラルフとヘスターの顔が視界に飛び込んできた。

なぜか分からないが、俺は思わず泣きそうになってしまったが……なんとか涙を引っ込める。

「……全て終わったのか？」

「ああ。全て終わった。……悪かったな、付き合わせてしまって」

「謝るなって！　グリースを殺すのは反対したけど、生かしておいたらまたいつ殺されかけるか分からないのは事実だからな。俺たちが甘いだけでクリスは正しいことをしたと、頭では分かってる」

「私もです。——だから、クリスさんは謝らないでください」

二人の様子を見て、思わず笑みがこぼれる。

「グリースには殺されかけたけどさ……。緊急依頼は半分だが達成したんだし、パーッとやろうぜ！　約束しただろ？　大パーティーをやるってさ！」

「……いや、今日はそんな気分じゃない。疲れたし、もう寝たいから明日でいいだろ」

久しぶりに本気で疲れている。

足取りも重い中、やっとの思いで帰ってきたため、パーティーなんてやる元気はどこにもない。

ただ、そんな俺の気持ちなど露知らず——。

「えっ？　私、シャンテルさんを呼んでしまいましたよ？」

小首を傾げて、白々しくそう告げてきたヘスター。

俺が即座に反論しようとした、その瞬間——。

「おっじゃまっしまーす!!　シャンテルさんが遊びに来ましたよーっと!!」

扉が思い切り開かれ、なんともちょうどいいタイミングでシャンテルがやってきてしまった。

俺たちの事情を何も知らないシャンテルは、いつもと変わらず元気——いや、パーティーと聞いて来たからか、いつも以上に元気よく現れた。

「…………本当に呼んだのかよ」

「ええ！　シャンテルさんがいれば、嫌でも明るくなりますからね！」

「よしっ！　これで逃げることはできなくなったぞ、クリス！　みんなで大パーティーだあああ!!」

「パーティー！　パパーティー！　私も色々とパーティーグッズ持ってきましたから、今日は遊び尽くしましょう‼」

シャンテルも巻き込み、楽しそうに大はしゃぎを始めたラルフとヘスター。

こんな光景を見せられたら、どれだけ頑張っても暗い雰囲気になることはできない。

……仕方がない。色々と考えるのはやめて、俺も楽しもうか。

そう自分の中で諦め、俺もラルフ主催である大パーティーを夜中まで楽しんだのだった。

第六章 新たな問題

緊急依頼から約一週間が経過した。

グリースの件は一切バレることなく、ヴェノムパイソンに殺されたということで正式に処理されている。

グリースの取り巻きたちは、リーダーであるグリースが死んだことによってパーティが瓦解し、それぞれが違う街へと去っていった。

街を離れて時間さえ経ってしまえば、もし取り巻きたちが心変わりしてグリース殺害の件を自供したとしても、証拠もないし証明する方法はなくなる。

……まぁ、わざわざ自供するような奴らじゃないということは、これまでの行動からみても分かってはいるけどな。

それから緊急依頼の報酬についてだが、グリースが依頼のメインの受注者であり、緊急依頼の中で死んだ功労者ということで——報酬の三割がグリースの家族に支給された。

俺たちとグリースの取り巻きたちの報酬は三割ずつとなってしまったのだが、それでも白金貨三枚という破格の報酬を受け取ることができている。

それに加えて、副ギルド長だけは俺がグリースを始末したと勘づいたようで、追加の礼金として白金貨五枚を頂いてしまった。

グリースの取り巻きたちも俺を恐れ、報酬である白金貨三枚を渡そうとしてきたのだが、俺はそれを受け取るのを拒否。

手切れ金兼口止め料としてくれてやった。

あとは……討伐推奨ランクがプラチナの緊急依頼の達成について。

翌々日には、残りのヴェノムパイソンの討伐も行ったため、その実績が認められて俺たち全員がゴールドランクへと昇格となった。

まだシルバーに昇格したばかりだったし、コツコツとシルバーランクの依頼も行いたかったところだが、ゴールドに上がっておいて損はない。

ありがたく昇格を快諾し、俺たちは晴れてゴールドランク冒険者となった。

更にこの一週間の間に、ことあるごとにグリースを庇っていたギルド長が、自らギルド長の座を降りて辞職している。

理由は明かされていないが、グリースがいなくなったことが関係しているのだろう。

ギルド長が辞めるその日。

俺はたまたまギルドで居合わせていたのだが、仏頂面の印象しかなかったギルド長は爽やかに笑っており……それを見送る職員のほとんどが涙を見せていた。

副ギルド長が言っていた通り、嫌々付き従っていたということが、この表情や慕われ具合から分かる。

そして——俺の横を通りすぎる際、小さな声でだが〝本当にすまなかった〟そう言い残し、冒険者ギルドを去っていった。

俺からしてみれば虫のいい話だと思うが、副ギルド長から許してあげてほしいと頭を下げられたため、このギルド長については忘れることにした。

……まぁ今後、少しでもちょっかいをかけてきたとしたら、問答無用で殺すけどな。

そして、その前ギルド長の後任として、新しくギルド長となったのはもちろん、俺たちが何度も世話になった副ギルド長。

まだ若いし正義感も強いため、これから長い時間をかけて、この冒険者ギルドを良くしていくだろう。

俺は勝手ながら、そんなことを思っている。

……と、この怒涛の一週間で起きたことはこれくらいで、とりあえずグリースがいなくなったことで平和な生活を送ることができている。

今日も今日とて依頼をこなすべく、布団から起き上がろうとすると――。

「クリス！　早く来てくれ！」

駆け寄ってきたラルフは俺を引っ張るようにテーブルへと座らせた。

眠い目を擦りながら部屋の中をぐるりと見回すと、ヘスターが朝食の準備をしてくれているのが見えた。

「悪いニュースがあるんだが話してもいいか？」

「ああ。話さないって選択を取られる方が嫌だ」

「じゃあ――遠慮なく話させてもらう！　昨日、副ギルド長が来て教えてくれたんだが……クリスの弟、クラウスについての情報だ」

悪いニュースって、クラウスについてか。

グリースの件がようやく片付いたと思ったら、眠っていた問題が掘り起こされたって感じだな一難去ってまた一難。また新たな厄介ごとの臭いがしてきた。

ラルフが副ギルド長から聞いたという、クラウスについての情報。

嫌な予感しかないのだが、聞かないという選択肢は俺にはない。

「そのクラウスの情報ってなんなんだ？　悪いニュースっていうぐらいだから、俺の居場所がバレて——攻め込んできたとかか？」

「ちょっと待て！　そこまでの悪いニュースではないぞ！　クラウスが『エデストル』のダンジョンで、史上最速で五十階層突破したらしいって情報だ！」

『エデストル』……確か、王都、ノーファストに並ぶ王国三大都市の一つで、初代勇者の英雄伝にも出てくるダンジョン都市。

そのエデストルのダンジョンを、史上最速で五十階層突破か。

俺たちがオックスターでグリースと争っている間に——クラウスはダンジョン攻略。

無性にやきもきしてくるが、これぱかりは焦っても仕方がない。

「ダンジョンで最速五十階層突破。……これ、悪いニュースなのか？」

「悪いニュースだろ！　そもそも五十階層を突破した冒険者自体が、ごく僅からしいからな！　話によれば——これまで突破することができた冒険者は、ダイアモンドランク冒険者のみとも言われているらしいぞ」

ダイアモンドか。俺たちが今、ゴールドランクに昇格したばかりで、クラウスたちはダイアモンド。

ゴールド、プラチナ、ミスリル、そしてダイアモンド。

こう数えてみると、意外と背中が見えている気がする。

俺が家を出たばかりの頃は、英雄候補と罪を犯した宿なしという——本当に天と地ほどの差があったからな。

「……なんでこの話聞いてニヤけてるんだよ！」

「確かにまだまだ差はあるけど、俺たち、驚異的な追い上げを見せていないか？　家を追い出された宿なしの俺と、廃屋に住み着いてコソ泥しながら……なんとか生計を立てていたラルフとヘスターのパーティだぞ」

「…………た、確かに！　上手（うま）くいきすぎていて忘れていたけど、ほんのちょっと前まではド底辺這（は）いずり回っていたんだよな。そこから考えたら……かなり近づいているのか!?」

超ポジティブ思考で、喜び合う俺とラルフ。

実際に、俺の場合はここから更に飛躍的に能力を伸ばせる目途（めど）も立っている。

決して、まだ慌てる段階ではない。

「そうだ！　……まぁそれでも、俺たちとクラウスたちには大分開きがあるのは事実だからな。気を緩めず頑張っていこうぜ」

「おう！　ちょっと落ち込んだけど、なーんか妙にやる気が出てきたぜ！　…………あっ、そうだ！　それとなんか、ノーファストでクリスを捜し回っている奴がいるらしいぞ。副ギルド長から気をつけてくれって忠告された」

「……は？」

いい感じで場が収まったところに、ラルフが爆弾発言をしてきた。

……なぜ、そっちを先に話さないんだこいつは！

「おい、そっちの方が悪いニュースだろ！　なんでお前の中では、クラウスの五十階層突破の方が悪いニュースって認識なんだよ！」

「……え？　だって、ノーファストだしあんまり関係なくないか？」

「はぁ、もういいや。とりあえず、その情報について副ギルド長は何て言っていた？」

「クリスのことを捜している人物は一人らしい。おっさんだとも言っていた。副ギルド長も詳しくは分からないみたいで、それぐらいしか言ってなかったぞ」

一人のみで、おっさんか。

心当たりは一切ないから、クラウスの追手である可能性が非常に高い。

……というか、王都から離れた場所でまで捜索を始めているのか。

自分はダンジョンの五十階層に到達したというのに、本当に執念深い奴だ。

「クラウスが出した追手だったら、下手すれば居場所がバレてもおかしくないな。こっちからも捜してみるか」

「俺は心配しすぎな気がするけどな！　まぁ、そこら辺はクリスに任せるぜ」

話が終わったタイミングで、ヘスターが朝食を運んできてくれた。

パンに目玉焼きにソーセージにヨーグルト。

追手の件は一応置いておき、警戒だけに留めておくとして――。

まずは、この豪華な朝食を堪能させてもらうとするか。

クラウスについての情報を聞いた日から、更に二週間が経過した。

この二週間何をしていたのかというと、特段変わったこともなく、シルバーランクの依頼を受け続けて金稼ぎに勤しんでいた。

ヴェノムパイソンの緊急依頼の報酬、グリースを排除したことでの報酬、ここ三週間の依頼達成による報酬。

これらのお陰で、金が大分貯まってきた。

そのため――俺はここからまた、カーライルの森に行くつもりでいる。

今回は長期間籠るようなことはなく、グリースの死体を見に行くのが目的。

グリースからオンガニールが育っているかどうかで今後の方針が左右される事案。

すぐにでも見に行きたいということで、カーライルの森に行くことを決めた。

「今日は森に籠るんだよな？」

「ああ。二人も依頼は受けないんだったっけか？」

「はい。私とラルフはノーファストに行ってこようと思っています。クリスさんを捜しているという人物を逆に捜しつつ、色々と役に立つ情報を集めたり買い物をしてきます」

「そうか。くれぐれも気をつけて行ってこいよ。多分大丈夫だとは思うが、ラルフとヘスターも顔が割れている可能性があるからな」

「はい。警戒は怠らずに行ってきます！」

どうやら二人は三大都市の一つ、ノーファストに行くらしい。

俺が森で模索するように、二人も成長のヒントになるものを探しに繰り出すようだ。

先に出ていった二人を見送ってから前日にまとめておいた荷物を背負い、俺は一人カーライルの森を目指して歩を進める。

オックスターを出てカーライルの森へとやってきた俺は、すぐさま拠点へと向かい荷物を置いてから、グリースの死体を見に向かった。

オンガニールが生えてくれていればいいんだが、二連続で失敗しているのがどうしても引っかかる。

オークジェネラルの時の失敗を活かして、心臓はキッチリと残したんだが……。

オンガニールの独特の気配を頼りに進んでいくと、オンガニールの生えたゴブリンが見えてきた。

そして、その横にはグリースの死体が見える。

オークジェネラルの時も思ったが、死体を放置していても他の生物に食われる様子がない。

蛆やらも湧きそうなイメージだが、もしかしたらオンガニールは、生きるもの全てを寄せ付けないのかもしれない。

「……………生えている、な」

そんなことを考えながら、更に近づいてグリースの死体を確認してみると——。

グリースの死体からは、オンガニールがしっかりと生えていた。

オークジェネラルの時の茶色く枯れた様子とは違い、複数の根が絡まり合っていて、グリースの心臓付近からはぶっとい芽が出ている。

ゴブリンのオンガニールとは別種なのかとも思ってしまうほど、しっかりしたオンガニールが生えてきていた。

嬉しい。嬉しいのだが、それ以上に……。

「……気味が悪いな」

ゴブリンのオンガニールですら相当な気味の悪さを感じていたが、グリースから生えているものはレベルが違うな。

『植物学者オットーの放浪記』にも書かれていた、オンガニールは個体差が激しいという言葉を俺は今、身をもって感じている。

……ただ、これでグリースをオンガニールの宿主にさせるという計画は達成できた。

この実を食べなくてはいけないのかという嫌悪感はあるものの、この禍々しい実を見たら分かる通り、ゴブリンの実とは比べ物にならない効能を秘めている可能性がある。

ここまでやって食べないという選択肢はないため、後で食べるということは一度忘れて、生っている一個の実をもぎ取り、しっかり袋の封をしてから鞄の中へと入れた。

食べられるかが不安だしオンガニール一つだけだが、かなりの成果といえるだろう。

——よし。まだ森に入ったばかりだが、オックスターに戻るとするか。

ここからはグリースから生えたオンガニールの実の識別を行う。

俺はワクワクした気持ち半分、この実を食べることへの恐怖の気持ち半分の複雑な感情を抱いた状態で、カーライルの森を離れオックスターへと戻った。

森から帰ってきた俺はそのままの足で教会に向かう。

まずは前回の能力判別から、どれだけ能力が上昇したのかを確認する。

最後に能力判別を行ったのは、魔法力を上昇させるエッグマッシュを発見したときだから、能力が大幅に上昇していてもおかしくない。

シルバーランクの依頼を複数、ヴェノムパイソンの群れにグリース。

短い期間ではあるが、これだけの数の敵を倒しているからな。

植物によるプラス値だけでなく、俺自身の能力上昇にも期待しながら、教会の扉を押し開けた。

教会の中では、神父が講壇で肘をつきながらうたた寝している。

……本当にこの神父は大丈夫なのか？

毎度、一切仕事をしていないように見えるが——まぁ能力判別だけしてくれれば問題ないため、俺は神父に声を掛けて起こす。

「寝ているところすまないが、能力判別してくれ」

「——うぇ？　あっ……ね、寝ていませんよ！　少し瞑想(めいそう)していただけです！　ど、どうぞ。奥の部屋に来てください！」

涎(よだれ)も垂れていたし確実に寝ていたと思うが、俺も特にツッコむことはせず、大人しく奥の部屋へと案内される。

そのまま水晶の前に座り、金貨一枚と冒険者カードを手渡した。

……それにしても、この神父は俺の不自然な依頼に何の疑問も感じずに能力判別を行ってくれるよな。

客自体が少なくて、俺が異常なことに気がついていない可能性もあるか。

「んがぅっ、ふぅー……。終わりました。冒険者カードをお返し致します」

「ありがとう。助かった」

神父から冒険者カードを受け取り、早速冒険者カードの確認に移る。

さて、どんな能力値になっているだろうか。

クリス
適性職業：農民
体力　：20（＋77）
筋力　：18（＋91）
耐久力：16（＋69）
魔法力：4（＋10）
敏捷(びんしょう)性：11（＋20）
『特殊スキル』
【毒無効】

『通常スキル』

【繁殖能力上昇】


これは大幅に上がっているな。

全体的に10から20ほどプラス値が上昇し、たくさん採取できるリザーフの実のお陰で、筋力に関しては40近くも上昇している。

能力値だけでいえば、プラチナランク冒険者くらいのレベルになっているのだろうか？

グリースの能力を調べておけばよかったと少し後悔しつつ、俺の能力がどのランクに相当するのか、後で副ギルド長に聞いてみるのもいいかもしれない。

それから……俺自身の能力値なのだが、前回に引き続きかなり上昇した。

まぁただ、あれだけの魔物を倒して、この程度の能力上昇幅なのはどうなのかと思わなくもないけど、それでも地道に俺自身も成長できている。

さて、現状の能力値の確認はできたし、ここからはお待ちかねのグリースから生えたオンガニールの実の識別だ。

はたしてどんな能力が付与されるのか、楽しみな気持ちと共に——あの実を食べないといけない恐怖もあるな。

教会からいったん宿へと戻ってきた俺は、自室に籠ってオンガニールの実の実食に移ることにした。

念のための口直しとして、蜂蜜と唐辛子とコーヒーを買ってきてある。

甘さ、辛さ、苦味、全てに対応できる品を揃えた。

俺はオンガニールの実を袋から取り出し、明かりにかざしながら観察から始める。

丸々とした青いリンゴのような実。

匂いはゴブリンのものと同じで、甘酸っぱい香りで美味しそうなんだが……食べてみると最低最悪なんだよな。

大きく息を吐いて覚悟を決めてから、俺は一気にオンガニールの実に噛りついた。

シャキッとした食感と共に、鉄のような味とペイシャの森で食べた腐肉の味が口の中に広がっていく。

絶対に想像しないようにと心掛けていたのだが、ふとした瞬間にグリースの死体が脳裏を過った。

その瞬間に、グリースを直接食べている感覚に陥り、胃からぶちまけるように吐きかけたが——口を思い切り閉じ、無理やりにでも体内に押し戻す。

なんとか飲み込んでから、すぐに近くにあった唐辛子を口に入れて、辛みで不味さを消し去ってから、蜂蜜でその辛みを抑え込んだ。

「…………ふぅー。さすがに味が気持ち悪すぎるだろ」

思わずそう呟いてしまうほど、常軌を逸した不味さを誇るオンガニールの実。

……いや、不味いというよりも、死体を想像させるような味のせいか。

グリースの死体さえ想像しなければ、吐くほど不味いということはないのだが、グリースを宿主として育った植物の実の味がこれでは……想像するなという方が難しい。

ゴブリンの実は後味が悪い程度だったが、こっちは噛んだ瞬間から何の処置も施されていない腐肉のような味がするからな。

一口大きく食べただけで、この圧倒的な疲労感。

コーヒーを飲みながら気分を落ち着かせ、拒否反応を起こす体を無理やりに納得させてから、俺は残りを一気に食べることを決めた。

極力噛まずに味わわない。飲み込んだ瞬間に唐辛子を口にぶち込む。

シミュレーションを行ってから、俺は残りのオンガニールの実を全て口の中に押し込んだ。

できる限り心を無にしながら、口を両手で押さえながら必死に飲み込み、すぐさま唐辛子を口へと放った。

「…………………………んぐっ！　…………はぁー、はぁー。食、べれた、か」

人生で一番長いと感じた一分間だったが、なんとか食べきることができた。

変な汗がダラダラと流れ出ているし、心臓も音が聞こえるぐらい高鳴っている。

唐辛子の辛みもあるだろうが、それ以上にオンガニールが引くほど不味かった。

床にへたり込みながら、蜂蜜を舐めコーヒーを飲みながら静かに待つ。

飲み込んでから一時間ぐらいが経過しただろうか。

ようやく体が落ち着きを取り戻し、正常な思考へと戻った。

これだけ不味かったからな。

収穫なしとかは本気でやめてほしいところだが、こればかりは実際に判別してもらうまでは分からない。

動けるようになった俺は、本日二度目となる教会へと向かった。

椅子に座り、毎度のように魔力ポーションを飲んでいる神父に声を掛け、能力判別部屋へと移動する。

それから金貨一枚と冒険者カードを手渡し、すぐに能力判別を行ってもらった。

「ぜぇーはぁー、ぜぇーはぁー。……お、終わりましたよ」

「ありがとう。助かる」

そう短くお礼を伝え、俺は能力判別が反映された冒険者カードを受け取る。

――いつにもなく緊張するな。

大きく息を吐いてから、俺は恐る恐る冒険者カードをひっくり返して能力の確認を行った。

クリス
適性職業：農民
体力　：20（+85）
筋力　：18（+102）
耐久力：16（+82）
魔法力：4（+11）
敏捷性：11（+24）

『特殊スキル』

【毒無効】


『通常スキル』

【繁殖能力上昇】

【外皮強化】

【肉体向上】

【要塞】


……は？　なんだこれ。

基礎能力の上昇幅の大きさにも驚くが、それ以上に通常スキルの数が一気に三つも増えている。

喜びというよりも、ドン引きって表現が正しいかもしれない。

これだけのスキルが、一気に付与されることってあるのか？

オンガニールの効能は、計り知れないものがある可能性が高い。

増えたスキルに恐怖しつつも、一気にクラウスの背中が見えた気がした。

「……だ、大丈夫ですか？　何か問題がありましたでしょうか？」

俺が凄い顔で冒険者カードを凝視していたことで、神父を心配させてしまったようだ。

「いや、大丈夫だ。能力判別してくれて助かった」

「大丈夫ならいいんですが、本当に大丈夫なんですか？」

「心配はしなくていい。それじゃまた来させてもらう」

そう言い残し、俺は教会を後にした。

ここからは宿に戻り、有毒植物の摂取をしようと考えていたのだが……話が変わった。

実戦で使えるかどうか試すために、外に出てスキルの試し打ちを行いたい。

今まではほとんど身体能力だけで戦っていたが、スキルが使えるようになったのなら、更に戦術の幅は広がってくる。

教会を出て街の外へと向かう道中、スキルが複数手に入った恐怖心は薄れていき——徐々に楽しみという気持ちが増していく。

俺は頭の中で色々なことを考えながら、インデラ湿原の手前の平原を目指して歩を進めた。

平原に着き、早速スキルの試し打ちを行っていく。

俺はこれまで【毒無効】と、ゴブリンのオンガニールから得た【繁殖能力上昇】しか持っていなかったため、自発的にスキルを使ったことが一度もない。

ラルフ曰く、スキルを使うと疲労感が一気に溜まる感じということだが、その感覚の確認も同時に行う。

『天恵の儀』にて、適性職業【農民】で【毒無効】しかスキルを授かることができなかったときは、一生スキルを使うことはないと思っていたが……まさかこんな日が訪れることになるとはな。

殺したいほど憎く、事実として殺したグリースに初めて心の底から感謝をし、ワクワクとした気持ちでスキルを発動させた。

「【外皮強化】」

自発的なスキルは初めて使ったが、ラルフのを見ていたしグリースも口に出して使用していた。

スキルを使うと体に意識させつつ、スキル名を口に出して唱えることでスキルが発動された。

――その瞬間。若干だが走った後のような疲労感に襲われたあと、皮膚が一気に硬化した。

硬化を触って確かめようと試みたが、手のひらも硬化されているため何の感触も得ることができない。

仕方なく鋼（はがね）の剣を引き抜き、皮膚に沿わせて軽く刃を当ててみることにした。

うーん…………。

グリースに突き刺したときの岩のような感触ではなく、せいぜい木くらいの硬さだろうか。

俺の耐久力がないのが原因なのか、それともグリースはスキルを重ね掛けすることで硬化の強度が増していたのか？

まぁでも、無事にスキルの発動を行うことはできたな。

早速、スキルの重ね掛けも試してみよう。

「【肉体向上】」

【外皮強化】に加えて、【肉体向上】も追加で発動させる。

【肉体向上】は【外皮強化】と違って、発動した瞬間にその効果を体感することができた。

明らかに体が軽く、筋肉量も一気に増えたような感じだ。

手に持っていた鋼の剣を振るってみると、今までは全力で振らなくては出せなかった速度を片手で軽々と出せた。

これは――楽しすぎるな。

軽くジャンプやダッシュをしてみるが、俺の体とは思えない動きとなっている。

その分、動作を行うごとに疲れが溜まっていくのが分かるが、これはかなり使えそうなスキルだ。

スキルのオンオフが即座に切り替えられるなら、緩急を使った攻撃もより有効になってくる。

このまま少し暴れ回り、実際の魔物に対しても試してみたくなってきたが……。

一度興奮を収めて、スキルの試し打ちへと戻る。


「【要塞】」


最後は【要塞】。

これが一番よく分からないスキルだったのだが、発動した瞬間に体が一気に重くなった。

羽が生えたかのように軽々と動けていた先ほどまでとは打って変わり、重しを体にのっけられたような感覚。

【外皮強化】と【肉体向上】の二つよりも、遥かに疲労度合いが高く、全力で走っているくらいの疲れが生じる。

もちろん三つのスキルを重ね掛けしているというのもあるだろうが、【要塞】を重ねた瞬間に比重が大きくなったから、体力の燃費が悪いスキルで間違いないと思う。

すぐに解除したいところだが、皮膚の硬度についてだけ調べてみることにした。

手に持った鋼の剣で、再び腕に軽く押し当ててみる。

さっきまでは木ぐらいの硬度だったのだが――グリースを突き刺したときの硬度に近い、ガッチガチの皮膚になっていた。

【外皮強化】は耐久値によって、外皮の硬度を上昇させるスキル。

【肉体向上】は筋力と敏捷性を底上げさせるスキル。

【要塞】は敏捷性が大幅に落ちるが、耐久力を大幅に上昇させるスキルって感じだろうか。

使ってみて分かったが、非常にバランスの取れたスキル構成だな。

【外皮強化】に【要塞】を重ねることで、皮膚を岩のように硬化させ、【要塞】で大幅に落ちた敏捷性を【肉体向上】で補う。

あのグリースが、プラチナランクまで上がれたのも納得するスキル構成。

一つ文句をつけるとしたら、三つの重ね掛けだと体力の消費が大きすぎること。

この三つの重ね掛けは、よほどの強敵との戦いじゃなければ使うことはないかもしれないな。

とりあえず、汎用性(はんようせい)の高そうな【肉体向上】だけは、自由自在に扱えるように慣れておきたい。

そうなると、これまであまり重視していなかった体力の強化も必須になってきそうだ。

【外皮強化】と【要塞】も、グリースと戦って分かっているが、強いスキルであることは間違いないからな。

……ひとまずは魔物を探して平原を歩き、程よい魔物相手にスキルを戦闘に組み込んで試してみるか。

そう決めた俺は、ゴブリンやコボルト相手にスキルの試し打ちを行うことにしたのだった。

第七章　ゴールドランク

スキルの試し打ちに夢中になっているうちにいつの間にか日が暮れ、宿に戻ってきたのは夜遅く。

二人もさすがにノーファストから戻ってきていたようで、寝ずに俺を待っていてくれた。

「クリス！　帰ってきたか！　どうだったよ、森の探索の方は！」

「順調だったが……まずはそっちの報告を聞かせてくれ」

「了解！　まずは——クリスを捜しているっていう人物についてだけど、副ギルド長が言っていた通り存在したぞ！」

「やっぱ追手がノーファストまで来ているのか」

「ただ、情報は渡ってないと思うぞ！　オックスターのゴールドランク冒険者のことなんて、ノーファストの人たちは少しも知らない様子だったしな！」

「……ん？　二人はどうやって、俺を探している奴を捜し出したんだ？」

「私たちもクリスさんのことについて聞いて回ったんです。それで、『またそいつのことについてか？』みたいな反応をした人に、逆にどんな人が同じ質問をしたか尋ねたってわけですね」

なるほど。頭の良い質問方法だな。

「それは良い作戦だな。それで、俺のことを訪ねて回っていた人間ってのはどんな奴だったんだ？」

「三十代から四十代くらいの危険な臭いのする男性みたいでした。片腕がなく、額の傷が特徴的と言っていましたね」

「うーん……心当たりはないな。手に入れた情報はそれぐらいか？」

「そうですね。結局、有力な手掛かりは掴(つか)むことができませんでした」

「まぁ、とりあえず助かった。俺を捜している奴がいるって分かっただけでも十分だ。――それで、他には何かしてきたのか？」

俺がそう訪ねると、二人は顔を見合わせてから、もったいぶるように話し始めた。

「実は――俺たち、軽く指導をしてもらってきた！」

「ん？　指導ってなんだ？」

「クリスさんを追っているときに偶然知り合った方です！　ノーファストを拠点にしたミスリル冒険者の方でして、仲良くなった際に軽く指導をしてくれるという流れになりまして……数時間ほどですが指導していただいたんです！」

「ミスリルランクの冒険者？　……指導に大金がかかったとかじゃないよな？」

「厚意で指導してもらったんだよ！　まぁ昼飯代ぐらいはさすがに俺たちが払ったけどさ！」

「私たちと境遇が似ていまして、その方たちは養護施設育ちらしく意気投合したんです」

養護施設育ちでミスリルランクの冒険者か。

相当苦労したか……超優秀な適性職業を運良く授かったかの二択だろうな。

「その話は少し気になるな。どんな冒険者パーティなんだ？」

「【銀翼の獅子(しし)】って冒険者パーティで、【斥候】【狩人】【僧侶】の三人。それからリーダーの【バトルマスター】で構成されている四人パーティだ！」

「変則的のようにも思えるけど、バランスはしっかり取れているな。抜きん出ているのはやっぱり

「そうそう！　獣人でめちゃくちゃカッコいい人なんだぜ！　俺はこの人に指導してもらった！」

光景を思い出したのか、興奮するように話し始めたラルフ。

……これはちょっと俺も興味が出てきたな。

他の冒険者とは、今まで友好的な関係を築けたことがなかったから、これがきっかけで仲良くなれたら嬉しい。

ミスリルランクだし、二人が指導を受けたように得られるものも大きいだろうからな。

「ヘスターは誰に指導を受けたんだ？」

「私は【狩人】の方です。遠距離攻撃を命中させる極意についてを教わってきました！」

「これまた凄そうだな。ちょっと俺も会ってみたくなってきた」

「近々オックスター方面で用があるみたいで、その時に顔を見せに来てくれるって約束したので紹介しますね」

「ああ、楽しみにしておく」

日帰りなのにもかかわらず、予想以上の成果を上げてきてくれた二人。

単純に指導してくれるというのは、しっかりとした師がいない二人にはいいことだし、何よりもミスリルランクの冒険者と関わりが持てたのが大きい。

「ノーファストでの成果はこんなものかな！　買い物も軽くしたけど、安いものだから報告するようなことはない！」

「クリスさんの方はどうだったんですか？」

「俺の方は特段報告することはないな。いつもと変わらない植物採取を行っていたって感じだ。……あー、強いて言うなら、また新たなスキルを身につけることができるかもしれない」

「新たなスキル!? 前回は確か、【繁殖能力上昇】とかいう訳分からないスキルだったんだよな？」

「今回のスキルは期待してくれていいと思う」

「期待していいって相当だな！ 一体どんなスキルなんだ？」

机に身を乗り出し、興味津々な様子で尋ねてきたラルフ。

俺はもったいぶることはせず、ラルフに習得したスキルを報告した。

「【外皮強化】【肉体向上】【要塞】の三種類のスキルだ」

「……は？ 三種類？ 一気に三つもスキルがついたのか!?」

「そうだ。一気に三つも付与された」

「いよいよクリスさんの能力が現実離れしてきましたね。……出会ったときは【毒無効】のスキルのみでしたし、適性職業も【農民】。まさかこうなるとは思ってもいませんでした」

「まぁ俺ですら、こうなるとは思ってもみなかったからな」

「――――いやいや、おかしいだろ！ 勇者なんかよりも馬鹿げた能力じゃないか？ 本当にスキルが三つもついたのかどうか、俺はまだ半信半疑だぞ！」

興奮した様子でそう叫ぶラルフに、俺は実際にスキルを発動してみせることにした。

「【外皮強化】。ほら、触ってみろ」

「……うわっ、本当に硬くなっていやがる！」

「だから言っただろ。ここから一気にスキルも身体能力も上げて、俺はドンドンと強くなるからな。

二人もなんとか食らいついてきてくれ」

「正直自信なくなってきたけど、やるしかねぇもんな！　無茶苦茶な成長を見せるクリスにも俺は負けねぇぞ！」

「私も負けません！　……早く中級以上の魔法を身につけなければいけませんね！」

俺だけ強くなっても、いつか綻(ほころ)びが生まれるからな。

なんとしてでも、二人には強くなってもらわないといけない。

報告会は二人の負けん気に火をつけたところで終わり、互いに疲れたということもあって明日に備えて早めに眠りについた。

翌日。

今日から早速だが、ゴールドランク依頼を受ける予定。

気合いを入れてから朝一で冒険者ギルドへとやってきた俺たちは、受付へと向かったのだが……。

やっぱりグリースのいない静かな冒険者ギルドはいいな。

あれだけ荒れていた冒険者ギルドも、すっかりレアルザッドぐらいまで治安もよくなったし——仕方なく従ってはいたものの、グリースのことをよく思っていなかった冒険者が大多数であった様子。

グリースの代わりとなりそうな取り巻きたちも、俺が脅したことで別の街へと移っていったし、新しいギルド長も副ギルド長が務めているから、オックスターの冒険者ギルドはしばらくの間は安泰だろう。

平和になった冒険者ギルドを眺めながら、椅子に座って副ギルド長が来るのを待っていると、奥の部屋から歩いてやってきた。

その顔は疲れきっていて、まだ仕事に慣れていないのが分かる。

「みなさん、待たせてしまってすみません。ちょっと仕事が立て込んでいまして……」

「いや、全然構わない。忙しいのに呼び出してすまなかったな」

「い、いえいえ！　クリスさん、ラルフさん、ヘスターさんは、この冒険者ギルドの英雄ですからね！　いつでも喜んで顔を出しますよ！」

「喜んでという割には疲れきっているみたいだが、大丈夫なのか？」

「いやぁ、ギルド長の仕事が思いのほか忙しくてですね……。前のギルド長が突然の辞職をしてしまったので新しい副ギルド長の指導も済んでおらず、ギルド長の仕事を覚えるのと副ギルド長に仕事を教えるのとでてんてこ舞いなんですよ」

深くため息をつきながら、そう言葉を漏らした副ギルド長。

やはりこのギルドの基盤となっていたのは、前ギルド長とグリースだったということが分かるな。

残っていた方がよかったとは決して思わないが、それでもいなくなるとその分のしわ寄せが誰かに降りかかる。

それも相当量のしわ寄せがな。

グリースに関しても、腐ってもプラチナランク冒険者で、奴のパーティでこなしていた依頼も数知れないだろうし――いなくなってもなお、負担をかけるとかとんでもない二人だな。

「それはご愁傷様だな。ギルドに関しての手伝いはできないが、依頼に関してならこなせるからいつでも言ってくれ。色々とよくしてもらっているから、副ギルド長になら幾分か融通を利かせる」

「ありがとうございます！　本当に頼もしいです！　……それとなんですが、そろそろ『副ギルド長』と呼ぶのをやめてはもらえませんかね？　新しい副ギルド長もいますので……」

「えー？　副ギルド長は副ギルド長だろ！　なぁクリス！」

今まで後ろで話を聞いていたラルフだったが、そのお願いに対して初めて口を挟んできた。

確かに、俺にとってももう副ギルド長は副ギルド長だからな。

「まぁそうだな。ギルド長だろうが、副ギルド長は副ギルド長だ」

「えー！　……なら、せめて名前付きで呼んでくれませんかね？」

「マイケルだっけ？　マイケル副ギルド長ならいいのか？」

「私はマイケルではなく、ローレンです！　マイケルは前ギルド長で……いえ、やっぱりいいです！これまで通り副ギルド長と呼んでください！　なんかもっとややこしくなりそうな気がしました」

「それはありがたい。変わらず、副ギルド長で統一させてもらう」

「それで……本日は何のご用件でいらしたんですか？」

軽い雑談を挟んでから、本題を尋ねてきた副ギルド長。

「今日は、各ランクの推奨能力値などがあれば教えてもらいたくて来た。さすがに知らないということはないよな？」

「各ランクの推奨能力値ですか？　えーっと……確かルーキーがオール10です。基本的にはそこから、能力を倍々に計算していくのが推奨能力値と言われていますね。ブロンズでしたら20、シルバーでしたら40、ゴールドでしたら80――みたいな感じです」

「なるほど。ゴールドランクの依頼を余裕でこなせる能力は、オール80ってわけだな」

「そういうことですね！　まぁあくまでも、これは目安の一つでして……スキルも技術も持っていない人の推奨能力となっています。能力値がオール80に到達していなくても経験が豊富な方や、強力なスキルを持っている方とかは楽々と依頼を達成されますね」

これは分かりやすいが、やっぱりランクが上にいくにつれて壁は高くなっていくわけか。

プラチナなら１６０で、ミスリルは３２０。

クラウスたちの推定ランクはダイアモンドだから——推定能力値はオール６４０か。

クラウスたちは強力なスキルを保持しているだろうから、能力自体はもっと低い可能性もあるが……。

近くに感じていたけど、こう聞くとまだまだ遠い先にいるな。

ただ推奨能力値がオール80ということなら、俺たちはゴールドランクの依頼は楽々こなすことができそうだ。

「なぁ副ギルド長！　ということはよ……グリースはオール１６０の実力があったってことなのか？」

俺がゴールドランクでやっていけるかどうかを思考している中、ラルフがそんなことを聞いた。

確かに、グリースにオール１６０の能力があったとしたら——色々と辻褄が合わなくなる。

スキルも俺を遥かに凌駕する数を持っていたし、ビビり散らかしていたとはいえ、あそこまでの圧倒はできなかったはずだ。

「グリースはプラチナランクの冒険者でしたが、ほとんどゴールドランクの依頼を受けていました。

二度ほどプラチナランクの依頼を受けていましたが、いずれも失敗していましたしね。……ですので、ゴールドランクの依頼をこなしてプラチナには上がりましたが、実力的にはゴールド以上プラチナ以下ってところではないでしょうか」

なるほど。それなら納得できるな。

相対したときに感じた圧からも、平常心だったのであれば俺と互角ぐらいには渡り合える強さを持っていると感じた。

典型的なゴールド以上、プラチナ未満の冒険者だったたってわけか。

「ありがとう。色々と目安が分かってよかった」

「いえいえ。これぐらいのことであれば、いつでもお教え致しますので。……それではもう質問等はよろしいですかね？」

「ああ。大丈夫だ」

「分かりました。それでは仕事がありますので、私は戻らせていただきます。また何かあれば、ご気軽にお呼びください！」

そう言い、軽くお辞儀をしてから奥の部屋へと戻っていった副ギルド長。

残された俺たちは――掲示板を見て、ゴールドランクの依頼を吟味するとしようか。

「なぁ、推奨能力値を聞けたのはよかったな！　俺がまだまだだってのが明確に分かった！」

「俺もまだまだ鍛え方が甘いと感じたな。あの話に当てはめるなら、クラウスたちはオール６４０に近い能力を誇っているというわけだからな。……スキルが馬鹿げた強さの可能性もあるから、単純な能力値でいったらもっと低いのかもしれないが」

「とりあえずゆっくりしている時間なんて、一秒たりともないというのが分かりました！　これまで以上に集中して励みます！」

まだまだ上を目指さなくてはいけないということが分かり、気合いを入れ直した俺たち三人。クラウスを超えるため、俺はどんな依頼も全力でこなしていくと決めた。


俺たちはオックスターを出て、南西の方角へと足を運んでいた。

今回受けたゴールドランクの依頼は、南西の遺跡のゴーレム調査というもの。

どうやら遺跡にはゴーレムと呼ばれる人造の魔物が眠っているらしく、その魔物を調査するというわけだ。

討伐ではない依頼は初めてなのだが、報酬が破格だったのとゴーレムというものを一度見てみたいという気持ちから、俺たちはこの依頼を受けることに決めた。

「ゴーレムってどんな魔物なんだろうな！　人造の魔物なんて、なんかワクワクしないか？」

「何かの本で見たことがありますが……確か魔王軍との戦いに向け、人類側の秘密兵器として造られた魔物らしいです」

「へー、俺は全く知らないな。俺が昔読んだ英雄伝には出てこなかったはず」

「俺も知らないぞ！　今日初めて聞いた！」

「ラルフが知らないのは知ってる。……初代勇者のパーティメンバーだった、【賢帝】メルキロウヒが造り出した魔物だって聞きます」

初代勇者のパーティメンバー。

名前までは知らなかったが、【賢帝】の名は英雄伝にも載っていた。

「へー！　それじゃゴーレムって凄い魔物なんだな！　初代勇者の仲間のメルキなんとかって奴が造ったんだろ？」

「そうなんですが……。メルキロウヒ以外が造り出したゴーレムは、不足している点が多かったみたいで、普通の魔物のように制御できずに暴れ回っていたみたいです。そのせいでゴーレム自体が封印され、ゴーレムの生成も中止。今回行く遺跡のように、各地でゴーレムは封じ込められているみたいですよ」

「ヘスター、随分と詳しいな。ゴーレムについて調べていたのか？」

「いえ。ゴーレムではなくて、メルキロウヒについて調べていました。魔法使い職業の頂点とも呼ばれている人ですので、何か参考になるのではないかと思ったんです」

ヘスターは本当に勉強熱心だな。文字を教えて改めて正解だったと思う。

「なあなあ！　なんでゴーレムを破壊せず、閉じ込めるみたいな面倒くさいことをしたんだ？」

「そこまでは私も知らない。ただ、いつか活用できると思っていたんじゃないかな？　今回だってゴーレムの〝調査〟の依頼だからね」

「そうか！　今日の依頼は、討伐じゃなくて調査だもんな！」

「ゴーレムの外殻の採取と、体の中心にあるコアの色を見てくれって依頼だったな。まぁ身の危険を感じた場合にのみ、破壊も許可されているから身の心配はしなくても大丈夫だと思うけど」

二人とそんな会話をしながら歩き、俺たちは南西の遺跡へと辿(たど)り着いていた。

一見更地のようにしか見えないのだが、地面にぽっこりと穴が開いており、簡素な造りではあるが下へと続く階段がある。

「この下か。地下にあるってなんか嫌な感じだな」

「確かに……！　毒が溜まってそうだし、なんていうか逃げるのにも苦労しそうだよな！」

「ははっ。毒が溜まっていたら、俺以外はみんな死ぬな」

「いやいや、笑いごとじゃねぇよ！　……本当に入って大丈夫だろうな!?」

「さすがに毒はないだろうから大丈夫だろ」

先頭を歩くラルフはビクビクしながらだが、一段一段ゆっくりと階段を下りていく。

階段を下り切った先には、重厚な扉があり――ここの扉の鍵は預かってきている。

「開けるぞ。危険だと思ったら、すぐに上へと退避しろ」

「分かりました！」

「了解」

警戒しつつ俺は扉の鍵を開錠し、重い扉を押し開けた。

中からは埃なのか砂なのか分からない粒子が舞い散り、ゲホゲホと咳が止まらなくなる。

……どうやら毒ではなさそうだが、この場所には随分と長い間、誰も訪れていなかったようだな。

「古代のもののイメージだったんだが、遺跡にしては比較的新しい部類に入りそうだな」

「ですね。ゴーレムを生成するために作られた場所ですかね？」

「そうらしいな。とりあえず生物の気配はしないが……奥になんかいるな」

何もない広々とした場所。

そしてその奥には、膝を抱えて座り込むようにしている物体が見えた。

高さは五メートルほどで、座っているから正確には分からないが、人型のように見える。

……恐らく、あれがゴーレムだろう。

「あれがゴーレムか!? ちょっと大きすぎやしないか？ う、動かないよな？」

「動く気配は見えないですね。魔物の核を中心に埋め込み、その核の力を生命エネルギーに変えて動くのがゴーレムです。百年以上は経っていますし、動くことはないと思いますが……」

そんな会話をしつつ、ゴーレムに近づいた瞬間――。

足元が怪しげに光りだし、ゴーレムを中心として紫色の魔法陣が浮かび上がった。

まずいと思い、退避を伝えようとする前に……ゴーレムは勢いよく立ち上がると、いきなり地面を思い切り踏みつけた。

次の瞬間には、背後の扉はゆっくり閉ざされていき――この広々とした空間でゴーレムと俺たちが対峙する。

体は岩に鉄を混ぜたような材質をしていて、ぶっとい腕の先には鋼で作られた鋭い手。

そんなゴッツい体をしているにもかかわらず、動きに重苦しさは感じられない。

「こ、これかなりまずくないか!?」

「大丈夫だ。ゴーレムといっても、討伐推奨はゴールドランク。俺が壁役として立ちはだかるから、ラルフとヘスターで攻撃を加えていってくれ」

そう宣告してから、俺は【肉体向上】と【外皮強化】を発動させることに決めた。

打撃系の敵だしそこまでは機能しないだろうが、【外皮強化】は体力の消費も多くないので念のための発動。

「【肉体向上】【外皮強化】。できるなら、動きを止めることを念頭に置いて攻撃してくれ。手加減が無理だと判断したら、ぶっ壊していいからな」

それだけ指示を残してから、俺は一歩前へと出てゴーレムの前に立ちはだかる。

鉄の盾で攻撃を防ぎつつ、隙を見つけてはシールドバッシュでダメージを与えることも狙う。

そんな中、まず動いてきたのはゴーレム。

俺を敵だと認識したゴーレムは、俺を踏みつけるように足を思い切り上げて叩きつけてきた。

この踏みつけも正直受けきれるが……受ける必要のない攻撃は極力避けていく。

転がるように回避を行い、続けざまに繰り出してきた右ストレートを盾で弾いた。

重さは感じるが――スキルのお陰でダメージは一切ない。

念のために使った【外皮強化】のお陰で、衝撃によるダメージすらもなくなっているようだ。

……なるほどな。

『天恵の儀』で授かってからずっとこれだけのスキルで守られていたら、攻撃をまともに受けるほうが少ない。、グリースが痛みに弱かったのも納得がいく。

討伐推奨がゴールドランクのゴーレムの攻撃でも、ほぼノーダメージ。

グリースは俺と戦うまで、まともな攻撃すら受けたことがなかったはずだ。

苦労することなく力をつけることができた反面、苦労を知らなかったことが弱みへと繫がった。

そんな些細なことだが、俺は『天恵の儀』で優秀な職業やスキルを手に入れた者たちの弱みを見た気がした。

――っと。余計なことを考えている暇はない。

つい考え込んでしまい、一瞬だが戦闘から意識が逸れてしまった。

気を取り直し、ゴーレムの攻撃を全て防ぎにかかる。

フルスイングでパンチを放ってくるゴーレムの動きを読みつつ、躱すところは躱して受けるところは受けていく。

攻撃の重さに加えパターンやバリエーションもあるが、基本はパンチとキックのみのため容易に受けきることができている。

「ラルフ、ヘスター！　攻撃を仕掛けていいぞ！」

これならば防ぎきることができると判断した俺は二人に攻撃許可を出し、一気に攻め立てることに決めた。

俺はみんなに攻撃がいかないよう、シールドバッシュをしつつターゲットを取り続け、ゴーレムの攻撃を受け続けていく。

最初はあまり好きではなかったタンクだが、実際にやってみると中々に楽しい。

敵の嫌がることを行い続け、攻撃を完封したときは嗜虐心がくすぐられる。

シールドバッシュで腕を弾き飛ばした瞬間にラルフが飛び出て鉄剣を叩き込み、パンチの連打をゴーレムが行ってきたらヘスターが【アイシクルアロー】で動きを封じていく。

ゴーレムは氷属性に弱いのか、ヘスターの氷魔法を受ける度に動きが鈍くなっていっているのが分かる。

ヘスターはそのことに気がついたのか、コアの部分を氷魔法で狙いつつ、コアを防ぎにきたら関節部分を狙って的確に動きを止めに動いた。

ゴーレムもゴーレムで、ただやられっぱなしではなく――ダメージを負うごとに、コアの部分から伸びるようにゴーレムの体に紋章が浮かび上がり、その紋章の光が濃くなるごとに攻撃速度が上がってきている。

最後の方は、生身の人間と遜色ない動きを繰り広げていたが……。

残念ながら人間と変わらない速度では、【肉体向上】を使っている俺の敵ではない。

結局、一度も俺に攻撃をクリーンヒットできないまま、ヘスターの【アイシクルアロー】が上半身を凍りつかせ、ラルフが足を削り取ったことでゴーレムは完全停止。

動かなくなったゴーレムからコアを抜き取り、体の素材となっていた鉄くずの回収も行う。

「これで依頼は達成ってことで大丈夫だろう。二人共、いい攻撃だったぞ」

「なんかヘスターの方がダメージ与えていた気がするわ！」

「氷属性が弱点っぽかったしな。そんな中で、足だけを狙って動きを封じたのはよかった。ヘスターも弱点が氷なのは途中から気づいていただろ？」

「はい。習得は難しかったですが、複合魔法を習得しておいてよかったです」

「くっそー！　やっぱヘスターは羨ましいぜ。スキルは身につかないけど、魔法はどんどん身につくもんな」

俺はかなりの働きをしたと思ったのだが、あまり手ごたえを感じていなさそうなラルフ。

ヘスターが新しい魔法を、俺が新しいスキルを覚えていくことで、ラルフには焦りみたいなものがあるのかもしれない。

「ラルフだって、まだ使用していないスキルがあるだろ？」

「いや、両方とも全然発動されないんだよ。【守護者の咆哮】と同じ要領で使っているんだけど発動されない」

【神の加護】と【神撃】か。名前からして強そうなスキルだが、〝神〟とついていることから発動条件があるのかもな。まぁラルフもまだ残されているスキルがあるんだ、腐るなよ?」

「腐らねぇよ！　もっとやれたって感じていただけだ！　クリスにもヘスターにも、俺は負けるつもりはないからな」

「それならよかった。……それじゃ、さっさとこの埃だらけの遺跡から出るか」

ゴーレムの残骸を回収した俺たちは、入り口の扉を押し開けて遺跡を後にした。

ゴーレムはぶっ壊してしまったわけだが、とりあえず調査の依頼は達成したことだしいいだろう。

中々の強敵相手にスキルも試すことができたし、【肉体向上】の有用性も実感できた。

あとは【要塞】を上手く使いたいんだが、こればかりは時間を使って慣れていくしかなさそうだな。

遺跡を後にしてオックスターの街へと戻ってきた俺たちは、そのままの足で今回の依頼主の元にやってきていた。

なんでも今回の依頼主は、三大都市の一つである『エデストル』から、ゴーレムの調査のためにやってきた人らしい。

ゴーレムのためだけにわざわざオックスターまで来る人だし、かなりの変人だと予想していたのだが……。

指定された喫茶店に着き様子を窺ってみると、意外にも普通の老人が座っていた。

「依頼主のフィリップか？」

俺がそう声を掛けると、目を見開いて驚いたような表情を見せた。

「お、おぬし……ワシは仮にも依頼主じゃぞ？　呼び捨てとは随分雑な扱いじゃな!?」

「すまないな。俺はいくら年上だろうが金持ちだろうが強かろうが、尊敬する人以外には敬語を使う気はない。敬う気持ちがないからな」

「こ、これは……とんでもない冒険者じゃ！　まったく、普通の冒険者というのはおらんもんなのかね」

「いいから、依頼の報告をさせてくれ。――ゴーレムの調査結果だが、地下の遺跡にちゃんと実在した。俺たちが入った瞬間に襲ってきたから、ぶっ壊してしまったけどな」

「ぶ、ぶっ壊した!?　…………むむ、まぁ襲われたなら仕方ないかの。残骸の回収はしてきてくれたかの？」

「ああ。これがゴーレムの体の残骸と、原動力となっていたコアだ」

「お、おお！　――こんなに綺麗にコアを抜き取ってくれたのか！　壊したと聞いて落ち込んでいたけども、これだけ綺麗なコアが取れたなら大満足じゃわい!!」

手放しではしゃぎ始めた爺さん。

『七福屋』で魔導書を買ったときに、店主のおじいさんが喜んでいたときも思ったが、老人が手放しに喜んでいるのを見るのは……なんというかいたたまれない気持ちになる。

「満足ならよかった。それじゃ依頼達成ということで、俺たちは失礼させてもらう」

そう告げて、喫茶店を後にしようとしたのだが、テンションが高い爺さんは俺を呼び止めてきた。

まだ何かあるのかと思ったが、そういうことではないみたいだな。

「待て待て。非常にいい仕事をしてくれたからのう。追加報酬を渡そうと思うのじゃが、いらんかの？」

「別にいらな――」

「あのっ！　おじいさんって魔法使いなんですか？」

提示されていた報酬で十分すぎるくらいだし、俺は断ろうとしたのだが……。

ヘスターが食い気味で話に割って入り、突然そんなことを聞いた。

「ん？　もちろんそうじゃが、お嬢ちゃんも魔法使いなのかい？」

「はい！　あの、私に魔法を指導していただけませんか？」

「それはまた急なお願いじゃな。……うーむ、今回の追加報酬として、ということなら――指導してもいいのかのう？」

顎（あご）に手を当て、そう言った爺さん。

ヘスターに魔法を教えてくれるなら、かなりありがたい。

「クリスさん！　追加報酬として、おじいさんから指導を受けてもいいですか？」

「ん？　ああ。別に追加報酬を受け取る気はなかったから、爺さんがいいって言うならいいんじゃないのか？」

「ありがとうございます！　おじいさん、ご指導よろしくお願いします！」

「おおう。ワシがこの街にいる短い期間だけじゃが、それでもいいというのなら指導してやろう！

久しぶりの弟子じゃから、上手く指導できるかは分からんがのう」

「必死に食らいつきますので大丈夫です！　よろしくお願いします」

こうしてなぜか、ヘスターが変な爺さんに弟子入りした。

初代勇者の仲間がそうだったように、ゴーレムを造り出せるのは魔法使いのみだとヘスターが言っていたしな。

だから依頼を受けたときから、指導をしてもらう算段をつけていたのだろう。

「ということは、しばらくは依頼を受けずに魔法の特訓に明け暮れるってことか」

「すみませんがそういうことになります。大丈夫でしょうか？」

「もちろん。俺も植物採取でよく勝手に抜けているし、強くなるためということなら止めるつもりはない」

「ありがとうございます！」

とは言ったものの、ラルフと二人で依頼を行うとなると色々と怖いものがある。

情報部分に関してはヘスター任せだったからな。

とりあえず今は、明日以降のヘスターがいなくなったときのことを考えなくてはならない。

ヘスターを喫茶店に残し、俺とラルフは依頼達成報告のため冒険者ギルドに向かった。

ついでに明日以降の依頼も吟味しようと思っていたのだが……。

冒険者ギルドに入るなり、ラルフは指をさして驚いたような声を上げた。

ラルフが指をさした人物は、風格のある見慣れない四人組の冒険者たち。

全員が実力者であることが分かり、特に真ん中の——獣人は圧倒的なオーラを放っている。

一瞬は誰だか分からなかった。だが、ラルフの反応、四人パーティ、リーダーである獅子の獣人。これらを考えると、ラルフとヘスターがノーファストで仲良くしてもらったと言っていた、ミスリル冒険者パーティ【銀翼の獅子】だろう。

「おうおうおう！　ラルフじゃねぇか!!　やっぱり冒険者ギルドに来りゃ、会えると思ったぜ！」

「レオンさん！　こんなに早く遊びに来てくれたんですね！」

「別にお前たちに会いに来たわけじゃねぇよ！　近々、オックスター周辺で用事があるっつったろ？　その用事がてら顔を見せに来ただけだ！」

ラルフと豪快に話す、レオンと呼ばれた獅子の獣人。

こんな慕っているようなラルフも珍しいが、確かこのレオンって人に指導を受けたって言っていたもんな。

「でも、また会えて嬉しいです！　どれくらい滞在するんですか？」

「どれくらいだろうな……。既に用事は済ませてきたから暇だしなぁ。まだ正確な期間は決めてねぇや！　それより、ヘスターが見えねぇな！　――それと、後ろの奴は言っていたリーダーか？」

「そうです！　パーティリーダーのクリスです！」

「どうも、二人と一緒にパーティを組んでいるクリスだ。ラルフとヘスターが世話になったみたいで助かった」

「――おっ！　クリスは生意気なタイプか！　こっちもメンバーを紹介するぜ！」

レオンの言葉と共に、後ろに控えていた三人が前へと出てきた。

確か……【斥候】【狩人】【僧侶】の三人だっけか？

くる。

「アタシは狩人をしているジャネット！　アタシがヘスターに命中の極意を教えたんだぜ！」

ジャネットと名乗った女は、俺よりも短い黒髪だが、顔は整っていて姉御肌と呼ぶのがしっくりくる。

右目の上に深い傷があり、服装は身を隠すためか緑一色で、担いでいる弓はシンプルながらも質の高さが窺える逸品。

かなりの実力者であるのは明らかだ。

「私は【僧侶】をしています。ジョイスです。よろしくお願いします」

ジョイスと名乗った……これまた女。

レオンやジャネットとは打って変わって、淡々とした抑揚のない話し方をしている。

特徴的な青髪に幸の薄そうな顔をしているが、こちらも顔が整っているといえるな。

神父のような服装をしており、手には神秘的な装飾が施された長杖（ちょうじょう）が持たれている。

「僕は【斥候のアルヤジ】です。どうぞよろしくお願いします」

最後に名乗ったのは、斥候のアルヤジ。

俺よりも小さく、黒い服装に身を包んだ男。

目元しか見えず、どんな人なのかは分からないが……身のこなしがまさしく強者のそれだ。

【斥候】なんて職業は聞いたことがないが、実力者であることは間違いない。

「さっきも名乗ったが、俺はクリスだ。よろしく頼む」

「いいねー！　俺はクリスみたいなタイプ、嫌いじゃねぇぜ？　どうするよ。時間があるなら、この間みたいに指導をつけてやろうか？」

「本当ですか!?　ぜひつけてもらいたいです！　クリスも指導受けたいだろ？」

「俺は別に……」

そこまで言いかけたが、せっかくの仲良くなるチャンスだ。

依頼も終えたところだし、少々面倒くさいが断る場面じゃないか。

「そうだな。言葉に甘えて指導をつけてもらおうか。ミスリル冒険者の実力も気になるし」

「へーっへっへ！　そうこなくちゃな！　ここら辺でちょうどいい広い場所はあるか？」

「北の平原でいいんじゃないか？　魔物も少ないし、広い平原だ」

「あー、いいね！　近くにいい平原があるので、そこで稽古つけてください！」

北の平原は、インデラ湿原へと向かう際に通るところ。

この間、スキルの試し打ちにも使った場所だな。

「いいぜ！　それじゃ早速向かうか！」

こうして、唐突に【銀翼の獅子】の面々に指導してもらうこととなった。

確実に俺よりも実力を持っている人たち。

いい機会だし、盗める技術は全て盗ませてもらおう。

第八章

銀翼の獅子

オックスターの街を出て、北の平原へとやってきた俺たち。

まずは実力が見たいということで、俺がレオンと模擬戦を行うことになった。

互いに木剣で、様子見なしの全力での勝負。

有効打を三発与えるか、戦闘不能もしくはギブアップを宣言した時点で勝敗が決する。

勝てるとは思わないが、せめて一発は食らわせてやりたいな。

二メートルは優に超えている体を伸ばしながら、ウォーミングアップを始めているレオン。

筋肉もそうだが、それ以上に体のバネが凄(すご)い。

体格差も考えて戦わなければ、あっという間に負けてしまうだろうな。

「それじゃレオン対クリス君の試合を始めるよ！　カウントダウンが終わったら試合開始だからねー！　三・二・一……試合開始！」

【狩人】のジャネットの合図と共に、模擬戦が開始された。

スタートと同時に飛び込んできたレオンは、力任せに剣を振ってきた。

飛び込みの速度、剣の威力も申し分ないが――受け流せる。

振られた剣に刃を滑らせるように合わせ、俺はレオンの一撃を完璧に受け流した。

剣同士ぶつかると構えていたのに受け流されたせいか、レオンは前のめりにバランスを崩した。

完全に無防備となった背中に、俺は木剣を思い切り叩(たた)き落とす。

「いってぇー‼」

レオンの悲痛な叫びが上がり、あっさりと一撃を食らわせることができたことに、俺はニヤつきながら距離を取ろうとしたのだが――。

突如として脇腹を強烈な衝撃が襲った。

前傾姿勢で思い切り背中に打ち込んだし、てっきり倒れると思い込んでいたのだが……。

右足で踏ん張りきったようで、無茶苦茶な姿勢から一撃を叩き込まれた。

片腕で木剣、しかも手打ちなはずなのに――息が止まるほど強烈な一撃。

思わず脇腹を押さえてうずくまりたくなったが、必死に堪(こら)えて距離を取り直す。

「いてて。リーダーだけあって、やるじゃねぇか！　マジで良い一撃だったぜ」

「そっちも、ミスリル冒険者なだけあって無茶苦茶だな」

「お褒めの言葉ありがとうよ！　だけど……残念だが、ここからはもう一方的な試合だぜ！　【加速】【疾風】【能力解放】」

一気にスキルを発動させると、妙な前傾姿勢を取ったレオン。

そして――次の瞬間には俺の視界から消え去り、背後から二発頭に打ち込まれた。

「へーへっへ！　俺の勝ちだぜ！　クリス、まいったか！」

「打ち込まれるまで何も見えなかった。ミスリルだけあって――やっぱ強いんだな」

「クリスもなかなか強かったぜ。初撃を受け流されたときは、一瞬負けがチラついたしな！」

レオンと握手を交わし、模擬戦の感想を言い合う。

最後の攻撃は身体能力とスキル任せで正直言って芸がなかったが、脇腹に打ち込まれた一撃はミスリル冒険者としての強さを感じた。

まだまだミスリルには及ばないのが明確に分かったな。

「それじゃ次は……ラルフとアルヤジがやってみるか？　ラルフも俺としか模擬戦やったことなかったよな？」

「はい！　……アルヤジさんって強いんですか？」

「強い？　強いと言われたら強いし、弱いと言われたら弱いな！」

「ええ。その表現が合っていると思います。僕は強いと言われれば強いですし、弱いと言われれば弱いですね」

レオンの曖昧な答えにアルヤジも同意した。

ラルフはそんな返答に首を傾(かし)げている。

「よく分かりませんが、まぁどっちでもいいです！　アルヤジさん、よろしくお願いします！」

「はい。ラルフ君、よろしくお願いしますね」

レオン以外ははたしてどうなのか。

ラルフも俺との模擬戦で十回に二回は勝つぐらいだし、決して弱くないからな。

この一戦でアルヤジ……【斥候】の能力等も見られるはずだ。

打ち込まれた脇腹を濡れた布で冷やしながら、俺はラルフ対アルヤジの一戦を見守る。

「それじゃ、俺が今回は審判を務めるぜ！　スタートの合図は変わらずだ！　いくぜー、三・二・一……試合開始！」

レオンの掛け声と同時に試合が開始されたのだが、アルヤジはその場から一歩も動かず、ラルフの動向を窺っている。

ラルフはアルヤジが出てこないと悟ったのか、地面を思い切り蹴って攻撃を仕掛けにいった。

大きく回り込むように旋回しつつ、攻撃できる隙を窺うラルフのお得意の攻撃パターン。

足の怪我でこれまで自由に動けなかった影響か、空間を大きく使う攻撃方法が好きなラルフは、無駄に駆け回ったり跳んだりする攻撃を好んで仕掛けてくる。

無駄が多いように見えるのだが、意外と対処が難しく厄介なんだよな。

俺はアルヤジ側に立ち、ラルフの攻撃にどう対処するか頭を悩ませていると……。

アルヤジの雰囲気が一瞬だけ変わったのが分かった。

背後に回られても一切ラルフに視線を向けず、死角となる真後ろを取られているのに——なぜかアルヤジが負ける未来が見えない。

なぜ俺がこんなことを思ったのかも分からないが……。

俺の想像通り、背後から一気に攻撃を仕掛けたラルフの攻撃は、アルヤジに触れることはなかった。

まるで背中に目がついているのかと思うほど、完璧なタイミングで頭を下げてラルフの攻撃を躱すと、流れのままで太腿、腹、そして——頭と、攻撃をすかされたラルフに三連撃をくらわせた。

「はいー！　アルヤジの圧勝だな！　ラルフー、もっと慎重にいけって教えたろうが！」

「だ、だって、完全に俺を見失っていたじゃないですか!?」

「見失ってないよな？　完璧にラルフの存在を捉えていたぞ！」

「えー、本当ですか!?　だって、俺の方を見てすらいませんでしたよね？」

「目で見てはいませんでしたが、感じてはいました。視線を向けなければ、単調な大振り攻撃を仕掛けてくるだろうなというところまで、僕は予想済みでしたよ」

模擬戦後、そんな会話をしているラルフとアルヤジ。

……傍(はた)から見ていたが、俺も何をしたのかさっぱり分からなかったな。

俺の索敵能力の上位互換のようなものか？

適性職業が【斥候】だし、その可能性はあるだろうが……それにしては、見えすぎていた気がする。

三人の会話を聞きながら色々と思考してみたのだが、結局答えは出ない。

モヤモヤした俺は、アルヤジに直接聞くことに決めた。

「あの、どうやってラルフの攻撃を予見したんだ？　気配を読むにしても見えすぎていた気がする」

「見えすぎていたという感覚で合っていると思いますよ。僕はスキルを使っていましたので」

スキル……？　いつどこでスキルを使ったんだ？

戦闘中はスキルを使っている様子はなかったし、戦闘前からスキルを使っていたのか？

いや、戦闘前にも使う様子は見せていない。

だとするならば、俺の【毒無効】のように常時発動されるパッシブスキルか……もしかして戦闘中に一瞬だけ様子が変わったときか？

「戦闘中にスキルを使ったのか？　一瞬だけ雰囲気が変わった気がした」

「——おっ！　クリス君は相当感覚が良いみたいですね。……正解です。僕はスキルの発動を自在に使い分けられるんですよ」

なんてことないように言った一言に、俺は衝撃を受けた。

スキルの発動の使い分けは、俺が密かに目指そうと思っていた形。

まさか、その使い分けを完璧に行える人がいたとは……。

これはなんとしてでも、アルヤジに指導してもらうしかない。

「なぁ、アルヤジ。俺に指導をつけてくれないか？」

「…………え？　僕がクリス君に指導ですか!?　僕が教えることなんて何もないと思いますけど。戦闘技術ならレオンさん。遠距離攻撃ならジャネットさん。魔法、回復術ならジョイスさん。さっきも言いましたけど、僕は弱いと言われれば弱い程度の実力ですからね？」

「それで構わない。頼む、俺はアルヤジに指導をお願いしたい」

俺が頭を下げたことで、アルヤジだけでなく他の【銀翼の獅子】の面々も驚いたような表情を見せた。

「本人も言っているが、アルヤジは指導ってタイプじゃねぇと思うぜ！　ラルフとまとめて俺が指導してやるから安心しろ！」

「いや、俺はレオンに指導を受けるよりも、アルヤジに教わった方が強くなると思った。……だから、アルヤジ。指導をつけてくれ」

再び頭を下げてのお願い。

アルヤジは困ったような表情を見せたが、俺が本気だということを悟ったのか、渋々ながら頷いてくれた。

「……分かりました。そこまでお願いされたら、断ることはできません。クリス君の指導は僕がつけます。合わないと思ったら、すぐに他の人に指導をお願いしてくださいね」

「ああ。本当に助かる」

「…………やっぱクリスは変わってんな！　アタシやレオンじゃなくて、アルヤジに師事するなんてさ！」

「確かにそうですね。でも逆を言えば、アルヤジさんの強さに気がついたということでもありますから……。やはりセンスはあるんじゃないでしょうか」

「そうかもしれねぇな！　伊達にラルフやヘスターが慕っているわけじゃなさそうだ！　ちーっと生意気だが、この若さにしては腕も立つしな！」

俺はアルヤジに指導をつけてもらうことになり、そのことに対して【銀翼の獅子】の面々が各々感想を述べている。

ラルフは前回同様、レオンに指導してもらうことになり、手持ち無沙汰となったジョイスはレオンのサポート。ジャネットは、アルヤジのサポートに回ることになったようだ。

「さて、クリス君はなんで僕に指導してもらおうと思ったんですか？　どのような稽古をつけるかの参考にしたいので、ぜひ教えてもらえると助かります」

「そうそう！　普通ならレオン一択だろ！　ド派手だし、つえーし、かっこいいしな！」

「俺は別にかっこよさを求めていないからな。純粋な強さを求めたとき、アルヤジに指導してもらうのが一番の近道だと思った」

「うーん……。具体的に教えてもらってもいいですか？」

「まずは戦闘中における視野の広さ。それから体捌き。あとは――スキルの使い方」

ラルフとの一戦を見て、背丈も低く身体能力もさほど高くないアルヤジに、言い知れぬ強烈な強さを感じた。

根拠もなしに、絶対に負ける未来がないと思うほど――。

それが戦闘中の視野の広さなのか、背後を取られていながらも三連撃を食らわせることのできる体捌きなのか、はたまたスキルの使い方なのか。

どれかは分からないが、どれにせよ俺が大きく成長するための重要な要因になるはず。

「うーん、ピンとこないな！　視野ならアタシの方が広いし、体捌きならレオンだろ！　まぁスキルの使い方はアルヤジだろうが……。スキルなんかに使い方なんてねぇだろ！」

「…………ジャネットさん。ちょっと向こうのサポートに行ってもらえますか？　クリス君には僕一人で指導します」

「はへ？　どうした？　急に」

「少し気が変わったので、お願いします」

なぜかジャネットを追い出し、俺と一対一の状況にしたアルヤジ。

先ほどまでの穏やかな目ではなく、少し気合いの入った様子に変わっている……気がする。

「さて、うるさい人がいなくなりましたので、少し僕の話からしましょうか？」

「……結構、毒吐くんだな」

「事実ですからね。僕は何度も言った通り――強いと言われれば強く、弱いと言われれば弱いです。

この言葉の意味が分かりますか？」

「能力値は低いってことか？　強者ではあるが、レオンと比べると明確に弱いのが分かる」

「見事ですね。正解です。僕は敏捷性以外は、さほど能力値が高くありません。……ですが、代わりにスキルを十八個持っているんです」

「十八個？　全て『天恵の儀』で授かったのか？」

「そうですね。決して高いとはいえない能力値でしたが、そのスキルの数のお陰でこうして冒険者をできているんです」

なんとも言えない強さを感じていたが、それはスキルの数によるものだったか。

底が見えないというかなんというか……上手く言い表せない感覚の正体が掴めた気がした。

「僕が戦闘中に一番注意しているのは、適切なスキルの選択とその切り替えの速度なんです。ですから、僕がクリス君に教えられるのは、スキルに関してのことだけですね」

「十分すぎる。……というか、それが一番教わりたいことだ」

「それなら僕が指導するのはアリですね。早速指導に入りましょうか」

軽くお辞儀をしてから、早速アルヤジの指導を受けることになった。

この人は、弱いながらも長所を活かして戦ってきた人。

いい指導を受けさせてもらえそうだな。

「まずはスキルの発動と解除を練習しましょう」

「発動と解除。発動は普通に発動させればいいんだよな？」

「ええ、そうです」

「【肉体向上】」

俺は言われた通り、スキルを発動させた。

【肉体向上】の効果で、一気に体が軽くなり力が漲り始める。

「次にそのスキルを解除してください」

「——解除させた。これでいいのか？」

「はい。この練習をとにかく行いましょう。見ていてくださいね。【隠密】——どうですか？」

「確かにスキルの発動と解除が異様に速いな。発動したと同時にスキルが切れているレベルだ。……でも、この練習って意味があるのか？」

「もちろんです。スキルほど体力を使うものはないですからね。僕の場合は体力も人並み以下でしたので、十八個のスキルを全て有効に使うという意味で、このスキルの高速発動、解除は必須でしたが……。普通の人にとっても、スキルを自在に操ることは絶対にできた方がいいです」

俺もこれからスキルが増えていくと仮定すれば、スキルの発動と解除を自在に操れておいて損はない。

【要塞】に至っては、ガードの一瞬だけ発動できるようになれば、大幅に使いやすく超有用なスキルに早変わりするもんな。

スキルの発動と解除の切り替えが重要だと気がついた俺は、アルヤジの合図に合わせて、ひたすらスキルを発動させては解除するという行為を続けた。

アルヤジが拍手をしながら、俺はただ立っているだけという構図はかなり変だったのか、レオンたちの視線を強く感じながらも、必死にスキルのオンオフの特訓を行った。

特訓を始めて約二時間くらいだろうか。

ただ立ってスキルの発動を繰り返しているだけなのに、酷く疲れを感じていて膝も疲労で震え始めている。

　スキルの発動には俺が思っている以上に体力を使うことと、解除に手間取っても体力の消耗が激しいことが分かった。

　……にもかかわらず一向に上達する気配がなく、アルヤジは一瞬で発動と解除を行えるのに、俺は完全に発動しきってからでないと解除ができないのだ。

「そろそろやめにしましょうか。初日にしてはなかなか上達したと思いますよ」

「……お世辞はいらない。上達していないことは自分でよく分かっているからな」

「クリス君は自分に厳しいタイプの人のようですね。そんな簡単に会得できたら、僕の立場がありません。決してお世辞ではなく、初日でこれだけのスキルの発動と解除の回数をこなせれば十分ですよ」

　俺の肩を叩き、そう励ましてくれるアルヤジ。

　色々と丁寧だし、本当に良い人なんだな。

「確かにそう簡単に会得できるわけはない――か。なぁ、もう一度手本を見せてくれないか？」

「お手本ですか？　もちろんいいですよ。……そうですね、実戦形式でお見せしましょうか？」

「実戦形式でいいのか？　俺に手の内を見せることになるぞ？」

「ふふふっ、それは今更ですよ。ラルフ君との試合でも見せましたし、見たからといってどうこうできるわけじゃないですから」

「そういうことなら、お言葉に甘えさせてもらう」

「クリス君はスキルを使わなくていいですからね。体力も限界に近いですし、僕のスキルの使い方だけを注視してください」

アルヤジはそう言って木剣を構えた。

俺も少し距離を取り、言葉通りスキルの使い方だけに意識を向けて対峙する。

「いつでもどうぞ」

その言葉と同時に、俺は攻撃を仕掛けにいく。

アルヤジの言う通り、体力の限界は近いがダラダラとやるつもりはない。

本気で倒しにいきつつ……アルヤジの動き全てを脳内に叩き込む。

僅かな筋肉の動きも見逃さないよう凝視しながら近づいていくが、間合いに入ってもなお、アルヤジが動き出す気配はない。

動かないのであれば――本気で打ち込むだけだ。

地面が抉れるぐらい踏み込み、木剣を構えたまま動かないアルヤジに対し、俺が上段斬りを打ち込んだその瞬間。

目の前にいる人間が、全くの別人に変わったような感覚に陥る。

筋肉量、感知能力、放たれる圧まで全てが変わり、俺が先に打ち込んだはずなのだが――後から動き出したアルヤジの木剣は、先に俺の胴部分へと打ち込まれた。

それからすぐに普段のアルヤジへと戻り、一歩下がって距離を取ってきた。

………正直、意味が分からない。

ゾーン状態だったから全て感知できていたが、この現象がありえるとするのならば、複数のスキルを同時に発動させた――だ。

グリースや俺が行っているように重ね掛けをしていくのではなく、全てが一気に発動されている。ついでに言うならば、複数のスキルの解除も同時に行われた。

そしてもう一つ気になったのが、アルヤジは言葉を発することなくスキルを発動させていること。小さく呟くとかでもなく、完全に無言のままスキルの発動に至っている。

「……………凄いな。実際に打ち合ってみたから分かったが、とんでもない技量だ。スキルをそういう風に扱う発想も凄い」

「随分と褒めてくれますね。お世辞だとしても、久しく褒められることなんてなかったので嬉しいです」

「いや、お世辞なんかじゃない。今行ったのはスキルの同時発動か？」

「──っ！　クリス君、よく分かりましたね。一回の打ち合いで気づかれたのは初めてですよ」

「やはりそうだったか。それと、スキルの発動を口に出さずに行っているよな？」

「ええ。こちらは誰でもできるようになると思います。まぁ意識しないと一生できないと思いますが……。スキルの発動は、口に出さずともできるということだけ頭に入れておいてください。これがスキルを高速で発動、解除させる一番の近道です」

この人は本当に凄い。

まだ垣間見えているのはスキルの発動と解除に関することのみだが、それだけでも練度の高さと工夫が見られる。

なんとかして有毒植物に辿り着いた俺と似たような……底知れぬ執念が感じ取れた。

「アルヤジさん。本当に参考になった」

「あれ……？　急にさん付けですか？」

「尊敬する人には敬称をつけると決めている。アルヤジさんで二人目だな」

「二人目ですか？　それは大変光栄ですね。ちなみに一人目はどなたなんですか？」

「レアルザッドって街で質屋をやっている人だな。俺の命の恩人でもある人だ。……それよりも、もっと実戦形式で見せてもらってもいいか？」

「もちろんです。僕の体力がもつまでお見せしますよ」

こうして俺は何か一つでも盗めるように、何度も攻撃を仕掛けては防がれてを繰り返し、アルヤジさんの体力が尽きるまで付き合ってもらった。

まだ全然理解の範疇（はんちゅう）にないが、それでも学ぶべきは呼吸の取り方やスキルを発動する前の動作。

細かい部分に注力して見たことで、少しは自分に落とし込むことができた気がした。


平原を後にしたのは、日が暮れ始めてからだった。

俺とアルヤジさんがヘトヘトなのはもちろんのこと、ラルフも三人がかりで教えてもらっていたからか、力尽きてレオンの背中で眠ってしまっている。

「へいへーい！　そっちはどうだったんだ！　アルヤジから何か教わったか？」

「ああ。かなり有用なことを教えてもらった。アルヤジさんのお陰で一気に強くなる道が見えた」

「アルヤジ——さん？　なんでアルヤジにさん付けしてるんだよ！　アルヤジを師匠と認めたのか？」

「師匠というより尊敬に値する人と認めた。……それよりレオン。ラルフの方はどうだったんだ？」

「うぉい！　なんで俺は呼び捨てなんだよ！　模擬戦でクリスを叩きのめしただろうが！　それに俺はアルヤジの所属するパーティのリーダーだぞ！」

「レオンには能力差で叩きのめされただけだ。この調子ならそのうち勝てるからな。尊敬はしない」

「くっそぉ！　まったく本当に生意気な野郎だな！　アルヤジ、よく手懐けたな！」

「いやいや、勝手にさん付けで呼び始めてくれただけです。僕は普通に稽古をつけていただけですよ」

「レオン。そんなことはいいから、ラルフはどうだったか教えてくれ」

それから、レオンの口からラルフの修行についての進捗を聞いた。

どうやら話によると、ラルフも順調に稽古を重ねることができたようだ。

特に守備面では突出した才能があるようで、何度もレオンの本気の一撃を止めたと嬉しそうに語っていた。

……やはり【聖騎士】としてだけでなく、守備に関してラルフは図抜けた才能を持っているんだな。

「でもよ、なんでラルフに壁役を任せないんだ？　ラルフが壁役をこなせば、プラチナランクの依頼だって余裕でこなせるはずだぜ！　能力が低いのにあれだけ完璧に動けるんだからな」

「それはレオンがラルフを過少評価しているだけだ。俺はラルフが世界一の冒険者になると確信しているからな。守備にだけ特化させるのはもったいないと思っている」

「せ、世界一？　急に何を言っているんだ？」

「何ってそのままの意味だ。ラルフは世界一の冒険者になる。守備面だけに特化させたら世界一にはなれない。――理解できたか？」

「お前……それ、本気で言っているのか？」

「俺が嘘を言っているように見えるのか？」

冗談だと思っているレオンに、俺は真剣な眼差しでそう告げる。

「……本当に冗談じゃなく、本気なのかよ！　とんでもねぇな！」

「人生は一回しかないからな。糞みたいな、中途半端な人生を送るのはもったない」

「ひゅー、クリスはかっこいいね！　レオンも昔はこうだったのになぁ！」

「いやいや、俺はこんなに無鉄砲じゃなかっただろ！」

「いえ、無鉄砲でしたよ。僕には世界最強になるって、陰で言っていましたからね」

「おい、アルヤジ！　余計なことを言ってんじゃねぇよ！」

「レオンもそうだったんだな。……なぁ、なんでレオンはその夢を諦めたんだ？」

俺が真剣な表情でそう尋ねると、下を向いたまま黙りこくったレオン。

さっきまでのノリで明るく適当なことを言うかと思ったが……どうやら真剣に考えてくれているみたいだ。

「…………高みってやつを知ってしまったからかもな。どう足掻いても到達できない高みをよ」

「ふーん。――なんかダサいな」

「あーっはっはっは！　レオン、ダサいだってよ!!　気に入った！　アタシはクリスが気に入ったよ！」

「俺はクリスが苦手だ！　くっそ。なんでこんな生意気なんだよ！」

「そうでもないですよ。僕の指導にはしっかり従ってくれますし、敬称もつけてくれますしね」

こうして【銀翼の獅子】の面々と会話をしながら、オックスターへと帰還した。

夢は誰でも叶うとは思わないが、俺は死ぬまで諦めずに悔いのない人生を歩みたい。

レオンとの話で強くそう思ったし、このチャンスを逃さないためにも全力で学ばせてもらおう。


アルヤジさんに師事してから、約二週間が経過した。

なんだかんだ【銀翼の獅子】の面々は、この二週間付きっきりで俺とラルフに指導をつけてくれ、ヘスターが爺さんに魔法を教えてもらっている期間、俺たちも修行に打ち込むことができた。

「クリス君。この二週間で、スキルの発動と解除がかなり上達しましたね。僕なんかよりも何十倍もセンスがありますよ。一日での成長も、今までで見たことがないレベルで強くなっていっていましたから」

「アルヤジさんの指導が良かったからだ。……それに、無詠唱でスキルが使えるようになっただけで、同時にスキルを発動させることはできないままだったしな」

「それは前にも言いましたが、そう簡単に会得できたら僕の立場がないですから。基本的な練習方法と心得は伝授したつもりですので、毎日練習していつか使えるようになればいいんです」

「確かにそうだな。……アルヤジさん、二週間本当にありがとう。実に濃い二週間を過ごすことができたのは、全てアルヤジさんのお陰だ」

「こちらこそありがとうございました。またいつか……次はノーファストでお会いしましょう。街を案内しますから」

「ああ。次は俺たちが遊びに行く。その時は街を案内してくれ」

アルヤジさんとガッチリ握手を交わし、別れの挨拶を済ませた。

ラルフとレオンも挨拶を済ませているようで、暑苦しい言葉をかけあっている。

「それにしても……ヘスターはこの二週間、一度も稽古には顔を出さなかったね！　アタシも弟子に稽古つけたかったんだけど！」

「ヘスターはちょうど、別の人に指導を受けているからな。朝は早く、夜は遅く。俺とラルフも一度も会えていないし」

「……え？　それって大丈夫なの？　変な爺さんじゃないよね!?」

「分からんが、見た感じは大丈夫だと思う。最後くらいは【銀翼の獅子】の面々に挨拶させたかったんだがすまないな」

「それは別に大丈夫だよ！　アタシが会いたかったたってだけで、いつでも会える距離だからさ！」

【銀翼の獅子】の面々にも説明した通り、ヘスターはこの二週間ほぼ毎日朝から夜中まで爺さんの元へと通っていた。

ゴーレムなんてものを扱おうという魔法使いだけあって、俺が想像しているよりも凄い人なのかもしれない。

「それじゃ、俺たちはもう行くぜ！　ラルフ、修行は欠かさずに行えよ！　クリスも……次会うときは敬わせてやるからな！」

「いや。次会うときは、レオンよりも強くなっておく」

「無理に決まってんだろ！　ばーかっ！　――って言いたいところだけど、クリスはこえーからなぁ！　俺よりも強くなっていること、期待して待っているぜ！」

　レオンはそう爽やかに笑い、片手を上げながらノーファストへ向けて歩きだした。

　俺も手を振り返して見送ろうと思ったのだが、一つ伝え忘れていたことがあったのを思い出し、慌ててレオンを引き留める。

「すまん。一つ伝え忘れていたことがあった」

「おいおい！　いい感じで別れの挨拶を済ませたのに、これじゃ締まらねぇだろ！」

「そんなのはどうでもいい。——伝え忘れていたことだけど、ノーファストで俺を探している人物がいるから気をつけてくれ。外で会話するときは〝クリス〟の言葉を発しないように徹してほしい」

「なんじゃそりゃ？　一から十まで意味が分からねぇ」

「クリスさんはお尋ね者なんですか？」

「まぁ……そんなところだな」

　彼らはミスリル冒険者だし、実力もある。

　わざわざ注意するほどのことでもないだろうが、気をつけるに越したことはない。

注意しなければ、【銀翼の獅子】の面々を巻き込むことになる可能性もあるしな。

「とりあえず、ノーファストではクリスの名前を言わないように気をつければいいんだろ？　分かったぜ！」

「それだけでなく、接触してきた人物にはくれぐれも注意してくれ。何かあってからでは遅いからな」

「大丈夫だっての！　クリスの情報は漏らさねぇからよ！」

「そうじゃねぇよ。そっちの心配をして言っているんだ。……とにかく注意しろよ。俺の追手の分かっている情報は片腕がなく、額に傷のある男だ」

「分かった分かった！　詳しい情報までは必要ないっての。——それじゃ今度こそさよならだな！二人共、元気でいろよ！」

忠告をあまり気に留めることなく、豪快に笑いながら再び歩き始めたレオン。

それからアルヤジさん、ジャネット、ジョイスの三人も、各々俺たちに手を振りながら歩きだしていった。

「クリス、良い人たちだっただろ！　【銀翼の獅子】のみんなは！」

「そうだな。全員良い人だった。実力もちゃんとあったしな」

「だろ？　俺はレオンさんみたくなりたい！」

「……うーん。レオンはやめとけ。通過点としてならアリだけどな」

「ずっと気になっていたんだけど、レオンさんに当たり強すぎだろ！　本当に凄い人なんだぞ！」

「別に当たりは強くねーよ。アルヤジさん以外はフラットだ。……それより、爺さんのところへ行こうぜ。ヘスターが気になる」

「確かにな！　結局、二週間ほとんど顔見てねーぞ。毎日帰ってきてはいたみたいだけどよ！」

【銀翼の獅子】を見送った俺たちは、ヘスターの様子を見に行くことに決めた。

最初に聞いた話によれば、ゴーレムを破壊した遺跡で魔法の稽古をつけてもらっているらしい。

俺たちがゴーレムを破壊したことで、爺さんも自由に遺跡を見て回れるから、稽古と調査を同時にできて都合がいいようだ。

俺とラルフは二人で南西の遺跡へと向かった。

更地にぼっこりと穴が開いている遺跡。

階段を下りていくと、遺跡の中から轟音が聞こえてくる。

扉が閉まっているにもかかわらず、魔法の音が漏れ出ているようだ。

魔法についてはよく分からないが、何やら凄いことが起こっているということだけは分かる。

期待を込めつつ、重く閉ざされた扉を押し開けると――。

目が眩むような強烈な光が、正面から飛び出してきた。

【肉体向上】【要塞】

咄嗟に無詠唱でスキルを発動させる。

即座に鉄の盾を構え、飛んできた光――唸るような炎の球を弾き飛ばした。

「な、なんだいきなり!? 今のは【ファイアボール】か？」

「ああ。多分そうだと思う」

一切の警戒もしていなかったから、かなり危なかったな。

アルヤジさんの指導がなければ、普通に大怪我を負っていてもおかしくなかったぞ。

一つ息を吐いてから遺跡の中の様子を見てみると、遠くの方にヘスターが見え、その更に奥には爺さんの姿も見える。

【ファイアボール】を放った先に俺たちがいたことに気がついたらしいヘスターは、酷く慌てた様子でこっちに駆け寄ってきた。

「ラルフ、クリスさん！ 大丈夫ですか!? け、怪我は……？」

「大丈夫だ。間一髪のところで弾き飛ばしたからな」

「そうですか……。直撃していなかったみたいで本当によかったです」

俺たちの無事を確認すると、ホッと胸を撫でおろしたヘスター。

あの威力の魔法だし、ヘスターのこの心配具合も決して大袈裟ではない。

「それにしても、魔法の練習は順調なようだな。今の【ファイアボール】も、これまでとは桁違いの威力だった」

「はい！　フィリップさんのお陰でかなり上達したと思います。……それと、今のは【ファイアボール】ではなく、【フレイムボール】という中級魔法ですね！」

「中級魔法!?　ヘスター、お前初級魔法から脱却したのか？」

「この二週間、死に物狂いで特訓しましたからね！　ラルフとはちょっと差が生まれちゃったかもね」

胸を張り、そう威張ったヘスター。

ラルフは口をあんぐりと開け、かなり焦った様子を見せている。

「だからあの威力だったのか。一気に強くなったな」

「はい！　フィリップさんはあと数日間だけオックスターに残るみたいですので、ここを発つまで指導を受けようと思っているんですが大丈夫ですかね？」

「ああ、構わない。二週間ほぼすれ違っていたから、様子を見に来ただけだ」

「そうだったんですね。顔を見せずにすみませんでした。……そちらはどんな感じですか？　依頼をこなしているって感じでしょうか？」

「残念だが、ヘスターだけが修行していると思うなよ！　実はな、【銀翼の獅子】さんたちが来て、俺もクリスも指導を受けていたんだよ！　さっき帰っちゃったけどな！」

胸を張り、ヘスターにそう告げたラルフ。

今度はヘスターが口をあんぐりと開け、焦った様子を見せた。

「な、なんで言ってくれなかったんですか!?　挨拶ぐらいはしたかったです！」

「そんなの無理だろ！　俺たちが寝た後に帰ってきて、起きたときには宿にいないんだからよ！」

「うぅ……。ジャネットさんに挨拶したかった……」

「大丈夫だ。ジャネットもヘスターに会いたがっていたから」

「クリスさん……。それって全然、大丈夫とは言わないですよ」

そんなに会いたかったのか、あからさまにがっくりと肩を落としたヘスター。

まぁ良い人たちではあったから、ノーファストにいたときに相当よくしてもらっていたんだろうな。

「ヘスター。早く続きを始めるぞい！」

「……すみません。呼ばれてしまったので、もう修行に戻りますね。わざわざ来ていただきありがとうございました！　必ず強くなりますので、あと少しだけ修行に打ち込ませていただきます」

「ああ、頑張れよ。俺たちもその間に少しでも強くなっておく」

ヘスターと別れ、俺たちはすぐに遺跡を後にした。

初級魔法を脱却し、中級魔法の習得へと移行しているヘスター。

アルヤジさんに指導してもらって強くなったつもりでいたが、これはうかうかしている暇はなさそうだ。

翌日。俺は一人でカーライルの森へとやってきていた。

ヘスターはもちろん魔法の特訓で、ラルフは俺がカーライルの森へ行くということで残って自主トレ。

ラルフには悪いが、俺はオンガニールの実の様子を見に来たというわけだ。

前回からの期間から考えて、グリースのオンガニールの実がそろそろまた生(な)っていてもおかしくない。

スキルはもう手に入らないだろうが、グリースの実は身体能力が大幅に上昇するからな。

あまり食べたくはないけれど……体力が8、筋力が11、耐久力が13も上がるとなれば、食べないという選択はない。

あれこれ考えながら森を進んでいくうちに、あっという間にオンガニールの自生地に辿り着いた。

前方から重苦しい空気が漂ってきており、前回から更に嫌な空気を発しているのを感じ、少し期待が高まってくる。

「見えた。グリースの死体はちゃんと残っている。……それと、オンガニールの実も生っているな」

俺はそう大きめの独り言を呟いた。

グリースの死体から生えた木にしっかりとオンガニールの実が生っているのが見え、テンションが一気に上がる。

実をもぎ取って回収し、グリースの黒に近い緑色のオンガニールの実を二つ回収した。

この場で食べてしまいたい気持ちもあるが、味を考えると、何も準備せずに食したら吐き出す可能性もある。

袋に入れてキチンと密封し、二つのオンガニールを持って拠点へと戻ることに決めた。

道中でも軽く考えていたが、そろそろオンガニールの新しい宿主を見つけないといけない。

まだ枯れそうな感じはなかったが、今回、ゴブリンのオンガニールが枯れていたので、オンガニールが割と短期間で枯れるのは確定だろう。

一週間の捜索で見つからなかったことからも、新たなオンガニールを見つけるのは困難なため、途絶えさせないように新たな宿主を見つけ続けなくてはいけない。

しばらくの間は、宿主としてよさそうな魔物の討伐依頼を狙ってもいいかもしれないな。

こなす依頼について考えつつ、俺はオンガニールの実を持って拠点へと戻ったのだった。


オンガニールの実を回収してから、一週間が経過した。

先日ようやくヘスターが魔法の特訓を終え、パーティに復帰したことでゴールドランクの依頼をこなす日々を過ごしている。

ヘスターの中級魔法は凄(すさ)まじく、ゴールドランクの魔物でも二、三発で倒すことのできる超高火力。

更に初級魔法の時から取り組んでいた、命中率ではなく威力の高い魔法を使うという戦法が影響しているのか、その猛威をいかんなく振るっていた。

ラルフもレオンから教えてもらった経験を活かし、アタッカーとしての動きがより良くなり、単純な攻撃力も増しているように思えるのだが……。

晴れやかな表情をしているヘスターと対照的に、どこか浮かない表情をしているのが目につく。

ラルフは中級魔法を覚えたヘスターに対して、何かしら思うところがあるのかもしれない。

俺から言わせてもらえば、ラルフも十分すぎるほどの成長を遂げていると思うのだけど、直接そのことを伝えてもラルフの表情が変わることはなかった。

そして、俺はというと……新たに採取したグリースのオンガニールの実で新たに二つのスキルを獲得した。

一つ目は【戦いの舞】。二つ目が【聴覚強化】。

二つとも自分でスキルを発動させるタイプのスキルであり、【戦いの舞】は体を震わせることによって、【肉体向上】と同じく身体能力を上昇させることができるスキルなのだが、面白いのが震わせた部位に能力上昇を全て注ぎ込めるという点。

全身を震わせた場合には、平等に効果が行き渡って【肉体向上】の下位互換の能力上昇があり、腕だけを震わせたのであれば腕だけに大きな効果の能力上昇が乗る。

更に限定させ、左腕だけを震わせた場合には、左腕に全ての能力上昇効果が付与されるというわけだ。

【戦いの舞】は使い勝手もよく、非常に面白いスキル。

スキルを発動させてから、体を震わせなくてはいけない点だけがネックだが、それを踏まえても非常に有効なスキルとなっている。

二つ目の【聴覚強化】は、その名の通り聴覚を強化するスキル。

これで不意を突かれることもなくなるだろうし、戦闘中に使えば細かな変化も察知することができるのはかなり強み。

ただ【要塞】ほどではないが体力の消費が大きく、体力の限られている中では、使いどころは限定されるだろうけど……こちらも断然使えるスキルだと言える。

――と、俺の近況はこんなものだろうか。

オンガニールのお陰で急激な成長を遂げることができており、有用なスキルに加えて能力の大幅な上昇も確認できた。

このまま無事に成長していければ、近い将来必ずクラウスに追いつくことができる。

そう確信が持てるくらい、オンガニールの効能は凄まじい。

そんなことを考えながら三人で冒険者ギルドへと向かっていると、ヘスターが話しかけてきた。

「クリスさん、今日は何の依頼を受ける予定ですか？」

「北東の山林地帯に生息する、レッドコングの討伐依頼を受けようと思っている」

「レッドコング……？　あっ、確か特別報奨金がかけられている魔物でしょうか？」

「俺も何度も見たことあるぞ！　討伐推奨プラチナランクの魔物だろ？　追加の報奨金も合わせて、白金貨五枚の超高額依頼！」

「でも、プラチナランクの依頼って受けられるんですか？　私たち、まだゴールドランクですよね？」

「副ギルド長に聞いてみたら許可をくれた。レッドコングの被害が大きく、特別報奨金を設けたはいいものの……依頼を受けてくれる人が一人もいなかったみたいだからな」

「そりゃ……。唯一のプラチナ冒険者を俺たちが始末しちまったもんな！」

「そういうことだ。俺たちが受けなければ誰も受けないままだろうということもあって、実績もあることから許可を貰うことができた」

副ギルド長と仲良くなってよかったと常々思う。

色々と融通を利かせてくれるし、様々な情報も教えてくれるからな。

「そういうことでしたら、依頼を受けることに関しては何も問題ないんですね！　……実力的な方でいったらどうなんですか？」

「かなりの強敵だとは思うが、今の俺たちならいけると思っている。レッドコングは、火属性の攻撃を中心に近接戦を得意とする魔物。俺が攻撃を全て抑え込み、ヘスターが水か氷属性で攻撃を加えてラルフが斬撃ダメージを与えてくれれば、問題なく倒せるはずだ」

「へー！　戦い方としてはゴーレムに近い感じか？」

「そうだな。ゴーレムの強化版みたいな感じで考えていいと思うぞ」

今戦うべき魔物かどうかかなり微妙なラインで、ここ一週間ずっと頭を悩ませていた依頼なのだが……。

ヘスターの中級魔法の威力を見て、俺はいけると確信を持つことができた。

倒すことができれば白金貨五枚の高額報酬に加えて、一気にプラチナランクに近づくことになる。

それになんといっても……オンガニールの宿主とするのに最適な魔物。

北東の山林地帯は、東のカーライルの森から近いため、運び込むのにそこまで苦労しないはず。

心臓を潰さないように戦わなくてはいけないという縛りが生まれるわけだが、俺が完璧に押さえ込めれば、その条件も難なくクリアできる。

ということで俺たちは、レッドコングの討伐のため依頼を受注してから北東の山林地帯を目指すこととなった。

レッドコングの依頼を受けた日の夜中。

予想していたように、レッドコング自体は余裕で倒すことができた。

心臓を潰さないように倒すことだけが少し厄介だったがそれも無事にクリアし、高報酬の依頼を達成したと共にオンガニールの宿主を確保することにも成功。

そこまでは俺もほくほく顔だったのだが、北東の山林地帯からカーライルの森まで運ぶのに時間がかかり、宿に戻ってくるのがこんな夜遅い時間になってしまった。

二人は依頼報告もあるので先に帰らせたため、一人でレッドコングを運んだこともあってフラフラの中、ようやく宿が目の前に見えてきたのだが……。

俺はいつもと違う違和感のようなものを覚えた。

地面を凝視して見てみると、血のようなものが線のように宿の入り口まで続いており、その血の線を目で追っていくと入り口から少し離れた場所に誰かが倒れているのが見えた。

体の大きさから推察するに、ラルフやヘスターではないことだけは分かる。

血の量からも分かる通り重傷を負っているようで、倒れている人物からは気配もほとんど感じられない。

頭を過(よぎ)ったのは、ノーファストで俺を探しているという男。

ただ、腕は二本あるように見えるし、その男の人物像ともかけ離れている気がする。

頭の中で色々と考察をするも、結局誰だか予想をつけることができなかったため、俺は警戒しながらも宿の前で倒れている人物に近づく。

かなり近づき、その全身がしっかりと見えたところで――――俺は倒れている人物が誰なのかを一瞬で理解することができた。

「………アルヤジ――さん？」

倒れている人物……恐らくアルヤジさんに俺は声を掛けたのだが、倒れたまま動く気配がない。

急いで駆け寄り、うつ伏せで横たわっているのをゆっくりと仰向けにする。

お腹の辺りが拳で貫かれたように大きな穴となっており、目を覆いたくなるほどに酷い傷。

――ただ、まだ死んではいないようで、かすかにだが息をしているのが分かった。

すぐに手当てするべく、俺は急いで宿の中へと連れ込もうとしたのだが、担ごうとした俺を止めるようにアルヤジさんが腕を掴んできた。

「んん……クリス君ですか？　――よかった。死ぬ前に君と話すことができる」

「アルヤジさん。一体、何があったんだ？」

「部屋の中へは連れていかなくて大丈夫です。なんとかスキルで生き長らえているだけで、体力がなくなりスキルが切れた瞬間に……僕は死にますので」

「いや、腕の良い錬金術師を俺は知っている！　そいつにポーションを頼めば――」

「自分のことです。この傷では、どう足掻いても助からないことは僕が一番よく分かっていますので……。クリス君はここで話を聞いてください。僕がここまで来た意味がなくなってしまいます」

瀕死の状態ながらも、俺の目を見て強く訴えかけるアルヤジさんの言葉。

諦めたくない。諦めたくないが——。

アルヤジさんの命の炎が消えかかっているのは、俺にも痛いほど伝わっていた。

意識を集中させて警戒していた俺が、この目で確認するまで誰だかわからなかったほどに衰弱しきっている。

だとするならば……意思を尊重し、こんな状態でも俺に会いに来てくれた理由を聞かなくては、アルヤジさんの全ての頑張りが無駄となってしまう。

「…………分かった。話を聞かせてほしい」

「ありがとうございます。まずは何が起こったのかを話します。……今日の夕方、一人の男に絡まれたのです。——片腕がなく、額には深々とした傷のある男で、自らをカルロと名乗っていました」

「片腕がなく、額に傷のある男。…………俺の追手だ」

「ええ、そうです。その男は、クリス君がオックスターにいることを知っていました。なんでもヘンリーという冒険者から聞き出したとか」

ヘンリー、ヘンリー…………。思い出した。グリースの取り巻きの一人だ。

散り散りとなった際に、取り巻きの一人はノーファストへと行き——そこから、俺の情報が隻腕の男に漏れてしまったのか。

……俺があの時、全員始末しておけば。いや、グリースを殺したということがバレないためにも、あの時は証人づくりが必要だった。

それにその時は、俺の追手がノーファストまで迫っていたことも知らなかったし——じゃないな。

今は……まだ過去を振り返るときじゃない。

「ヘンリーは元オックスターの冒険者だ。そいつから俺の情報が漏れたのだと思う」

「やはりそうでしたか。クリス君から言われていた通り、名を出さないようには気をつけていたんですけど……オックスターという地名に反応し、酒場で絡まれました。特徴的な額の傷、それから片腕がなかったことから、絡んできた人物がクリス君の追手だということに、僕たち全員すぐに気がついたのですが——僕たちの見通しが甘かった」

「そのカルロと名乗った男と戦って、アルヤジさんは………」

「ええ。全員の心の中で、相手が一人なら全員で戦えば勝てるという気持ちがあったんです。僕たちは売られた喧嘩をそのまま買い、人気の少ないところに着いた瞬間に、即座にジョイスさんの頭が飛ばされ——その流れで僕のお腹が貫かれました」

「………何もできずにですか？」

「ジョイスさんは何もできず、僕はスキルを発動させた上で反応ができなかった。瞬時に勝てないと判断したレオンさんがジャネットさんと一緒に壁となり、手負いでしたが逃げ足が一番速い僕を逃がしてくれたんです」

……ということは、頭を飛ばされたジョイスだけでなく、レオンもジャネットも殺された可能性が高いということ、か。

申し訳なさとやるせなさで、頭の中がぐしゃぐしゃになってくる。

「本当にすまない。俺と関わりを持ったせいで……」

「いえ、関係ないですよ。僕たちがオックスターに行くことは確定事項でしたし、相手の実力を見誤り喧嘩を買ったのは僕たちですから。なんならクリス君から気をつけるようにと忠告を受けていたのに、ミスリルランクであることにあぐらをかいていたんです」

苦しそうに息を荒らげながらも、そう俺を慰めてくれるアルヤジさん。

……なんと言われようが、俺が【銀翼の獅子】を巻き込んだのは事実。

アルヤジさんの深い傷を見ながら、頭が締め付けられるように痛くなる。

「もうそろそろ……体力が尽きてしまいますね。なんとかオックスターまで辿り着き、クリス君にこの情報を伝えることができてよかったです」

「アルヤジさん。すみませ……いや、俺のために――ここまで来てくれて、本当にありがとうございました」

「……ふふふ。クリス君は僕の唯一の弟子ですからね」

アルヤジさんは俺の顔を見て胸を張り、嬉しそうにそう言った。

「短い時間でしたが、クリス君を指導できて本当によかったと思っています。……いつか強くなって有名になったときは、僕が師匠だってことを世間に広めてくださいね」

「――はい。必ず」

「……それならよかったです。僕の体については、クリス君の糧にしてください。……修行中の話が本当なのであれば、僕の力を受け継ぐことが……できるんですよね？」

「で、できるが、俺はアルヤジさんを植物の宿主にすることはできない」

「……お願いします。僕の最期の願いです。……クリス君と一緒に最強を目指してみたいんです。――僕は結局、最強にはなることができませんでしたから」

「……アルヤジさんがそう言うのであれば。…………俺に断ることはできない、な」

「すみません。辛いことを頼んでしまって。――それで、は、そろそろ……僕は眠らせていただきます。………楽しかった。……うん、楽しかったな。僕の夢の続きは――クリス君に託し……ました」

俺の手を握り、俺の目を見て強くそう訴えかけた直後、体力がなくなり、アルヤジさんがかけていたであろうスキルが切れたのが分かった。

本当にギリギリの状態だったのか、スキル切れと同時に――アルヤジさんは静かに息を引き取った。

胸も頭も張り裂けるくらい痛くなる。

アルヤジさんとは、決して長い付き合いと呼べるものではなかった。

ただ、アルヤジさんは俺に一人の弟子として接してくれ、持っている技術を一切の見返りを求めることなく教えてくれた。

特訓の合間には互いに世間話をし、俺はアルヤジさんの生まれてからの境遇を知っているし、アルヤジさんも俺の境遇を知っている。

いつか、いつかこの恩を返すと心に誓っていたのだが、最後の最後までお世話になったまま、アルヤジさんはこの世から去ってしまったのだ。

………悔しい。本当に悔しい。何もできない弱い自分が憎くてたまらなくなる。

それ以上に、関係ない人を巻き込み続けるクラウス。それから追手である隻腕の男カルロ。

――俺を殺したいのなら、俺だけを狙えばいい。

クラウスには更なる殺意が、隻腕の男には強い憎悪の気持ちが湧く。

叶うことならば今すぐにノーファストへと向かい、即座に斬り殺してやりたい。

その気持ちが先行しかけるが……俺が一対一で敵わなかったレオンやアルヤジさんをまとめて殺した実力者。

今の俺が挑んでも、あっさりと殺され――クラウスの前に無様な死に様を見せるだけになるのは目に見えている。

俺の中で煮えたぎる怒りとドロドロとした憎悪。

全ての気持ちを冷静に封じ込め、アルヤジさんの装備品を外してから……。

穏やかに眠るように死んでいるアルヤジさんを背負い、俺は再びカーライルの森へと向かったのだった。

第九章 仇討ち

俺がオックスターの街に戻ってきたのは、翌日の早朝。

色々と考えると取り乱してしまいそうになるため、ほぼ無心でカーライルの森まで行って戻ってきた。

……これから俺のやるべきことは、すぐにオックスターの街を離れる準備をすること。

アルヤジさんの話が正しければ、追手のカルロは俺がオックスターにいることを知っているため、すぐに俺を追ってオックスターにやってくるはず。

鉢合わせたら一巻の終わりのため、俺はカーライルの森に引き籠り、力をつけるために植物をとにかく摂取しまくるつもり。

そして——アルヤジさんのモノも含む、様々なオンガニールを育てまくり、複数のスキルを会得しカルロを必ず殺す。

これからの動きについて決めた俺は、宿の前に置いていたアルヤジさんの装備品を回収してから、部屋に戻ってシャワーを浴び、二人が起きてくるまで静かに待った。

そして最初に起きてきたのは、ヘスターだった。

「……あれ？　クリスさん、もう起きてきたんですか？」

「いや、少し色々あってな。ラルフが起きてきたら、ちょっと話がある」

「……分かりました。もうそろそろ起きてくると思いますので、朝食を作っていますね」

ヘスターが洗面台へ行って顔を洗い歯を磨き、朝食を作り始めてから十数分後。

ラルフも伸びをしながら起きてきた。

「おお、無事に帰ってきていたか！　帰りが遅かったから心配していたけど……ん？　どうかしたか？」

「ちょっと、な。話があるから、少し座って待っていてくれ」

すぐに声を掛けてきたラルフにそう伝えると、俺の異変を察知してか、二人して黙ったまま座って待った。

それからすぐに朝食を持ってきたヘスターも椅子へと座り、俺の話を聞く態勢が整ったようだ。

「いきなり本題だが――昨日の夜中、アルヤジさんがこの宿を訪ねてきた」

「へ？　アルヤジさん？　アルヤジさんって【銀翼の獅子(しし)】のか？」

「ああ、そうだ。【銀翼の獅子】のアルヤジさんだ」

「一体、何の用で夜中に訪ねてきたんですか？」

「昨日、【銀翼の獅子】が襲われた。俺の追手にな。……そのことを伝えに来てくれた」

そう伝えると、安堵(あんど)した様子を見せた二人。

頭の中では、一ミリも【銀翼の獅子】がやられたとは思っていないのだろう。

俺だって、実際にアルヤジさんを見なければ信じていないだろうし仕方がない。

「なんだ、そのことでわざわざ来てくれたのか！　それなら俺も会いたかったな！　夜中に来なくてもよかったのにさ！」

「急ぎで伝えに来てくれたんだと思いますよ。優しい方々ですから」

「…………二人が思っているのとは違う。【銀翼の獅子】は、追手にやられたんだ。みんながアルヤジさんだけを逃がし、そのアルヤジさんが俺たちに報告をしに来てくれた。そして——そのアルヤジさんも、俺にそのことを伝えた後に息を引き取った」

俺のその言葉に、目を大きく見開き口をパクパクとさせたラルフ。

ヘスターも信じられないようで、両手で口を強く押さえた。

「う、嘘だろ？　だって、この間一緒に修行したばかりじゃねぇか!?　あれだけ強い人たちが死んだ……？　クリスッ！　じょ、冗談でも面白くねーぞ!!」

「冗談なんかじゃない。全て事実だ」

「【銀翼の獅子】の皆さんは確実に死んでしまったんですか？　生きている可能性だって……ありますよね!?」

「アルヤジさんの話だと、ジョイスは確実に殺された。レオンとジャネットはアルヤジさんを逃がすために立ち塞がり、生死は分からないが……追手の強さを聞く限りでは、死んだと思うのが妥当だ」

「な、なんだよそれ……。おかしいだろ！　ミスリル冒険者パーティがそんな簡単に……あっちゃいけないだろッ！」

ラルフは机を思い切り叩き、テーブルにのせられた料理を盛った食器が大きく揺れる。

食器がグワングワンと音を鳴らしながら揺れ、その揺れが収まったところで再び話を始めた。

「俺も甘く見ていた。所詮は追手だし、一人だから大丈夫だとな。……相手は勇者候補の人脈を最大限に使った追手だ。少なく見積もっても、ダイアモンド冒険者に匹敵する実力の敵」

「……か、敵わないですよね。そ、そんな相手じゃ」

「ああ。だから逃げるんだ。今はその提案をするためにここで話している」

「クリスは!!　──クリスは悔しくねぇのかよ！　一方的に攻撃だけされて、行く場所行く場所をこうやって追い出されて!!　逃げて逃げて逃げて……。大事な人たちまで殺されちまってよぉ……!!」

「──悔しいに決まってんだろ!!　……家を追い出され、クラウスに殺されかけてからずっとな。俺だって今すぐに追手のところに行き、ぶち殺してやりたいが今の俺たちじゃ敵わない。この怒りは発散せず──溜めて溜めて溜め込んで、借りを絶対に返してやるんだ」

感情的になったラルフは、歯を思い切り噛み締めながら俯き黙りこくった。

怒りに任せて行動して、良い方向に進むことは本当に稀だ。

こんなときだからこそ、冷静になって力をつけなくてはならない。

【銀翼の獅子】の面々の仇を討つためにも。

「私はクリスさんの話に納得しました。いま追手と戦ったとしても、私たちが勝てるとは到底思えませんから。……逃げるとして、レアルザッドからオックスターに移り住んだように、また別の街に移り住むんですか？」

「確かにそれでもいいかもしれないが、確実に逃げるとしたらもう国を出るしかない。……ただ国を出るとしたら、必ず関所を通らなければならないんだ。もし関所にクラウスの手先が待ち受けていたとしたら、そこで全てが終わる」

「…………じゃあどうするんだよ。逃げる場所なんてどこにもないだろ！」

「一つだけある。——カーライルの森だ。カーライルの森に潜伏し、数ヶ月の間で一気に強くなることだけを考えて行動するつもりだ」

そう。カーライルの森の拠点で暮らし、有毒植物を食べまくる生活をする。

宿にある必需品を全て森の拠点へと移し、追手がオックスターに辿(たど)り着く前に万全の準備を整えるつもりでいる。

「確かに、森の中でしたら見つかる可能性は限りなく低いですね」

「森へは全員で移り住むのか？」

「そのつもりでいる。既にラルフとヘスターのことも、知られている可能性が高いからな」

「そうですか……森での生活。また一気に振り出しに戻ってしまった感じですね」

「いいや、振り出しになんか戻っていない。俺たちは一歩ずつ着実に成長できている。——ただ、一歩ずつじゃもう遅いんだ。ここから俺は一気に成長するつもりだ。二人には迷惑をかけてしまうだろうが、二人がもうついてこられないというなら止めるつもりは……」

「馬鹿野郎！　俺とヘスターに、クリスについていかないなんて選択肢はねぇぞ！」

先ほど以上に机を強く叩いたラルフが、声を荒らげてそう叫んだ。

「ラルフ、ありがとな。……とりあえずしばらくの動きはこんな感じだ。何か聞きたいことはあるか？」

「……単純な疑問なんですけど。森にいる間の衣食はどうするんですか？」

「衣に関しては、副ギルド長とシャンテルに頼むつもりでいる。シャンテルに関しては、ポーションの生成をこれまで通り頼まなくてはいけないから、今日の朝一に事情を説明しに行くつもりだ」

「それでは、私が副ギルド長に諸々(もろもろ)の説明をしてきますね。食に関しては……自分たちで獲るって感じですかね？」

「そうしてもらうつもりでいる。カーライルの森は動物も多いし、近くの池には魚もいるからなんとかなるはず。それと……二人には、俺がスキルを身につけるための魔物を狩ってきてもらいたいと思っている」

「スキルを身につけるための魔物？」

レッドコングのいた北東の山林地帯で、オンガニールの宿主となる魔物を探して狩ってもらうつもりでいる。

完全に俺のためだけに動いてもらうことになるが、急成長をするために二人にはやってもらわなくてはいけない。

「ああ、そうだ。このあいだ説明した植物の、宿主となる魔物を倒して運んできてほしい」

「分かりました。私たちは魔物を倒して強くなりつつ、その倒した魔物を運んでくればいいんですね」

「なるほど。俺たちは魔物を倒して強くなり、その倒した魔物によってクリスも強くなるってことか！　一石二鳥ってわけだな」

「そういうことだ。……とりあえずこれからの動きは以上となる。相手は【銀翼の獅子】の面々を楽々と殺した男。まだオックスターには来ないとは思うが、くれぐれも注意しつつ――早めにここを発(た)つぞ」

昨日あった出来事とこれからの予定についてを話し、俺たちは朝食を食べてから別行動で準備に取り掛かる。

俺は『旅猫屋』、ヘスターが冒険者ギルド、ラルフが買い出しと三人バラバラで行動をし、一刻も早くオックスターを発つために動き出した。

すぐに商業通りへとやってきた俺は、早速『旅猫屋』へと足を踏み入れる。

レッドコングを倒し、そのままカーライルの森まで運んでから、アルヤジさんの一件。

一睡もできておらず、疲れもピークに達しているのだが、頭は覚醒しきっているせいで目だけが冴えている。

そんな状態で『旅猫屋』に入ったからか、いつも元気に迎えてくれるシャンテルの態度が今日は少しだけおかしかった。

「いらっしゃいませ！　クリスさんじゃないで——え？　だ、大丈夫ですか!?　な、なんか凄く疲弊しているように見えますけど!?」

「大丈夫だ。それよりも大事な話がある」

「そ、そうですか……。いや、ちょっと待ってください!!　ポーションを持ってきますから！」

シャンテルはそう言うと、凄い勢いで店の裏へと走り、何かを持ってすぐに戻ってきた。

手に持たれているのは……黄色い、なんとも怪しげなポーション。

「これ、クリスさんにあげます！　いつもお世話になっているお礼です！　無料ですので気にせずグイッといってください！」

「あ、ああ。助かる。それで話なんだが——」

「先にポーションをグイッと！　グイッといってください!!」

こっちに来いみたいなジェスチャーで、ポーションを飲めと言い続けるシャンテル。

こりゃ飲まなきゃ話が進まないだろうな。

対応も面倒くさいため、一気にポーションを飲んで話を進めさせよう。

——そんな軽い気持ちでポーションの蓋を開けてひと息に煽ったのだが、飲み干した瞬間に体の重さが一気になくなり、深い睡眠を取った後のように疲れも吹き飛んだ。

「なんだ？　このポーション」

「体力回復じゃなくて、滋養強壮のものを詰め込んだ疲労回復薬ですよ！　本当は高ーいポーションなんですからね！」

「凄いな。本当に体の疲れが取れた気がする。シャンテル、ありがとう」

「……へ？　え、え？　そ、そんな真顔でお礼を言われると照れちゃいますよ!!　……え、えーと、本題!!　本題はなんですか!?」

いつもは全く相手にしないからか、素直に褒めたら顔を真っ赤にさせて慌てふためいたシャンテル。

こんなときこそ堂々と胸を張っていればいいのに、本当に面倒くさい性格をしているようだ。

まぁ、だからこそ気を許せるというのもあるんだけど。

褒められたことで顔を真っ赤にさせているシャンテル。

落ち着くまで待った方がいいんだろうが……俺はすぐに本題を告げることにした。

「今日来た理由なんだが……俺たち、オックスターを離れることにした」

「………………は？」

真っ赤になっていた顔が一瞬にして通常の顔色へと戻り、しばらく間を置いたあとに一言、そう漏らした。

いつもテンションの高いシャンテルから発せられたとは思えない、気が抜けつつも怒気が籠められたような返事。

恐らく色々と勘違いしているだろうし、俺は続けて言葉を発する。

「離れるといっても、カーライルの森で暮らすってだけだから、今すぐに遠くへ行くわけじゃない」

「……ほっ。それならよかったです！　てっきり遠くの街に行っちゃうのかと思って、それを聞いて安心しました——とはならないですよっ!?　急に森で暮らすなんてどうしたんですか!?　クリスさん、頭でも打ったんですか!?」

「詳しいことは言えないが、追手に狙われているんだよ。それで身を隠す。そこでシャンテルに一つ頼みがあって、週に一度オックスターの森の入り口まで来てほしいんだ」

「もう頭がぐっちゃぐちゃですよ！　……私が森の入り口に？」

「これまで通りポーションの生成と、追加で日用品の買い出しを頼みたい。追手がオックスターまで来ることが予測されるから、シャンテルが必要なものを運んでくれないかを相談するために今日は来た。……もちろん報酬は弾ませてもらう。頼まれてくれないか？」

まだ何の整理もできていなさそうな顔をしているシャンテルに、俺はそう頼み込んだ。

上を見ながら色々と考えていたようだが、結局考えがまとまらなかったのか……。

「なんかよく分からないけど、引き受けてあげます!!　クリスさんにはいつもお世話になっていますからね！」

「シャンテル、本当にありがとう。それじゃ週に一度、ジンピーのポーションと日用品を持って森に来てくれ。俺はその際にジンピーと金を渡すから――よろしく頼む」

「はい！　ドーンと私に任せてください！」

それから、くれぐれも俺のことは外で話さないように注意をし、貰ったポーションのお礼を伝えてから、俺は『旅猫屋』を後にした。

面倒くさい性格だし、最初は仲良くなるかどうかも躊躇ったのだが……シャンテルと親しくなってよかった。

あの性格だからこそ俺は気兼ねなくお願いできたわけだし、その俺のお願いを嫌な顔一つせずに引き受けてくれた。

面倒くさいけど本当に良い奴だし、シャンテルにもいつか必ず礼をしなくてはいけないな。


翌日の早朝。

昨日のうちにオックスターでするべきことを終えた俺たちは、これからまとめた荷物を持って、カーライルの森へと向かうつもり。

また戻ってくると強く決意をした俺は、荷物をまとめて宿を後にし、ラルフとヘスターを連れてカーライルの森の拠点へとやってきた。

元はゴブリンの巣だけあり、三人が余裕で暮らせるくらいの広さはあるし、俺が改良しているため、多少の不便さはあるものの、ただの野宿なんかとは比べ物にならないくらい快適ではある。

「へー。ここがいつもクリスが拠点にしていた洞穴か」

「思っていたよりも断然いいですね。……『シャングリラホテル』よりも快適なんじゃないでしょうか？」

「それはないだろ――とも言い切れないのが悲しいな。あの部屋は本当に狭かったから」

俺の拠点を見て、ラルフとヘスターが各々感想を述べている。

思っていたよりも悪くはなかったようで、これなら数ヶ月ぐらいは暮らしていけると思う。

「それじゃ、ここからは一切手を緩めず――自分自身を強くすることだけを考えてくれ」

「分かっている。レオンさんの仇を討つため、俺は俺自身を曲げてでも強くなる」

「私もです。もう誰にも負けず、逃げなくてもいいように……必ず強くなります」

ラルフ、ヘスターが宣言したことで、カーライルの森での特訓が開始された。

俺もこれからは強くなることだけに集中し、死ぬ気で修行に励むつもりだ。

食べるものは全て有毒植物。採取しているときはスキルの発動と解除の練習をしながら、追手のカルロに勝つためにやれることを全て行う。

頬を思い切り叩き、気合いを入れた俺はすぐに有毒植物の採取へと向かったのだった。

俺たちがカーライルの森に籠り、約三ヶ月が経過した。
俺はとにかく有毒植物の摂取を行い、朝食以外はほぼ有毒植物だけを食べる生活を続けた。
能力判別を行えていないため、正確な能力についての把握はできていないが……。

最初は数時間で疲弊しきっていたスキルの練習だが、一日中続けても力が尽きないほどには体力は上昇しており、筋力についても目覚ましい成長を遂げている。

スキルに関しては単純に体力が上昇しただけではなく、スキル操作が上手くなったことが起因している可能性もあるかもしれないが——筋力は嘘をつかない。

俺は能力に関して、強くなったと自信を持てるくらいの力を身につけることができた。

それからなんといっても……オンガニールについてだ。

ラルフとヘスターは毎日様々な魔物をどこかしらで狩り、拠点まで運び込んでくれていた。

依頼を受けての討伐ではないため魔物の強さとかは分からないが、運んできてくれた約三分の一の計二十六体の魔物からオンガニールが成長。

俺はこれら二十六体の魔物とレッドコング、そして——アルヤジさんから生ったオンガニールの実を摂取した。

能力判別を行えていないため、何のスキルが身についたのか分からないのだが……。

唯一、アルヤジさんから授かったスキルだけは分かっている。

アルヤジさんが保有していた十八個のうち、俺が授かることができたのは八個。

【痛覚遮断】【疾風】【剛腕】【生命感知】【知覚強化】【知覚範囲強化】【隠密】【狂戦士化】。

アルヤジさんからスキルの詳細を聞いていたため、記憶していた全てのスキルを試したのだが、発動したのはこの八個だけだった。

ラルフの【神撃】や【神の加護】のように、発動条件があるスキルの可能性もあるが……俺が身につけることができたのは、この八個のスキルだけだと思う。

グリースの【体形膨張】を得られなかったときから、薄々そうではないかと思っていたのだが、今回でそれが確信に変わった。

オンガニールから得られるのは通常スキルのみで、特殊スキルは得ることができない。

特殊スキルの能力が強すぎる故なのか分からないが、今まで俺が身につけることができたスキルは全て通常スキル。

アルヤジさんから授かったスキルも全て通常スキルだったことから、この仮説は正しいと思う。

話を聞いていた限りでは、アルヤジさんの少ない体力では使うことのできなかった特殊スキルもあり、俺が受け継ぐことができれば活用できると思っていたのだが……これぱかりはどうしようもない。

通常スキルといえど全てが有用なスキルのため、受け継いだこのスキルたちをフル活用し、アルヤジさんの思いに応えるべく——隻腕の男、カルロを殺すと俺は決めた。

「クリス、本当にオックスターに戻るんだよな？」

「ああ、これからオックスターに戻って——カルロを殺す」

「そうか。……今回は俺も参加するからな！　レオンさんの仇は俺が討つ！」

「……信条を曲げたくらいだもんな。サポート頼んだぞ」

「私もやりますよ。【銀翼の獅子】さんたちには、私も助けてもらいましたから」

三ヶ月経った今でも、収まるどころか二人は怒りを更にたぎらせている。

ラルフに至ってはカルロに勝つために攻撃を捨て、この三ヶ月間ずっと防御面を鍛えていた。

俺は止めたのだが、短期間で強くなるためには——と断固として聞かなかった。

……ただ、その判断は正しかったようで、ラルフは俺の想像よりも遥かに強くなっている。

スキルを活用した俺の攻撃を防ぐだけの能力があり、更にはヘスターの中級魔法をも防ぐ力を身につけた。

ヘスターはヘスターでこの三ヶ月間、ラルフが防御面に特化したことから、魔物の討伐は全て自分一人で行っていたため、実戦での魔法の扱いがより上手くなっている。

オンガニールを軸に急成長した俺と共に、二人も更なる成長を遂げてくれた。

欲を言うならば、あともう三ヶ月は修行に励みたかったが、貯め込んでいた資金が底を突きそうなため仕方がない。

金はほとんどなくなってしまったが、それに見合った成果を得ることはできたと思う。

「そんで、カルロはオックスターにいるんだよな？」

「ああ、毎週森の入り口まで来てくれているシャンテルが、逐一カルロについての情報を教えてくれていた」

シャンテルの話によれば、カルロがオックスターにやってきたのは一ヶ月前。

つまりは俺たちが森に籠ってから二ヶ月が経った頃だ。

俺がオックスターにいるという情報を持っているのに、遅すぎる到着だと思うが、どうやらカルロはそういう性格らしい。

オックスターに滞在しているこの一ヶ月も、まともに俺を捜している気配はなく、酒場を転々としながらたまに俺のことを聞き出すという生活を送っているようだ。

恐らく依頼主であるクラウスに対しての忠誠心がないのか、仕方なく捜索しているだけという様子。

ただやること全てにおいて残忍極まりなく、カルロと揉め事を起こした奴は全員消えているとのこと。

証拠は綺麗さっぱり消されており、実力もあるため咎めることができないようだ。

性格は極悪非道で、実力は冒険者ならダイアモンドランク級。

全てにおいてグリースの上をいく悪党のようだ。

「オックスターに着いたら、すぐに戦闘を始めるんですか？」

「いや、戦闘を始めるのは夜だ。昼間のうちに準備を進めて、カルロがよく行く酒場に顔を見せる。揉めた連中を隠れて殺していることから分かるように、目立った行動は取らないからな。カルロの方から人気のないところに誘い出してくれるはずだ」

「これからの動きについては分かったぜ。それならさっさと森を抜けようか」

「そうですね。久しぶりのオックスターの街、少し緊張しますね」

「昼間にカルロと遭遇したくはないからな。スキル全開で俺が索敵するから、二人は俺から離れないようにしてくれよ」

「了解」

「分かりました」

拠点で今後の動きについてを話してから、俺たちは三ヶ月ぶりのオックスターを目指し、カーライルの森を後にした。

ちなみにだが、俺が育てたオンガニールのほとんどは綺麗に片付けてある。

アルヤジさんのものに至っては、実を一つだけ採取した段階で根付いたオンガニールを綺麗に除去し、遺体はカーライルの森の拠点近くに埋めて簡易的なものだが墓も立てている。

墓前でカルロを殺して必ず報告に戻ることを誓い、オックスターを目指して歩を進めた。

森の入り口に着くと、とびきり元気な様子のシャンテルが俺たちに手を振っているのが見えた。

頼んでいない情報も副ギルド長と協力して集めてくれていたし、この三ヶ月間は本当に世話になった。

「わー！　ラルフさんとヘスターさん、お久しぶりです!!　元気そうでよかったですよ！」

「シャンテルさん、お久しぶりです。毎週お使いをしていただき、本当にありがとうございました」

「今日まで直接お礼を言えずにすまなかった！　シャンテルのお陰で、俺たちは森の中でも快適に暮らすことができた！」

「お役に立てていたならよかったです！　カーライルの森で数ヶ月過ごすって聞いたときは、頭がおかしくなっちゃったのかと思いましたけど……。やっぱり冒険者って凄いんですね!!　魔物だらけの森でも暮らせちゃうんですもん」

「シャンテル。それよりも、カルロの情報を教えてくれないか？」

三人が久しぶりの再会で盛り上がり、話が長くなりそうなところを制止し、俺は本題を切り出す。

世話になったし、今日くらいは無駄話に付き合ってやるのもいいとは思ったが、全てを今日のうちに片付ける予定のため、一分一秒でも時間が惜しい。

「……この話を遮られる感じ、懐かしいです!!　えーっとですね。ギルド長さんの話では、昨日も明け方まで飲み歩いていたそうですよ！　宿泊している宿は、商業通りのど真ん中にある『クレナイ』ってお店です！　オックスターで一番高級な宿ですね!!」

「商業通りの宿で寝泊まりしていて、今日の明け方まで飲み歩いているから昼間は安全なんだな」

「安全だと思います！　何かしらがあって、起きてくる可能性もありますけど……多分大丈夫だと思いますよ！」

昨日も普段通りの行動を取ってくれていたようだ。

ということは、昼間のうちは見つかる恐れもないため、オックスターで色々と装備やらアイテムを整えておきたい。

それから……教会に行って、能力判別を行わなくてはな。

倒せると思ってはいるものの、現状の能力については把握しておきたい。

それと、基本的に練習することができていたスキル以外を使う気はないが、身につけたスキルの確認も行いたいしな。

強敵との戦闘では何が役に立つか分からない。

カルロの戦闘に関する情報がほとんどない今、自分の能力くらいはしっかり把握しておかないと。

「シャンテル、この三ヶ月間、本当にありがとうな。今日も情報を持ってきてくれて助かった」

「ど、どうしたんですか急に!?　褒めても何も出ませんよ!?」

「別に何かを貰いたくて礼を言ったわけじゃない。ただ感謝しているだけだ」

「クリスさんが私にただ感謝!?　……大雨でも降るんじゃないですか？」

シャンテルに礼を伝えてからカーライルの森を離れ、俺たちは三ヶ月ぶりのオックスターへと戻ってきた。

ずっと自然とばかり相手してきたため、人でごった返している様子でさえ懐かしく感じる。

俺たちは久しぶりの宿へと戻り、シャワーを浴びてから各々行動を始めた。

ラルフは残っている金で盾を新調するらしく、俺も能力判別を終えてから買い物に行く予定だ。

金も残り少ないため武器を買うつもりはないが、防具は買っておきたい。

ずっと革の装備だったし、さすがに【銀翼の獅子】を殺したカルロ相手にこの装備では心もとないからな。

そんなことを考えつつ、俺は久しぶりの教会へとやってきた。

これから殺し合いをするというのに、この穏やかな教会に来ると心境とのズレでおかしくなりそうだが、アルヤジさんの最期を頭に思い浮かべて気持ちを作る。

「おっ！　お久しぶりですね。てっきり街を離れたのかと思いましたが、また来てくれてよかったです」

「こっちこそ、まだ教会が潰れていなくて助かった」

「それはそれはもう……。クリスさんのお陰で、あと十年はやっていけますとも！」

満面の笑みでそう言った神父。

確かに金は落としまくっているけど、あと十年はさすがに言いすぎだろう。

「早速で悪いが、今日も能力判別を頼みたいのだがお願いできるか？」

「もちろんです！　何回だってやらせていただきますよ」

「いや、今日は一回だけの予定だ。……それではよろしく頼む」

そうお願いしてから、奥の能力判別部屋へと向かった。

水晶の前の椅子に座り、金貨一枚と冒険者カードを手渡し、能力判別が終わるのを俺は静かに待つ。

「ふっ、ふぅー。終わりましたよ。冒険者カードをお返し致します」

「ありがとう。助かった」

俺は礼を伝えてから、冒険者カードを受け取る。

三ヶ月間の修行の成果が、この冒険者カードに反映しているはずだ。

大きく深呼吸をしてから、俺はゆっくりと冒険者カードを見た。

クリス

適性職業：農民
体力　：22（+305）
筋力　：20（+372）
耐久力：19（+242）
魔法力：4（+131）
敏捷性（びんしょう）：12（+198）

『特殊スキル』

【毒無効】

『通常スキル』

【繁殖能力上昇】【外皮強化】【肉体向上】【要塞】

【戦いの舞】【聴覚強化】【痛覚遮断】【剛腕】

【生命感知】【知覚強化】【疾風】【知覚範囲強化】【隠密】【狂戦士化】

【耐寒耐性】【威圧】【鼓舞】【強撃】【熱操作】

【鉄壁】【変色】【精神攻撃耐性】【粘糸操作】【魔力感知】【消音歩行】


「……はっはっは！」

「……えっ？　どうかしましたか？」

「――いや、すまん。なんでもない」

能力値を見て思わず笑ってしまった。

俺が初めて能力判別を行った日から考えると、ありえない成長度合い。

正直、スキルの数に関しては、予想していたよりも少なかったが……それでも十分すぎるほどの数。

それに、オンガニールを介して魔物たちの力を授かることができたからか、能力の方は予想以上の伸びがあった。

ダイアモンドランクの推奨値とされている６４０にはまだまだ及ばないが、それでも十分すぎるほどの能力を得ることができた。

通常スキルの数も以前は六個だけだったのに対し、約四倍の二十五個をも保有している。

全てのスキルを使いこなせるわけではないが、保有していた六個のスキルとアルヤジさんから受け継いだ八個――計十四個のスキルは問題なく操れる。

体力も大幅に増加した今、複数のスキルの同時発動も可能だし、俺一人でもカルロを殺せるだけの力は得たはず。

ただ、カルロがダイアモンドランク以上――初めて冒険者ギルドに訪れた際に受付嬢が言っていた、オリハルコンやヒヒイロカネといった最上位ランク級の力を持っている可能性もないとは言い切れない。

俺は決して自分の力には慢心せず、全力でカルロを殺しにいくと言い聞かせた。


久しぶりの能力判別を終え、商業通りへと戻ってきた俺は武器店へとやってきた。

今回の目的は新たな防具を買うこと。

革装備は動きやすさがピカイチのため好んで使用していたのだが、ただの革装備ではさすがに心(こころ)許(もと)ないからな。

カルロとの戦いに向け、なるべくダメージを抑えることのできる装備を買っておきたい。

店内を見て回り、耐久性があって動きやすさも損なわれない防具がないかを見ていたのだが……

その二つが両立する防具は、ワイバーンの鱗(うろこ)でできた防具のみ。

耐久力があるのに素材が軽く、更に耐熱性も耐寒性にも優れており、魔法のダメージも軽減される優れものなのだが、値段が破格の白金貨十枚。

それも上着だけでその値段で、ヘルムや下半身分も合わせると白金貨二十枚あっても購入することができない。

金を気にしないのであればワイバーン装備で即決するところだが、生憎そんな金はどこにもない。

三ヶ月の森での引き籠り生活を行っていなくとも、購入することが不可能な値段だからな。

これぱかりは仕方がないため、俺は購入できる動きやすい装備の中で一番性能の良いものを選ぶことにした。

一時間ほどかけて選んだ装備は――フォロスコブラの装備一式。

ヴェノムパイソンに似た蛇の鱗から作られた装備で、ワイバーン装備には劣るもののなかなかの耐久性を誇る防具だ。

値段は上と下のセットで金貨六枚。

これで俺が使える金は全て使い切ってしまったが、ケチる場面ではないため後悔は一切ない。

ラルフとヘスターに渡した金も恐らく使い切っているだろうし、これで正真正銘の一文無しになるわけか。

クラウスが手配した追手のせいで、本当に色々と計画をめちゃくちゃにされた。

ずっと友好関係を築き、これからも師事していくつもりだった【銀翼の獅子】の面々も殺され、順調にいっていた冒険者生活も続けられなくなり、オックスターからも離れることを強いられた。

己自身を強化することだけに専念する機会ができたことはよかったかもしれないが、それ以上に失ったものが大きすぎる。

弱肉強食のこの世界で、弱かった俺たちが悪いと言われればそれまでだが……。

こちらも強くなった今、この借りを全て返させてもらう。

まずはアルヤジさんを、【銀翼の獅子】の面々を殺した隻腕の男カルロからだ。

強い怒りの感情を秘め、復讐心を胸に——あと数時間後に迫るカルロとの決戦に向け、二人と合流するため俺は一度宿へと戻った。

宿に戻ってから、俺は能力判別で新たに分かったスキルを一通り試した。

カルロとの戦闘では使うつもりはないが、念には念を入れてどんなスキルなのかぐらいは把握しておくため。

体力を無駄に消費しないよう、ザッと確認程度にスキルの確認を終えたところで……ちょうどいい時間となった。

新たに購入したフォロスコブラの防具を着込み、鋼の剣を腰に差す。

アルヤジさんが身につけていた形見のネックレスをつけ、準備は万端だ。

テーブルには既にラルフとヘスターの二人が座っている。

いつにも増して集中——というよりかは、メラメラとたぎるような怒りが俺にも伝わってくる。

お調子者のラルフが、この三ヶ月間は一切ふざけることなく、自身の信念を曲げて修行に打ち込んでいたからな。

ヘスターだって普段は冷静そのものなのに、熱くなっているのが見ただけで分かる。

「二人とも準備は万全か？」

「ああ。三ヶ月間も準備していたからな！　絶対に【銀翼の獅子】さんたちの借りは返す！」

「そうですね。……グリースも殺したいほどムカつきましたが、今回は明確な殺意が湧いています。必ずカルロを倒しましょう」

「準備が整っているならよかった。怒りはいいが、絶対に冷静さだけは失うなよ。どんな挑発も流して、カルロを倒すことだけを考えてくれ」

「ああ。正直、怒りで震えているぐらいだが……俺は絶対に自分は見失わない！」

「私もです。冷静にカルロを追い込むことだけを考え、魔法を食らわせるつもりです」

「分かっているならいい。——それじゃ行くか」

俺の言葉に二人は無言で頷（うなず）き、俺たちは宿を出て……カルロがよく現れるという酒場へと向かった。

既に日は暮れて、夜となっていた。

ただ、まだまだ街は人で溢（あふ）れかえっており、商業通りともなれば昼間以上の賑（にぎ）わいを見せている。

俺たちはそんな人混みの中を進み、一軒の酒場の前で立ち止まる。

『ダイナーポップ』という、裏道を入った先にある大きいとはいえない酒場。

中からは楽しそうな人の声が漏れ出ており、この楽しそうな声にカルロの声も混ざっていると思うと……怒りでドアを叩き壊しそうになるのを抑え、ゆっくりと扉を押し開けた。

店内は楽しそうにドンチャン騒ぎが行われていて、店員が忙（せわ）しなく動いているため、入店した俺たちに誰も気づく様子はない。

俺は瞬時に【生命感知】【知覚強化】のスキルを発動させ——店内にいる全ての人間の確認を行う。

……見つけた。気配を抑え込んではいるが、一際（ひときわ）大きな生命反応がある男。

カウンターにドッシリと座り、樽形(たるがた)のジョッキに入った酒を勢いよく飲んでいる二メートル近い大柄の男。

後ろ向きで更に黒い外套(がいとう)を羽織っているため、片腕がないかどうかも分からないし、額の傷も確認できないが……。

発する生命力の強さから、間違いなく奴が【銀翼の獅子】の面々を殺したカルロだ。

怒りなのか緊張なのか分からないが、異様に高鳴る心臓を落ち着かせてから、俺は黒い外套を羽織ったカルロに近づく。

俺に全く気づく様子を見せず、樽形のジョッキの酒を煽り続けるカルロだが、俺が真後ろに立った瞬間——首をグリンと曲げて俺を見てきた。

額には大きな切り傷。それに右腕もないため、やはりこの男がカルロで間違いない。

「【観察眼】」

カルロは小さくそう呟(つぶや)いた後に、右目は細く、左目を大きく開けて舐(な)めるように俺の全身を見てきた。

何かのスキルを発動させているようで、大きく見開いた左目は黄色いオーラのようなものを纏(まと)っている。

「おいおい！　お前、なかなかつえーじゃねぇか！　この街じゃ一番の強さを持ってるぜ!!　——んで、いきなり背後に立って俺様に何の用だ？　今は機嫌が良いから、素直に謝るなら見逃してやってもいいぞぉ!?」

「俺がクリスだ」

何の説明もなしに、俺はカルロにそう告げた。

その瞬間、感情を爆発させたように大笑いし、膝を叩く音が店じゅうに響き渡る。

「あーっはっはっは!! なんだお前、わざわざ来てくれたのか！ くっくっ。かーっかっかっか!! 今日はツイてる。本気でツイてるぜ！ 面倒だし真面目に捜す気なんて更々なかったのに、獲物がわざわざ出向いてくれるんだもんな!!」

「……俺を捜している目的はなんだ？」

「あぁ？ 依頼されたから動いているだけだ！ クラウス――お前の糞弟から捕まえるようにと命令を受けているんだよ！ 王都の裏社会では、お前の首に見たこともねぇ額の賞金が懸けられているんだぜ!?」

本当に上機嫌なのか、聞いたことを全てペラペラと話すカルロ。

……予想はついていたが、やはりクラウスが仕向けていたのか。

「俺を捜していた理由は分かった。外に出ろ。【銀翼の獅子】の仇を取らせてもらう」

「いいぜ、いいぜぇー！ 目立つのは俺も嫌だからなぁ！ てめぇから人気のないところに出向いてくれるってんなら好都合だ！ ……それと【銀翼の獅子】ってどいつらだ？ わりぃな。雑魚は色々と殺しまくっていたから覚えちゃいねぇ」

「覚えていないなら、気にしなくていい。必ずお前を殺し、あの世で詫びさせてやるからな」

「カッコいいねぇ!! 俺も言ってみてぇなそんな台詞をよぉ！」

大笑いしながら、心底俺を馬鹿にするような態度を見せてから立ち上がると、俺たちの前を歩き始めたカルロ。

堂々と背中を見せているのだが、グリースと違って斬りかかっても即座に反応される――わざと隙を作っているような感じだ。

カルロが楽しそうに音程の外れた鼻歌を歌い、俺たちは全力で警戒しながらその後を追うという異様な空気感の中、オックスターの街を出て北の平原へとやってきた。

まさか街の外まで出てくれるとは思っていなかったが、これは本当に好都合だな。

……殺した後、すぐにカーライルの森へと運ぶことができる。

平原をしばらく進んだところで、カルロは鼻歌をやめてこちらへと向き直った。

羽織っていた外套を脱ぎ捨て、そこでカルロの全身が初めて見えた。

ただでさえ二メートル近い大きな体である上、筋肉量が凄まじく、破裂しそうなほど全身の至るところが太い。

右腕がなくなったのは後天的なのか、食い千切られたような痛ましい傷口なのだが、その傷すら恐ろしく見える体格だ。

更に体中に無数の斬り傷があり、数えきれないほどの戦闘を行ってきたのが窺い知れる。

グリースとは違い、数多の戦いによって鍛え抜かれた強さ。

あの【銀翼の獅子】たちが殺されたと聞いて疑問だったが、この姿を見る限り不思議ではないと思える圧倒的な存在感。

「へー！　俺のこの体を見てビビらねぇ奴も久しぶりだぜ！　さすがに高額の懸賞金を懸けられているだけあって、胆力はなかなかのものだな。……だが、これでどうだ？　【気配遮断】【隠密】解除」

スキルを解除したことにより、消していた気配が一気に解かれた。

今まで出会った生物の中で、一番強烈な圧を放っているが——俺は【生命感知】で見抜いていたため驚きは少ない。

ただ、横に並ぶラルフはドッと汗が噴き出たのか、額に流れる汗を必死に拭っている。

「おっ!? まだ表情を変えねーのか！ これは……少しは期待してもいいんだよなぁ!? 簡単に死んでくれるなよ？ せいぜい俺を楽しませてから死んでくれ!!」

——そう叫ぶと、カルロは獣のような目つきで俺たちに襲い掛かってきた。

腕を引き絞り、とてつもない速度で俺の元へと突っ込んできたかと思いきや——目の前で止まり急旋回。

俺の背後で魔法を放つ準備をしているヘスターに向かって、殴りかかりにいった。

このままだと、カルロの一撃によってヘスターが殺されるわけだが……。

俺の横に並んでいたラルフが先回りしてカルロの前に立ち塞がり、【守護者の咆哮】を発動させた。

先に後衛を潰そうという狙いだったのだろうが、カルロの意識は【守護者の咆哮】によってラルフだけに向けられる。

「【守護者の咆哮】」

カルロは無理にターゲットを変えるようなことはせず、本能の赴くままにラルフへと渾身の一撃を放つが、ラルフの持つ鋼の盾によって完全に防がれた。

……本当に完璧な防ぎ方だな。

正面からまともに受けにいくわけではなく、威力を後ろに逸らすように角度を考えて防いでいる。

あまりの手ごたえのなさから、戦闘中にもかかわらず防がれた拳を何度も確認しているカルロ。

笑顔も消え去っていることから、今の防がれ方にかなりの違和感を覚えている様子。

次は――俺の番だ。

【肉体向上】のスキルを発動させてから、自身の拳を気にしているカルロを斬り裂きにかかる。

動きと反応を見る限りでは、俺よりも大幅に身体能力が上回っているため、【肉体向上】のみじゃ簡単に防がれるだろうが……。

間合いへと入った瞬間に【疾風】のスキルを発動させ、更に攻撃速度を一段階上昇させた。

羽が生えたのかと思うほど軽くなった体を全力で動かし、近寄る俺に拳を放って反撃しようとしているカルロの腹部を、すれ違いざまに鋼の剣で深々と斬り裂いた。

筋肉の鎧で守られていた体だが、スキルをかけていたお陰で深くまで刃が入った。

振り下ろしたわけではないため、見た目以上にはダメージは入っていないだろうが十分だ。

俺は勢いそのままにヘスターの元まで駆け抜け、盾を構えたラルフが駆け抜けてきた俺の前へと立った。

ヘスターは長杖を構えたまま更に後ろへと下がり、初期陣形を組み直す。

一方のカルロはというと……俺に斬られた脇腹を押さえてから、手にべっとりと付着した血を見て――不気味に口角を上げた。

「なんなんだてめぇらは!!　……おもしれぇ。おもしれぇよ！　雑魚のくせに攻撃を防ぎ、そっちのお前は俺を斬り裂きやがった！　いいぜ、もう少し見せてみろよ」

そう呟いたと同時に、芸もなく再びラルフに向かって正面から突っ込んできたカルロ。

右腕さえあれば、もしかしたらラルフの固い壁を突破できたかもしれないが、片腕がないことで攻撃が左半分に限定。

いくら速く重い一撃だろうと、左腕からしか攻撃が飛んでこないとなれば――ラルフが防げない攻撃はない。

俺はラルフの後ろに張りつき、隙を見てはカルロにダメージを加えていく。

自分の攻撃が防がれれば俺の攻撃、一歩下がって間合いを取ろうとすればヘスターの魔法。

カルロ目線だと、どう動いても八方塞がりで勝ち目はないようにしか思えないのだが……。

なぜか攻撃を受ける度に口角は徐々に吊り上がっていき、実に楽しそうに俺とヘスターの攻撃を受けている。

体の正面は俺が斬り裂いた無数の傷と、ヘスターの魔法による皮膚が爛れるほどの酷い火傷。

動きも徐々に鈍くなっていくのが分かり、警戒も杞憂に終わってあっさりと決着がつくと思ったのだが――。

カルロは動きを止めると、ヘスターの【フレイムアロー】を完全に無視して一気に距離を取り始めた。

体はボロボロ。血も相当な量が流れているが、今日一番の笑顔を見せた後にカルロは〝スキル〟を発動させた。

……確かにずっと気になってはいた。

カルロがスキルを発動させたのは酒場で俺を見たときの【観察眼】のみと、あとは酒を飲んでいたときから使っていた【気配遮断】【隠密】の二つのスキルを解除しただけ。

つまりは、スキルを何も使用していない素の状態でカルロは戦っていたわけだ。

素の状態でこれだけの強さを誇っているため、もしかしたら戦闘スキルがないのかと思ったが
……。

この顔を見る限り、今までは手加減のためにスキルを使わずに戦っていた様子。

「【自己再生】──いやぁ、マジでつえーよ。お前ら！　仕事柄色々な奴と戦ってきたがかなりの上位に入る！　……なぁ、俺様の部下になるなら見逃してやってもいいけど、どうするよ？　俺の組織は、王都じゃ一番の組織って言われているから悪い話じゃねぇと思うぜ？」

スキルを発動させた瞬間、俺とヘスターがつけた傷がじわりじわりと回復していくのが分かった。

傷が回復する前にトドメを刺しにいきたいが、下手に攻撃を仕掛ければ即、殺される。

そんな嫌な空気が流れ出ていた。

迂闊に近づけない雰囲気がカルロから放たれているため、下手に動くことができない。

警戒しつつ、じりじりと距離を詰めながら言葉を返す。

「お前の部下なんかになるわけないだろ。……負けそうだからって命乞いのつもりか？」

「命乞い？　あーっはっはっは！　俺はなぁ、スキルを封印して戦ってやっていたんだよ!!　簡単に殺してもつまらねぇからな！　誘いを断るってんなら別にいい。少々もったいねぇが、俺は従順で使える奴しか求めていない」

──かなり嫌な予感がする。

いくつもの有毒植物で身体能力を強化し、オンガニールによってカルロに勝てるだけの強さを手に入れたつもりでいたが……更に能力を上げてくるのだとしたらかなりまずい。

「ラルフ、ヘスター！　一気に殺しにいくぞ！」

「了解！　——俺もなんか嫌な予感がする！」

「私は魔法でアシストします！」

二人の賛同を得てから、カルロが何かを仕掛けてくる前に一気にトドメを刺しに向かう。

下手に攻撃を仕掛けてはいけないと本能が叫んでいるが、このまま好きにやらせる方がまずい。

ラルフと横並びで、俺は一気にカルロに向かって突っ込んでいく。

間合いまで入り込んだ瞬間に、ラルフが【守護者の咆哮】でカルロの気を引く。

その瞬間に俺が渾身の一撃を叩き込むという——事前に決めていた必勝の戦法。

二人で一気に距離を詰めていき、不敵に笑うカルロに近づいていく。

そして、俺が間合いに入った瞬間にラルフがスキルを発動させた。

「【守護者の咆哮】」

強烈な存在感を発揮するラルフに、カルロの視線が釘付(くぎづ)けになったのを確認し、俺も一気にスキルの重ね掛けを行った。

【剛腕】で一撃の威力を増加させ、【戦いの舞】を腕に集中させて更に倍増。

一度、解除させていた【疾風】を再びかけ直し、攻撃面では最強のスキルの発動が完了。

ラルフに意識が向いているカルロ目掛け、渾身の一撃を振り下ろした。

「残念だったなぁ！　【肉体鎧化(がいか)】」

ラルフの方を向きながらも、攻撃を仕掛けた俺にそう言ってスキルを一つだけ発動させたカルロ。

……ただ、発動させたスキルが一つだけなら関係ない。このまま体を両断してやる。

俺は気迫を漲らせ、腹から発声しながら力を込めて剣を振り下ろした。

剣は肩口に刺さり、このまま振り下ろしきることができれば、体を斜めに両断することができる――はずだったのだが……。

俺の振り下ろした鋼の剣はカルロの肩を数センチだけ裂いたところで、根元辺りからポッキリと折れた。

刃の部分は宙を舞い、俺の手元には刃の折れた柄の部分のみが残る。

手ごたえは完璧、スキルも乗った一撃は確実にカルロを斬り裂くことができていたはず。

……ただ、細身とはいえ鋼の剣よりカルロの体の方が硬かった――なんてあり得るのか？

「いい攻撃だったぜぇ！　惜しかったなぁ！　【能力解放】【脳力解放】【身体能力向上】」

更に三つのスキルを発動させたカルロは、禍々しいオーラを身に纏わせて、剣を振り下ろした状態で固まっている俺に凶悪な殺気を放ってきた。

「【ヘビースマッシュ】」

その直後に飛んできた、クラウスの【セイクリッド・スラッシュ】と似たスキルでの一撃。

左腕に黒紫のオーラを纏わせ、俺の顔面へと迫ってくる。

時がゆっくりと流れているかの如く、カルロの表情から辺りの風景まで見えているのだが、体が全く反応しない。

――そんな状況の中、俺の頭に浮かんできたのはアルヤジさんの顔。

【外皮強化】【鼓舞】【戦いの舞】【威圧】【魔力感知】

【痛覚遮断】【生命感知】【知覚強化】【知覚範囲強化】【鉄壁】【要塞】

俺が持っている使えそうなスキルを全て同時に発動させ、なんとか両腕をカルロの一撃との間に割り込ませる。

おおよそ同じ人間が放った一撃とは思えないほど、強い衝撃が両腕にのしかかった。

体が宙に浮き吹っ飛ばされたが——複数のスキルの同時発動により、なんとかダメージは最小限に抑え込んだ。

地面を何度も跳ねながらも、受け身を取り続けて体勢を立て直す。

【知覚強化】【知覚範囲強化】が発動しているお陰で、地面を転がる俺を見ながら殺したと確信するカルロのニヤケ面と、吹っ飛ばされた俺を心配そうに見つめるラルフとヘスターの姿がはっきりと見えた。

……大丈夫だ。【ヘビースマッシュ】はまともに食らったが、致命傷は負っていない。

心の中でそう呟いてから、俺は転がる勢いが止まった瞬間にホルダーからヴェノムパイソンのポーションを二本取り出した。

一本は一気に飲み干し、もう一本は全身にかかるようにふりかける。

これでスキルも複数重ね掛けしている上に、ポーションによる強化もかかった。

恐らくだが、スキルを重ね掛けしたあの状態のカルロの攻撃は、ラルフでも止めることはできない。

ヘスターの中級魔法も足止め程度にしかならないとなれば……。

強化ポーションによる能力上昇、スキルの複数の重ね掛けに加えて——切り札を使うほか勝ち目はない。

さっきアルヤジさんの顔が浮かんだ瞬間に、スキルの複数同時発動とこの切り札の使用を俺は決断した。

以前アルヤジさんが、このスキルが何なのか理解できないと、体を震わせながら俺に話してくれ、身体能力の低いアルヤジさんがあのレオンを殺しかけたというスキル。

――【狂戦士化】。

【狂戦士化】のスキルの使用と同時に、頭に靄(もや)がかかったような感覚に陥っていく。

次第に様々な負の感情が芽生え始め、理性を強烈な本能が押しのけて前面に出ようとしている。

怒り。

強い怒りで目に映る者全てに対して怒りが宿るが――それを打ち消したのは、それよりも更に強い怒りだった。

親父(おやじ)やクラウス。それから……目の前にいるカルロ。

他の二人はどうでもいい。

ヘスターとラルフにも強烈な怒りを感じているがオレは無視し、正面にいるカルロに向かって一気に突っ込んでいく。

カルロも向かってくるオレに対し、笑顔で拳を構えていた。

そこからは力と力、拳と拳の殴り合い。

人間の枠から一歩はみ出した者同士の、一発一発に殺意を込めた殺し合いだ。

オレが左の拳を顔面に叩き込めば、カルロも顔面に拳を叩き込んでくる。

オレが右の拳を土手っ腹に叩き込めば、カルロも腹部に拳を叩き込んでくる。

戦術なんて一切ない、お互いに仁王立ち状態での殴り合い。

一歩でも引いた者が死を意味するこの戦いで、この状態のオレに怯むことなく殴り返してきやがるカルロ。

「真正面からの殴り合いィ!! 負けると分かっていても、正面から俺様に挑んでくるなんてやるじゃねぇかよお前！」

【外皮強化】【鉄壁】【要塞】の三つのスキルに、更に【狂戦士化】が乗っているにもかかわらず、カルロの拳は着実にオレにダメージを与えてくる。

こいつは心の底から憎い。本当に憎いが、それとは別で――称賛に値する強さを持っている。

心の底からそう思うが、オレは一切、手を緩めるつもりはない。

体が温まってきたのか、オレが放つ拳は、徐々に速度も威力も殺意も上乗せされていく。

最初は一発に対して一発返してきていたカルロだが、次第に三発に二発、二発に一発と手が緩み始めた。

「………なんでだ、なんでテメェは拳を返せる!? お、俺様の方が身体能力は圧倒的に高い！ スキルだって、てめぇは使っていないだろうがァ!!」

焦った様子で拳を繰り出す速度を速めながら叫んだカルロ。

そう、オレは口に出してスキルを使っていない。

そういえば……オレもアルヤジさんを初めて見たときは、スキルを使っていないと錯覚したっけか。

懐かしい感情を思い出しながらも、手は常に動かし続けて拳を叩き込んでいく。

オレは肉体へのダメージはあるが、【痛覚遮断】により痛みを感じない。

一方のカルロは回復させる【自己再生】はあるが、痛みを強く感じている。

それに【自己再生】もさっきの斬り傷を治癒するのに、数十秒かかっていた。

スキルを十数個も重ね掛けしたオレのこの連撃を食らったら、どう考えたって回復が間に合わない。

カルロに腕がもう一本あれば、カルロがオレを甘く見ずに最初から全力を尽くしていれば、カルロがアルヤジさんを逃がしていなければ、そもそもカルロが【銀翼の獅子】に手を出していなければ——オレが負けていた。

そう、オレがアルヤジさんのスキルを受け継げていなければ、確実にカルロに殺されていただろうが……それらは全て〝たられば〟だ。

振るう拳を更に速め、オレは一発一発に殺意を込めて打ち込んでいく。

楽しそうに笑っていたカルロの顔は徐々に引き攣り、返してくるパンチに威力がなくなっていくと同時に、恐怖の表情を見せ始めた。

裏の世界に生きる快楽殺人者でも、正面からじわりじわりと迫り来る死は怖いようだな。

その様子を見たオレは、狙って左腕に連続で拳を打ち込んでいき、とうとうカルロの腕は上がらなくなった。

それでも蹴りや頭突きで攻撃を返そうとしてくるが、蹴りに合わせてこちらも蹴りを叩き込み、頭突きに対しては顔面に拳を打ち込んでやる。

顔面への強打が数発続いた瞬間に、とうとう腰が砕けたように座り込んだカルロ。

返せる攻撃がなくなったことで、あれだけ溢れ出ていた戦意も喪失したのか……。

座り込んだまま、地面を滑るようにしてゆっくりと後退し始めた。

「な、なんで俺様が打ち負けた？　……ちょ、ちょっと待て。か、金はやる。金はやるからここは手打ちとしねぇか？　……逃がしてくれたら、一生の借りとする。い、いつかお前が困ったときに、俺の組織『ザマギニクス』が全面的に手を貸す。――な、なぁ？　悪くない話だろ？」

カルロも結局これか。

戦闘マニアの快楽殺人者だし戦いに敗れれば潔く死ぬのかと思ったが、下に見て舐めてかかったオレに醜い命乞い。

なんとも情けないが……気になっていたのはカルロの背中にある無数の傷。

背中の傷は敵に背を向けて逃げ出さなければ、基本的につくことのない傷だ。

死地をどんな手を使ってでも逃げ出してきたからこそ、この強さを手に入れることができたと考えるなら、この命乞いは案外妥当なのかもしれない。

オレが裏社会の人間ならば、金やコネや貸しなんかで、カルロもこの状況をなんとかできたかもしれないが――残念ながらオレは許すつもりは一切ない。

「カルロ、残念だったな。オレは金も地位も名誉もいらない。欲しいのはクラウスの命と………お前の命だ」

その宣言と共に【剛腕】のスキルを発動させ、座り込んでいるカルロの心臓目掛けて拳を振るった。

【銀翼の獅子】の仇討ちとして、散々いたぶってから殺してやりたかったが、十数個のスキルの重ね掛けのせいでもう体力はほぼ空。

一切の手加減をせずに一撃で仕留めにいき、カルロは殴られた心臓部を苦しそうに強く握ったが、止まった心臓が動き出すことはない。

オレに助けを乞うように、心臓部を強く握っていた腕を伸ばしてきたが……その腕はオレに触れる前に力なく地面についた。

オレは仰向けになって倒れたカルロの死亡を確認してから、まずは【狂戦士化】を解除。

それから、次々にスキルを解除していった。

全てのスキルを解除し終わり、膝から崩れ落ちた俺に——ラルフとヘスターが駆け寄ってきてくれた。

四つのスキルを発動させたカルロ相手では、何もすることができなかった二人は、遠巻きに俺を見守ってくれていた。

【知覚強化】を発動したから分かっていたが、ラルフは俺がピンチになった瞬間に身を挺して守る準備を——。

ヘスターは【狂戦士化】に並ぶ危険スキルである、【魔力暴走】を使う準備を整えていた。

【狂戦士化】のせいで二人が敵に見えていないながらも、心の奥底で仮に俺が殴り負けたとしても、二人が即座に助けてくれるという安心感があったからこそ、俺は思う存分戦闘だけに打ち込むことができた。

「…………二人ともありがとな。ラルフとヘスターがいてくれたお陰で、何も気にすることなくカルロとの戦いに身を置くことができたし——無事にカルロを殺すことができた」

「礼を言うのは俺とヘスターの方だ！　グリースに引き続き、クリスに任せきりで本当にすまねぇ」

「そうです！　私とラルフは何もしていません。クリスさん、今回もありがとうございました」

「本当に二人が謝ることじゃない。カルロの実力を見誤ったのは俺だし、カルロがスキルを発動する前までは三人で連携を取って戦えていた」

実際この通りだ。

俺の中で想定していたカルロの強さは、スキルを発動する前の強さ。

現に四つのスキルを発動される前までは、割と余裕を持って立ち回ることができていたわけだしな。

金銭的な問題から、修行期間は三ヶ月がギリギリだったとはいえ、これだけの強さだったのなら逃げることを選択するのが賢かった。

「……それに俺が殴り合っていたときも、二人はすぐにサポートできるように準備してくれていただろ？　あのサポートのお陰で、俺は気兼ねなく戦闘に打ち込むことができた」

「準備していたって言えば聞こえはいいが、実際は手出しできなかっただけだ」

「そうです。カルロがスキルを発動させてからは、魔法が一切効きませんでしたから」

カルロの【肉体鎧化】。

俺の鋼の剣をへし折り、ヘスターの魔法を無効化させたスキルだ。

殴った感触もこのスキルによって軽減されていた感じがあったし、俺の保有する【外皮強化】の上位互換のようなスキルな気がする。

「俺も剣をへし折られたし、本当に強かったな」

三人で死んだカルロを見下ろす。

本当に手を焼かされたし、色々なものを奪い取られた。

キッチリと借りを返すことができてよかったが、俺がもう少し早く強くなっていればと思うと、少しだけやるせない気持ちになる。

「これで、【銀翼の獅子】の面々に報告することができるな。……クリス、報告のために一度ノーファストに行きたいんだけどいいか？」

「もちろんんだ。アルヤジさん以外の【銀翼の獅子】たちがどこで眠っているのかも知りたいし、ノーファストには全員で行こう」

「そうですね。みんなで報告に行きましょう」

少し落ち着きお金を貯めたら、三人でノーファストへ行くことを決めた。

本当は約束通り、アルヤジさんに街を案内してもらいたかったのだが、これはかりはいくら考えてもどうしようもない。

「それじゃ、帰る——前に、死体をカーライルの森に運びたいんだが、二人とも手伝ってくれるか？」

「もちろん。……わざわざ聞くことじゃないだろうけど、クリスはカルロで植物を育てるつもりなのか？」

「ああ。クラウスの手下であるカルロに苦戦させられたからな。俺はまだまだ強くならないといけない。気味が悪いからといって避けては通れない」

「やっぱりクリスについていくには、俺もなりふり構っていられないよな。……今言うことじゃないだろうけど、俺はこれからタンクに専念させてもらう」

カルロの死体を背負いながら、唐突にそんな宣言をしたラルフ。

俺はカルロと戦うまでの一時だけだと思っていたのだが……なんとも言えない複雑な心境だ。

「最強の冒険者になる夢はどうした？　諦めたのか？」

「ふっ、諦めちゃいねぇよ！　別に最硬だって最強だろ？　……ヘスターが中級魔法を覚え、レオンさんに守備の才能があると言われたときから薄々考えてはいたんだ。俺の目指す最強の冒険者像をな！」

「それが最硬の冒険者ってことか？」

「ああ！　カルロだろうが、クラウスだろうが、それにクリスだろうが――どんな相手の攻撃も防げるようになれば、俺がやられることは絶対になくなる！　……攻撃は、俺が『天恵の儀』で授かった【神撃】に全てを懸ける！」

「【神撃】が残念スキルだったらどうするんだ？」

「そん時はそん時だ！　また攻撃面を鍛えればいいだけの話だろ？　どう転んだとしても、守備を鍛えておいて損はない！」

ラルフにしては珍しく、論理立てて考えていることを伝えてきた。

カルロが【銀翼の獅子】を殺し、俺たちの居場所を突き止めたから仕方なく――というわけではなく、本当に以前から考えていた様子。

……ラルフがここまで考えた上で〝最強の冒険者〟を諦めていないのであれば、俺は応援するのみだな。

「分かった。ラルフにはまたタンクに戻ってもらう。……それにしても、自分でタンクを止めたりまた始めたりと、本当に忙しない奴だな」

「すまねぇな！　でも、タンクを捨てたからこそ見えたものもある」

「そうだな。俺もタンクを経験して身についたことはいくつもあるし、悪い経験ではなかった。確かにいいチャレンジだったかもしれない」

「そういうことだ！　俺はガンガン成長していくからな！　そして、俺はレオンさんの夢を継ぐ」

レオンの夢は何か分からないが、アルヤジさんがレオンを茶化していたときに言っていた、世界最強の夢だろうか。

最強の冒険者と世界最強の夢。

……重複している気がするし、もしかしたら別の夢かもしれない。

そんなことを考えながら、カルロの死体を背負って歩くラルクとヘスターについていき、俺は疲労で重い体を必死に動かしながら、カーライルの森へと向かったのだった。

閑話　途絶えた連絡

クリスを捜しに向かわせたカルロからの連絡が途絶えてから、三週間以上が経過した。

色々とルーズな奴ではあったが、三日に一度は報告の手紙をよこしていた。

それが三週間以上も報告がないともなると……。

「ヘマしやがったのか？　――いや、カルロは馬鹿だが実力は本物。【農民】のクリスじゃ逆立ちしたって勝ち目はない」

その事実に絶対間違いはないはずなのだが、どうしても胸のざわつきが収まらない。

逃げ回る雑魚を排除するだけの簡単な仕事だったはずで、だがそんな簡単な仕事でも油断はせず、現状で向かわせることのできた最強の人材を投入した。

俺は俺で色々とやらなければならないことがあるのに、このことが気になって何も手につかない日が続いている。

カルロの奴がもし高跳びしていたとしたら、地獄の果てまでも追いかけて確実に殺してやる。

募った全てのイライラをカルロに向け、今日も曇った心境のまま作業に当たった。


そして、その日の夕刻。

一週間前にカルロの調査に向かわせた調査員たちが戻ってきたとの報告を受け、俺は急いで応接室へと向かった。

部屋に入ると既に戻ってきた調査員たちの姿があり、俺が苛立っていることに気づいているのか分からないが全員の顔色が芳しくない。

まぁ、こいつらの調子が悪かろうとどうでもいい。

今はカルロがどこに消えたのかを聞くことしか興味がない。

「調査から戻ってきたんだな。早速だが報告をしろ」

「は、はい。カルロさんを捜しに王国三大都市の一つであるノーファストに行って参りましたが、カルロさんの姿はありませんでした」

「カルロの情報が入手できなかったということか？　つまり、カルロは俺の命令を無視してノーファストには行かなかったと？」

「い、いえ！　私たちが向かったときにはノーファストに姿がなかったということです。情報は得られまして、二ヶ月ほど前までは至るところでカルロさんの姿が目撃されていました」

無駄の多い報告にイライラとしてくる。

首を刎ね飛ばしたくなるのをグッと堪え、俺は調査員の言葉を促す。

「それでノーファストからいなくなった後の足取りは掴めているのか？」

「は、はい！　カルロさんはノーファストから、オックスターという付近の街まで移動したみたいです。実際にオックスターの街でも目撃情報がありまして、オックスターでは一ヶ月ほど前までは目撃されていました」

「で、そこからの足取りは？」

「そ、それが……完全に途絶えてしまったんです。この一ヶ月間は一切目撃情報もなく、どこに向かったのかも分からない状態です。何やら揉めているところを見たという情報があったので、もしかしたらですが追っていたクリスに殺され――」

そこまで言ったところで、俺は思わず拳が出てしまった。

黙って聞いておくつもりだったが、この馬鹿があり得ないことを口走ったためつい手が出てしまった。

ただの【農民】であるクリスがカルロを殺した？　はっ、絶対にあり得ない。

「ミルウォーク、そいつを外に放り投げろ」

「殺してもいいですか？　仕事に失敗したんですよね？」

「駄目だ。いいから、そのまま外に放り出せ」

俺が殴ったことで気絶している男を見て、殺したそうにうずうずとしているミルウォーク。

優秀な男だが二重人格者であり、こういった殺人衝動もあるのが使いづらいところ。

それよりもカルロについてどうするかだな。

あんな男でも、一応は『ザマギニクス』のリーダーでもある。

このままカルロを逃がしてしまうと、組織の統率が取れなくなる可能性が高い。

「ちっ、本当に面倒くさいな。ミルウォーク、カルロ捜索をしたいから手を貸してくれ」

いまだに倒れた男を見て体を震わせているミルウォークに協力を命じる。

『ザマギニクス』の連中を使ってもいいのだが、確実にカルロを捜し出すとなったら『アンダーアイ』に頼んだ方が確実。

ミルウォークに任せればなんとかしてくれるだろう。

「カルロの奴ァ、また何かやらかしたのかよォ!?」

「いいからその男を部屋の外に放り出せ。それからカルロの捜索もやっておけ。ただ、お前は行くなよ」

「ケッ、めんどうくせぇ仕事ばっか押し付けてくんなや!」

二つ目の人格が顔を出し、俺に悪態をついてから男を担いで部屋の外へと出ていったミルウォーク。

とりあえずこれでカルロも見つかるだろう。

クリスを見つけ出すという簡単な仕事を放棄したカルロのせいで余計な時間を食ってしまったが……見つかるまでは忘れて、俺は俺のやるべきことをやるとしよう。

エピローグ

カルロとの死闘から約二週間が経過。

スキルの多重使用により、肉体の限界を大幅に超えていたせいか、俺だけは数日間部屋で寝込んでいた。

とにかく【狂戦士化】のスキルの反動が大きかったようで、精神も蝕まれていたため完全回復まで予想以上に時間がかかってしまった。

その間は、これまでこなせていなかった分の依頼をラルフとヘスターがこなしてくれ、俺が回復してからは三人で依頼を次々とこなした。

三ヶ月の修行、それからカルロとの死闘のお陰で成長した俺たちには、ゴールドランクの依頼はあまりにも簡単で、最終的にはパーティではなくソロで依頼をこなす始末。

街をしばらくのあいだ離れていたことで、色々なことに物足りなさを感じつつも――無事に俺たちは、二週間で一文無しからある程度の金を貯めることができた。

「この二週間で分かったけどさ……。俺たち、強くなりすぎているよな!?」

「まぁカーライルの森での三ヶ月間、自分が強くなるためだけに生活していたからな。大幅に成長はしたと思うぞ」

「私もビックリしました！　カルロにはあまり通用せず、魔法への自信を失いかけていましたが……。ゴールドランクの魔物を一撃で――それも初級魔法で仕留められるようになっていましたので！」

二人の言っている通り、ヘスターは初級魔法で魔物を一撃で倒すことができるようになり、ラルフは目を瞑った状態でも完璧に攻撃を防げている状態。

俺に至っては……スキルなし且つ拳一つで戦えるほど、ゴールドランクの魔物との圧倒的な差が生まれていた。

依頼をこなすのがほぼ作業となってしまっていて、カーライルの森で過ごした密度との差に、俺は少し焦りを覚え始めている。

もう少し強い敵がいれば、依頼も修行の一環として取り組めるのだが、オックスター周辺では高難度の依頼自体がない。

副ギルド長の話によれば、プラチナランクの依頼も全く来ていないらしいし、俺たちが数をこなしまくったせいでゴールドランクの依頼も少なくなり始めている。

金をある程度まで貯めて、今度は自主的にカーライルの森に籠るのもアリかもしれないが……。

追手云々関係なしに、俺たちの成長のためには、そろそろこの街を離れる選択をする時が来たのかもしれない。

「とりあえず、金を貯めることができたし、一度ノーファストに行こうか。アルヤジさん以外の【銀翼の獅子】の面々にしっかりと報告がしたい」

「そうだな。……みんな、ちゃんと埋葬されていればいいんだけど」

「カルロが死体隠しを行っている可能性は大いにあるからな。【銀翼の獅子】はプラチナ冒険者だし、向こうで聞き込みをすれば情報は得られると思う」

「何をするにしても行ってみないと始まりませんね。それじゃ、もう出発しますか？　ノーファストには一度行きましたので、案内なら任せてください」

「ああ、もう向かおうか。案内はヘスターとラルフに任せた」

「了解！　俺も少しは覚えているから任せてくれ！」

ノーファストにはカルロがいたため、他の追手が少し怖くはあるが……カルロを倒せた俺たちなら、過剰に怖がる必要はないと思う。

警戒だけは怠らないようにし、【銀翼の獅子】の面々の情報を集めに行くとしよう。


オックスターを離れてから、南に向かって約四時間。

前方に王都にも負けず劣らずの巨大な街が見えてきた。

「見えました！　あれがノーファストです！」

「三大都市だけあって、王都並みに大きな街だな。門の前で並んでいるし、やっぱり入門検査があるんだな」

「オックスターが異質なだけで、多少大きな街では入門検査はあるだろ！　毒草持ってきてないよな!?」

「さすがに持ってきてないから安心してくれ」

入門検査で引っかかる要因は何もないこともあり、三人共あっさりとノーファストの街に入ることができた。

三大都市と目されているわけだし、綺麗(きれい)な街並みを想像していたのだが……眼前に広がる景色は少し意外なものだった。

建物がごちゃごちゃとしており、街灯ではなくいくつもの提灯（ちょうちん）が吊（つ）り下げられている。

更に露店も多くあり、ずらりと看板が並んでいた。

例えるならば、一般客で賑（にぎ）わっている裏通りのような……決して綺麗な街とはいえないのだがワクワクする街だ。

「言葉では言い表しづらいが、なんか良い街だな」

「だよな！　俺もこの街はなんとなく落ち着く」

「レアルザッドを大きくした感じですもんね！　私もノーファストはかなり好きです」

俺と同じ感性を二人も持っていたようで、俺の言葉をすぐに肯定した。

第一印象はかなり良いし、街をゆっくりと見ていきたい気持ちになるが、何をするにしてもまずは【銀翼の獅子】の墓参りから。

どこで聞き込みをするかだが、しっかりと埋葬されているのであれば教会で尋ねてみるのがいいはず。

「散策もしたいところだが、最初にやるべきことは【銀翼の獅子】たちの墓探しだ。情報を探るために教会に行きたいんだが、二人は教会の場所を知っているか？」

「知っていますよ。大通りの一等地に豪華な教会が立っています」

「なら、このまま真っすぐ進んでいけば辿（たど）り着くか。早速向かおう」

二人と共に、ノーファストの教会に向かった。

ヘスターの言う通り、一等地に建てられた豪華絢爛（けんらん）な教会。

レアルザッドよりも凝った造りで、礼拝に訪れている人も多く見られる。

……やっぱりオックスターのあの教会が異質なのかもしれないな。

絶対に悪い人じゃないんだけど、神父がアレじゃ信仰する気持ちも薄れるのだと思う。

「クリス、あの神父に声を掛けてみようぜ！」

「そうだな。暇そうにしているし、ちょうどよさそうだ」

講壇に立っている神父ではなく、端っこで暇そうにしている神父に目をつけて話を聞いてみることにした。

オックスターの神父と同い年くらいだが、身なりもキッチリしているからか受ける印象が大分違う。

「すまないが、少しだけ聞きたいことがあるんだが大丈夫か？」

「こんにちは。大丈夫ですよ。どういったことでしょうか？」

「【銀翼の獅子】という冒険者の墓を探している。知っていたら教えてほしい」

「【銀翼の獅子】……。ええ、もちろん知っていますよ。ご友人の方でしょうか？」

「ああ、かなりよくしてもらった。だから、墓参りがしたくて【銀翼の獅子】の墓を探していたんだ。知っているのであれば、どこにあるのか教えてほしい」

「そうだったのですね。お墓はこの教会が所有している土地にあります。街の外れなのでご案内します。今すぐに向かいますか？」

「ああ、案内してくれると助かる」

まさかの一人目で知っている人に出会うことができた。

しっかりと弔われていることも分かったし、乱雑に扱われていなかったという安堵も非常に大きい。

俺たちは墓まで案内してくれるという神父の後についていき、ノーファストの外れにある墓地までやってきた。

街の外れなだけあって、少しだけ緑のある場所。

「このお墓が【銀翼の獅子】の三人が眠っている場所です」

「わざわざ案内してくれてありがとう。本当に助かった」

「いえいえ。これも私の仕事ですので気にしないでください。それでは私は教会に戻らせていただきます」

深々と頭を下げてから教会へと戻っていった神父を見送ると、俺たちは墓をまじまじと見た。

【銀翼の獅子】の名と——その下にはレオン、ジャネット、ジョイスの名が彫られている。

「ほ、本当に死んでしまったんですね。……レオンさん、ジャネットさん、ジョイスさん、アルヤジさん。短い間でしたが本当にお世話になりました。よくしてもらった御恩、私は一生忘れません」

「俺も絶対に忘れない！　ジャネットさん、ジョイスさん、アルヤジさん、そして——レオンさん！　ご厚意で教えてもらった全てを活かして、俺は最強の冒険者になる！　レオンさんの夢も背負って、これから生きていきますので……どうかゆっくりと休んでください」

ヘスター、それからラルフが、それぞれの思いを墓に向かって伝えた。

二人とも目には涙を浮かべており、悲しさが俺にも伝わってくる。

「みんなは俺が巻き込んでしまったようなものだ。……いくら詫びても許されることではないと思う。命は一つしかないし、絶対に代えのきかないもの。アルヤジさんは慰めてくれたが、俺は一生全員の気持ちを背負って生きていく。――【銀翼の獅子】の仇であるカルロへの復讐は果たした。それから、カルロを仕向けた俺の弟、クラウスにも必ず報いを受けさせる。みんなは優しいから、そんなことを求めていないだろうけどな」

誰か一人でも生きていれば、恐らく全力で止めてきたと思う。

そのため、これは俺の自己満足だ。

だから――もう一つ、俺は【銀翼の獅子】の代わりにやれることを宣言する。

「クラウスへの復讐が終わったら俺は……弱い者のために戦うことを宣言する。この活動を【銀翼の獅子】がやっていたかは分からないが、身寄りのない子供たちのための受け入れ先を作り、獣人奴隷の解放を目指す。裏組織も徹底的に潰して、弱い者を食い物にする者たちを殲滅する。だから、俺の成すことを天国で見ていてくれ」

そう宣言してから、俺はアルヤジさんのネックレスを外し、綺麗な箱に入れてから墓のそばに置く。

本当は三人と同じ墓に入れてあげたかったが、せめてもの気持ちで遺品のネックレスを置かせてもらった。

それからノーファストに来る前に採取してきた、カルロのオンガニールの実を取り出し、強烈な不味さを我慢して一気に食い切る。

最後に三人合わせて頭を下げてから、俺たちは墓を後にした。

言葉にして宣言したことによって、身が引き締まった気持ち。

まずはクラウスへの復讐を果たし、それから【銀翼の獅子】が俺たちにしてくれたように、弱い者の力になるために生きると俺は心に決めたのだった。

グルース

オサレ
きどり

CHARACTER DESIGN
カルロ

追放された名家の長男 ～馬鹿にされたハズレスキルで最強へと昇り詰める～ 2

2024年7月25日　初版第一刷発行

著者　岡本剛也
発行者　山下直久
発行　株式会社KADOKAWA
〒102-8177　東京都千代田区富士見2-13-3
0570-002-301（ナビダイヤル）
印刷・製本　株式会社広済堂ネクスト
ISBN 978-4-04-683714-1 C0093

企画　株式会社フロンティアワークス
担当編集　齊藤かれん（株式会社フロンティアワークス）
ブックデザイン　AFTERGLOW
デザインフォーマット　AFTERGLOW
イラスト　すみ兵

本シリーズは「小説家になろう」（https://syosetu.com/）初出の作品を加筆の上書籍化したものです。

この作品はフィクションです。実在の人物・団体・事件・地名・名称等とは一切関係ありません。

ファンレター、作品のご感想をお待ちしています

宛先
〒102-8177　東京都千代田区富士見2-13-3
株式会社 KADOKAWA　MFブックス編集部気付
「岡本剛也先生」係「すみ兵先生」係

二次元コードまたはURLをご利用の上
右記のパスワードを入力してアンケートにご協力ください。

https://kdq.jp/mfb
パスワード
nmuew

● PC・スマートフォンにも対応しております（一部対応していない機種もございます）。
●アンケートにご協力頂きますと、作者書き下ろしの「こぼれ話」が WEB で読めます。
●サイトにアクセスする際や、登録・メール送信時にかかる通信費はご負担ください。
● 2024 年 7 月時点の情報です。やむを得ない事情により公開を中断・終了する場合があります。

勇者な嫁と、村人な俺。
～俺のことが好きすぎる最強嫁と
宿屋を経営しながら
気ままに世界中を旅する話～
池中織奈 ill しあびす

久々に
健康診断
を受けたら
最強ステータス
になっていた

AUTHOR
MIYABI
ILLUSTRATOR
ニシカワエイト
ヴィーナスミッション
VENUS MISSION
~元殺し屋で傭兵の中年、
勇者の暗殺を依頼され
異世界転生！~

好評発売中!!

盾の勇者の成り上がり ①〜㉒
著：アネコユサギ／イラスト：弥南せいら
極上の異世界リベンジファンタジー！

槍の勇者のやり直し ①〜④
著：アネコユサギ／イラスト：弥南せいら
『盾の勇者の成り上がり』待望のスピンオフ、ついにスタート!!

フェアリーテイル・クロニクル ～空気読まない異世界ライフ～ ①〜⑳
著：埴輪星人／イラスト：ｒ・ｉｃｃｉ
ヘタレ男と美少女が綴るモノづくり系異世界ファンタジー！

春菜ちゃん、がんばる？ フェアリーテイル・クロニクル ①〜⑩
著：埴輪星人／イラスト：ｒ・ｉｃｃｉ
日本と異世界で春菜ちゃん、がんばる？

無職転生 ～異世界行ったら本気だす～ ①〜㉖
著：理不尽な孫の手／イラスト：シロタカ
アニメ化!! 究極の大河転生ファンタジー！

無職転生 ～蛇足編～ ①〜②
著：理不尽な孫の手／イラスト：シロタカ
無職転生、番外編。激闘のその後の物語。

八男って、それはないでしょう！ ①〜㉙
著：Y・A／イラスト：藤ちょこ
富と地位、苦難と女難の物語

八男って、それはないでしょう！ みそっかす ①〜②
著：Y・A／イラスト：藤ちょこ
ヴェルと愉快な仲間たちの黎明期を全編書き下ろしでお届け！

魔導具師ダリヤはうつむかない ～今日から自由な職人ライフ～ ①〜⑩
著：甘岸久弥／イラスト：景、駒田ハチ
魔法のあふれる異世界で、自由気ままなものづくりスタート！

魔導具師ダリヤはうつむかない ～今日から自由な職人ライフ～ 番外編
著：甘岸久弥／イラスト：縞／キャラクター原案：景、駒田ハチ
登場人物の知られざる一面を収めた本編9巻と10巻を繋ぐ番外編！

服飾師ルチアはあきらめない ～今日から始める幸服計画～ ①〜③
著：甘岸久弥／イラスト：雨壱絵穹／キャラクター原案：景
いつか王都を素敵な服で埋め尽くす、幸服計画スタート！

治癒魔法の間違った使い方 ～戦場を駆ける回復要員～ ①〜⑫
著：くろかた／イラスト：KeG
異世界を舞台にギャグありバトルありのファンタジーが開幕！

治癒魔法の間違った使い方 Returns ①〜②
著：くろかた／イラスト：KeG
常識破りの回復要員、再び異世界へ！

赤ん坊の異世界ハイハイ奮闘録 ①〜③
著：そえだ信／イラスト：フェルネモ
不作による飢餓、害獣の大繁殖。大ピンチの領地を救うのは、赤ちゃん!?

隠れ転生勇者 ～チートスキルと勇者ジョブを隠して第二の人生を楽しんでやる！～ ①〜③
著：なんじゃもんじゃ／イラスト：ゆーにっと
ある時は村人、探索者、暗殺者……その正体は転生勇者!?

MFブックス既刊